西來安魂

Tainan
Requiem

吳欣翰
著

目次

部三　官逼民反：為自由民主起兵

部四　徘徊不去的專制幽魂

推薦語

汪大久　明道中學校長

作者欣翰以臺灣日治時期「西來庵事件」為骨幹，以多角度交織出不同故事線索，通過歷史的寫真，刻畫當時臺灣人民的困境和被壓迫，展現信仰對於社會結構和階級的衝擊，以及其所產生的凝聚力！欣翰是明道校友，也是科技人，下班逐夢創作出這部精彩的臺灣歷史小說，成功觸動人心，我鄭重推薦！

曹興誠　企業家、佛學家、收藏家、倡議家／聯華電子創辦人

同樣處在強權壓境、兵凶戰危的情境，百年前的臺灣人民有智慧分出敵我，完整精確地規劃策略，並且寧死不屈；我們不該愈活愈回去！

尤其當今世代最注重的是「軟實力」，這是臺灣的強項。除了一面武裝自己，也該瞭解這座島嶼，在各方面都擁有世界級的資源。最明顯可見的是：全球都依靠臺灣在ＡＩ產業的研發與製造實力。每一位生活在這裡的人民，都有責任認真地把臺灣打造成一個——能靈活應變世局、不畏強權、小而美的國家。

黃裕元　國立臺灣歷史博物館副研究員／重返第一法庭——噍吧哖事件特展研究策展人

作者巧妙將西來庵百年傳奇串聯成歷史軸線，在神諭抗戰與近代變革之間，琢磨出溫暖的火光。

錢真　小說家

豐富的想像力，跨越世代的心靈對話。

謝仕淵　臺南市文化局長／歷史學者

四百年以來，臺南以人文底蘊、民俗之美保留了寶貴的物質遺產；也同時培養出個性淳厚但有骨氣、不受欺壓的銘心意志。「西來庵事件」傳達了當時人民的心聲，他們需要民主自由。隔了一百一十年，這塊土地的人民仍然懷抱同樣的希望。

蠢羊（羊寧欣）　漫畫家／文史工作者

日本時代的林野調查中，許多無主地收歸國有，失去耕田的人民才在西來庵一役中，舉起鋤頭與鐮刀，砍向殖民者。

希望有更多歷史被描寫，記錄下來。

導讀　以信仰追憶庶民記憶

溫宗翰　豐饒文化社總編輯、民俗亂彈執行編輯

許多年前，因研究需要前往玉井探訪廟宇，於是發現位於青果集貨場旁的忠烈廟。小祠主祀余府元帥，即是知名的余清芳，兩旁更同祀著羅俊、江定兩位元帥。神像後方，立有三人的「遺照」；在香火煙熏、昏黃氣氛襯托下，隱隱透出的肅穆容貌，略有令人不寒而慄之感。但想著，他們生前也是為國為民的時代英雄，便漸漸放下忐忑不安的情緒。

幾經探訪，始知忠烈廟原是「噍吧哖事件」罹難者骸骨集葬的萬人塚，受八七水災影響，輾轉遷葬至此地，鄉紳鳩資建祠，於一九六五年才開始祭祀三位元帥，取其紀念與追崇的象徵意義；稍稍比對時間點，正是臺語電影《血戰噍吧哖》推出以後的事，此時不只政治局勢改變，隨著「抗日」情愫塑造，電影重新包裝事件，人們才能以「抗日英雄」的角度去追憶幾位英烈。

有趣是，如今三位元帥不僅守護一方土地，還搖身一變為「司法專家」，據說民眾遇到不公或不義之事，或有官司纏身，都會去祭祀三位烈士，祈請主持公道；甚至有警察、檢察官等

遇到難破案件，也會前往祭拜，頗有顯應。在神龕內，有著厚厚一疊各種「訴狀」，等待元帥們主持公道。三位烈士活著時，是殖民地「法」的犧牲者；成仙後，成為民間法度的維持者，足見革命家思想進步、講求「義」與「勇」的形象，深植民心。

民間信仰除了展現人類生活跨時空的信仰心靈，往往也能見證歷史、記憶時代，這些時光刻痕，都反映出信仰誕生當下，社會有意識或無意識地對過去事物的想像與承接，人們透過信仰來記錄歷史，其實也反映著社會集體自我記憶的內在邏輯。臺灣受到不同時期殖民經驗摧殘，民間信仰自然也回應這些歷史記憶，舉凡朱一貴[1]、杜君英[2]、王勳[3]、赤星中尉[4]、杉浦茂峰[5]、森川清治郎[6]、廖添丁[7]、顧尚泰[8]等具名主祀神祇，或也有不具名的集體祭祀，諸多萬善同歸所、大眾爺、元帥、紅旗公等，也都為臺灣社會保留住不同時期各類征戰事件的歷史記憶。

這些不同歷史背景的陰神祭祀，有著共同文化脈絡（即展現臺灣人不分立場，以祭祀取代對立的善良敦厚）常常有人誤以為民間信仰是封建保守的思想殘餘，但其實，臺灣島「天高皇帝遠」，這些「反抗者」的祭祀與封神，都不是延續自傳統生活，建立在「朝封」制度下的產物，反而是普羅大眾在生活經驗中，為求心靈安定，與時俱進建構社會集體記憶的當代信仰。

讀畢《西來安魂》，最讓我感到欣喜驚奇之處，便是作者有別於過往的論述邏輯，讓西來庵歷史事件，真真切切、完完整整地在民間信仰脈絡中展開敘事，讓從來只有參與在歷史敘事中，卻從未有主體存在的王爺，也在事件中有了角色。

長期以來，絕大多數有關「西來庵事件」的闡釋，都會以「迷信」「利用宗教」「利用信仰招攬人心」「假藉神諭」等言詞，來看待事件中的民間信仰。言下之意，就是指起義革命者們，「利用」信仰力量，「巧騙」社會大眾參與，從本質上否認信仰的存在。

這類說法，與日本人在弭平事件後，所做的調查定調如出一轍，以臺灣人「迷信」來掩蓋革命者的真實訴求；尤其，日本人在此事件之後，啟動臺灣宗教調查，錨定宗教治理措施，藉機掌控宗教階層影響迄今；如今回顧過往，若不略加思考，則很容易落入檔案文獻只有掌權者話語的糾纏之中。

「迷信」一詞背後，其實就是嘲弄革命者的信仰價值觀，罔顧行動者政治訴求與社會理念，遮蔽革命者聲音，掩蓋殖民政權造成民不聊生的社會問題。在那個威權苛政時代，如何「保身立命」顯然是臺灣人最想仰賴的信仰依靠，人被逼到絕境，再如何無奈與疲軟，也只能「竹篙湊菜刀」與之拚搏，而民間信仰既然是生活的一部份，帶著信仰上戰場，拿保身靈符當防彈背心，信仰與行動結合，是再自然不過的事。若稍稍回顧「西來庵事件」以前，不也有個「土庫事件」，所有革命者把起義革命紛紛指向玄天上帝？與其說是迷信，何不說是日本人引起天怒人怨呢？

《西來安魂》嘗試在破碎與充滿官方話語的檔案之中，融入現代口述歷史、文化研究、檔案分析等相關細節思考，嘗試還給「西來庵事件」一些血肉，作者站在當事人角色立場，讓所有一切都在日常生活中發生；讓民間信仰變成日常生活的一部份，讓信仰的力量，變成真實語境，而不站在權威者立場來「糾正」迷信。書寫尤以時空交錯手法，回應歷史情節內容，藉此保留由當代觀看歷史的敘事邏輯；呈現當代人回頭看歷史的思考、沉澱，也似乎是想以「說書人」角色，引領讀者重新思考事件。

普遍對「西來庵事件」的理解，大多需要仰賴日本官方檔案文書，然則此些檔案資料，大多是零散的敘事片段，當權者掌握歷史言說權是自古皆然，所以許多知識份子在不同時期為了抵抗權力、捍衛信念，奮力以文辨史、以文證史，重新言說與追憶歷史事件；不同時期、不同身份、不同角度去探索「噍吧哖事件」的書寫者不少，但本書作者雖仍也追尋過往文學家、歷史學家的腳步，卻將目光放在以民俗為核心的基底，自然地讓王爺參與其中，或許是想擺脫歷史敘事窠臼，摒棄嘲弄信仰的視角。

亞里士多德說「詩比歷史更真實」。作為現代人而言，要想重新回到歷史現場、拼貼情境細節，追訴人物情感與每個時代人物血肉記憶，實在不是容易之事。但本書仍循序漸進地穿越時空，讓無力敘說的普羅大眾，以最單純直接的信仰祭祀，回應殖民時代那些貼近自己生活在地的生命經驗，建立一套屬於庶民的、民俗的、當前文化氛圍的記憶方式。作為歷史小說而言，以如此貼近民眾的真實情感重新述說故事，讓「西來庵」重新被看見，或已足以療癒傷痕，安頓魂體。

1朱一貴，一六九〇～一七二三年，清領前期大型武裝革命領袖，傳聞鴨群都能聽其號令，故有鴨母王、鴨母皇帝之稱；今日於臺南市小南城隍廟二城隍，相傳即為朱一貴

2杜君英，一六六七～一七二一年，為「朱一貴事件」南路首領，攻陷臺灣府後封為「國公」，因此與朱一貴產生矛盾，兵潰赤崁樓下。敗走虎尾溪，躲藏於羅漢門；最終被招降，斬首於北京。今日於屏東縣內埔鄉大和村與中林村皆有其專祀祠廟。

3王勳，一七五四～一七八七年「林爽文事件」初期知名首領，受封平海大將軍，兵敗於牛罵頭（臺中清水）；今日鹿港、龍井、沙鹿、西屯、清水等處，皆有其信仰廟宇，並且以出生地沙鹿所立之福興宮最為知名，信徒敬稱其為「王勳千歲」，為當地信仰中心。

4赤星中尉，據傳為日軍入臺初期，因乙未戰爭隨近衛師團南下之軍人，因行軍至斗南遇刺而亡，當地民眾遂為此日籍軍人立廟安頓；但其身份眾說紛紜，有推測為中岡祐保大佐、山根信成、北白川宮等說法；日本時代地方祭祀立像祭祀，國府下令地方民眾改為大眾爺廟。

5杉浦茂峰，一九二三～一九四四年，戰時任日本海軍兵曹長，於一九四四年十月駕駛飛行戰機迎戰美軍，因戰機尾翼被擊中跌落，為避免墜落造成村落傷亡，並未跳機求生，反調轉飛機，往外圍魚塭、農地而去。隨後雖跳傘逃生，仍遭美軍擊落陣亡，日後民眾於逝世所在地蓋為「鎮安堂」。

6森川清治郎，一八六一～一九〇二年，被尊稱義愛公。來臺擔任警察官（巡查）一職，於東石富安宮創辦簡易教室，指導民眾讀書，教導衛生常識，深受地方敬重。因總督府苛求稅收，向上司陳情減稅，卻遭斥責並限期收繳，最終留下「苛政擾民」遺書，以警備長槍自殺。地方居民感念恩德，塑其神像奉於地方信仰中心富安宮。

7廖添丁，一八八三～一九〇九年，日治時期知名罪犯及臺灣民間傳奇人物，以頑抗日人、劫富濟貧的英勇事蹟為人所津津樂道，相傳於新北市八里遭追捕時遭害，民眾感念其恩德，於八里設立漢民祠，另於出生地牛罵頭臭水庄（今臺中市清水區秀水）亦有祠祀；後因香火鼎盛，全臺多處都有分靈。

8顧尚泰，臺中人，醫師，二二八受難者。與李持芳、王濟寧自臺中南下至雲林支持反抗軍，遭人密報後被捕，並於虎尾馬場遭槍決。後人於公墓內建小祠堂（今三聖公廟）祭祀三位義士。

臺南俚語：「余清芳，害死王爺公。王爺公無保庇，害死蘇阿志。蘇阿志無仁義，害死鄭阿利。」

——一九一五年　玉井武力抗日事件

本故事所述人物、情節等，盡可能出自史料記載；
但經作者與編輯團隊觀點改寫，無影射人物原型之負面意圖；
為維護當事人與親屬隱私，特定人事時地物均以化名處理；
若有讀者認為雷同之處，純屬巧合。

楔子

一九一二年・冬至・加路蘭浮浪者收容所

一鉤新月掛在夜空上，照亮了整片海面和崎嶇的東部岩岸，風浪一波波襲向岩石，濺起碎玉般的浪花；岸邊有一區簡陋的矮房透著燭光，在雄偉的大自然前顯得渺小而脆弱。

「真寒……猶原足寒……」余清芳蜷曲身子不斷發抖。牢友們已蒐集所有苧麻布覆蓋他全身，輪流站在磚砌的通風口，試圖要堵住臺灣東部的刺骨寒風，卻還是於事無補。

「他發高燒，這些日本狗給的破麻布根本就無法保暖，再這樣下去很危險。」牢友當中的王仔曾是郎中，看到這情況也頻頻搖頭。

臺灣東部環境嚴苛，夏日嚴酷的烈陽和冬天刺骨的狂風，每半年會交替上陣，連裝備齊全的日本警察都難以招架，更何況是只披著一層粗製麻布的囚犯們。他們每天被迫長時間勞役，持續為日本帝國採擴和開路，加上東部醫療資源匱乏，被分發至此的「罪犯」絕大部份無法活著回到西臺灣。

「有人去問過黃老嗎？他會不會有辦法？」黃老是整間收容所內最年長的犯人，已經在這待了快五年。聽說他當年因勇敢起身抵抗日本人才被抓來，在收容所內地位極高。

「聽說他做過道士還天生陰陽眼，或許余弟不是生病而是被髒東西煞到，」王仔心中抱著一絲希望如此說道：「不過黃老在另外一區，必須冒險偷渡過去把人帶來。」

「我去！」丁仔自告奮勇，他跟余清芳在鹽水港街就一起打拚：「被發現頂多挨一頓打，但絕對要保住余弟這條命！」

「浮浪者」類似清代的羅漢腳，是指沒有一定住所或職業，且被日本警察判定有妨礙治安或風俗之虞的人。他們沒有犯罪事實，只是被日本帝國預防性關押著，並透過規律的勞動和群體生活全面改造這些在殖民地高層眼中無所事事的男人。

收容所不像監獄看守嚴格，犯人們在白天強迫勞役，晚間有些自由時間。丁仔趁著點名的空隙偷溜並找到了黃老，熱心腸的老人第一時間答應前來探望。

神祕老人的到來讓所有人都很期待，好奇地將兩人圍了起來，都想知道此事如何能解？

余清芳此時已昏迷，全身如火爐般發燙，因著囚室寒冷，一層水氣氤氳由身軀往上蒸騰。

黃老拿了火燒樹枝製成的碳筆，在紙上開始畫符，口中喃喃自語說著沒人聽懂的話，並隨即引燭火點燃紙張，以雙指夾著符令讓火光在余清芳身體周圍拂過，直到燒成灰燼墜落地面。

「他帶有天命，不應命喪於此。」黃老用嘶啞聲線說，向旁人討來水，在他額上寫字。

余清芳漸漸醒轉，但氣如游絲。

黃老蹲下向他耳語：「汝體質特異，是做大事的人。我有古藥方能助一臂之力，轉成乩身，或許神明會救汝一命，不妨試試。」

余清芳點點頭無力地說：「我平常時食齋修行，多謝湊腳手……。」

「如此甚好！」黃老站起望向其他人：「明天你們去勞役時，沿路揣看覓相思仔，盡可能由枝幹至根部刨下樹皮，避免刨到樹質帶汁液部分，把刨下的薄長樹紙捲妥帶回。」

「相思樹可以入藥？我們平常都砍來燒柴用。」王仔好奇地問道。

「單純熬煮樹紙不行，必須加上一些祕方，」黃老小心翼翼地從寬大的衣袖裡，取出以油紙層層包覆的五寸見方藥材，裡頭是深褐色的細小種子：「這是駱駝蓬的種子，來自西藏。跟大量相思樹紙一起熬煮便生奇效。」

眾人關在同個地方歷經患難，都有感情，對於這點小忙自然一口答應；於是即刻著手準備包裹樹紙的獸皮，也討論著明日該如何互相掩護、以打磨鋒利的石塊採集樹皮。

隔天勞役結束後，太陽也跟著下山，氣溫快速降低。余清芳因畏寒不停顫抖，上下排牙齒碰撞地格格作響，極度虛弱的他，只能奮力吊著最後一口氣。

這時黃老再次到來，手裡捧著一碗深黑濃稠的湯藥，氣味十分惡臭難聞，原先好奇靠近的人被熏得倒退三步。

「此即是相思湯，服下去吧。」

余清芳順從地緩緩喝下，眾人既擔心且好奇，全擠成一團，想見識這帖大夥參與煉製的祕藥是否生效？等了一炷香的時間絲毫沒有反應，余清芳仍舊病懨懨地躺在床上。

突然間，余清芳驚惶大叫，手腳像是著了火快速甩動。

旁邊的人正想上前，卻被黃老一把抓住。

「不要動他，能不能成，就看此時！」

黃老再次點燃符令，用煙霧與餘燼環繞余清芳周身，大聲誦念無人知曉的咒語，用盡所有力氣宣示地界、驅除所有肉眼未見的靈界干擾。

而余清芳痛苦地跌下了床，在地上持續地翻滾哀嚎著，直到把胃中殘餘消化物盡皆嘔了出來，全身虛脫地躺著動彈不得。

「來囉！五府王爺有心搭救汝！」黃老強行壓抑聲音中的歡喜。

這時，失去意識的余清芳腦海內，出現了一道清澈的聲音——

部一

百年繁盛、花開花落

01 乩童

一九七〇年・大暑・臺南牛磨後

夜幕低垂，日間熱鬧吵雜的臺南市區逐漸沉靜下來，民眾已在家中歇息，卻有一間廟宇聚集許多信眾。府城西來庵規模不大，位於正興街旁，廟埕坐著許多人搖著扇子消暑，閒話家常交換著街坊間的小道消息。

庵內經驗豐富的乩童水伯，一如往常地，在週五晚間會恭請王爺起駕，讓民眾問事解惑；信徒踴躍地請求王爺開示，總是要到接近午夜才能結束。

「正雄，足久無看！呷飽未？」正雄還沒走進西來庵，陳姐就熱情地向他打招呼。

「呷飽足久啊，陳姐今仔日嘛是來請示王爺？」正雄年紀約四十來歲，是府城內有名麵包老店「甘味堂」的第三代老闆。

「是啊，阮兜最近半暝攏有鳥鼠咧叫，吵到全家攏睏袂落眠！來看王爺會當鬥相共請鳥鼠離開無。坐啦坐啦！」陳姐指向前方的椅子。

「這點小事王爺一定會當處理予好。我先去廟內點香，小等輒來閣再講。」正雄沿著護龍靠右邊走進正殿，點香完再出到拜亭，一路與信眾打招呼；他從小跟著祖父來廟裡，跟大家都很熟識。

來庵內求神的信眾不分男女老少、各種年紀、家世、階級都有；提出問題也五花八門，舉凡事業、感情、學業、爭執糾紛……不論遇到什麼難題，都會來請示王爺。

轉達神意有許多種方法，像是筆乩、碟仙、扶筆、扶轎等等皆是，神明透過不同途徑提示，再經由桌頭轉譯。但最直接的路徑，莫過於能跟神明雙向溝通、一問一答的乩童了。

乩童是能讓神明靈體附身其上的凡人，角色是天界和人界的溝通橋樑，通常也被認作神明的「世間代言人」；一般來說，乩童體質並不常見，需要帶有天命之人，花費大量時間的修練達到與神靈同步，對於各廟宇來說，這樣資質的人才一直是可遇不可求。

這晚西來庵同樣問事到半夜，原本熱鬧的人群已經消散，剩下正雄一人在前殿等待。

開店忙了一天的他滿身疲憊、心中滿是疑惑：「奇怪，只是照往年習慣替店內求開市符，怎麼會被留到最後？」

「信徒正雄，有事言明。」聽到桌頭終於呼喊自己的名字，跨過「三川門」右側的龍門，畢恭畢敬地持香上前，跪在披著法衣，已被王爺上身的水伯面前。

水伯年過七十，身形削瘦的他，熱衷廟內事務，已在西來庵做事十七年，無論大小瑣事，只要能幫上忙都盡心盡力，是大夥十分敬重的長輩。

水伯起乩後，言談與行動都跟平日的和氣溫吞完全兩樣；精氣神飽滿、架式氣勢十足的他，搖身一變成為信眾心中最重要的支柱。

正雄才正要開口求符，就被王爺手勢止住。

「汝今日可是來求開市符？」

「是、是，求王爺保佑弟子能生意興隆，一切平安順遂。」正雄深深一鞠躬。

王爺微微一笑：「此事好辦，但將汝留到最後，是要告知一件事。」

正雄表情疑惑，毫無頭緒：「懇請王爺開示。」

「汝祖父離世已滿二十載？」王爺問道。

「正是，上個月才祭過祖父。」正雄恭敬回道。

「玉皇大帝感念其陽世功績，降旨將伊冊封為神，現已納歸本府麾下，封官督司。」

「唉唷！凡人封神！這可是件大事啊！」正雄一時反應不過來，倒是原本快睡著的桌頭突然跳起大叫：「我這世人毋捌聽過有人封神啊，像是岳飛將軍、關公和媽祖娘娘，這些神明是幾百年前的事啦……快快拜謝王爺啊！」

正雄聽了桌頭的解釋深感榮幸，心頭雖有滿滿疑問，也只能出於本能地拜謝。

「汝祖父將陸續託夢予爾等告知消息，汝再按其樣貌穿著刻畫神像。」王爺繼續吩咐道，同時間拿出兩道符令作法：「此乃開市符，照舊在門前門後化佛光。」

正雄再三謝過王爺，抱著既驚又喜的心情回家，打算轉告全家這個好消息。

❖ ❖ ❖

一週後，正雄帶著全家老少共六人返回西來庵，也同樣等到了最後才被叫名。這一次旁邊多了許多湊熱鬧的信徒留著，好奇想知道凡人封神的事蹟。

正雄持香代表全家發言：「啟稟王爺，如王爺所說，祖父這幾日已陸續向家中幾名長輩託夢告知此事。」

王爺似笑非笑問：「還來找本府何事？」

正雄有些難為情：「其實……街坊鄰居大家都在問，祖父到底積了什麼福德才能封神？未來也好傳佳話供後人做榜樣。但是……祖父在夢中卻不願透露，生前也一字未提年輕時的事蹟，弟子才斗膽來請教王爺。」

王爺只是輕輕搖搖頭、嘆了一口氣道：「此島上許多故事都被藏匿起來，不知情也不怪汝，應是當權者欲掩蓋訊息。」

正雄一家人坐在神桌前，圍觀的民眾坐在後頭排，所有人都全神專注地，聽著神明的話：「此間西來庵歷史悠久，但原址不在此，爾等可知？」王爺問道。

「弟子慚愧，只知道祖父當時費盡心力重建了廟宇，卻不知道背後的故事。」正雄答道。

「原先的廟宇早被拆除，唯部份神像仍然保留著，」王爺望著前方遠處，沉默了一陣：「那已是欲一甲子之前的事，當時，臺灣島還在日本人的統治之下……」。

02 豪紳

一九一三年・木離・鵝鑾鼻庄大板埒

一艘大輪船緩緩駛進日本人的捕鯨基地大板埒，港口人員全體出動忙著卸下木箱；這條從基隆出發行經臺東到鵝鑾鼻為止的東岸航線，基本上是以運補貨物為主。

貨物全卸下後，閘門開啟；有一群人穿著破爛的廊衣，發瘋似地衝下輪船。港口工作的人都不意外，人人知道他們是在加路蘭浮浪者收容所關押數年後，終於重獲自由之人。

這艘每週駛經的貨輪，所載送的，就是僥倖留下一條命的那些人。

在眾多人爭先跑出後，一名男子不像其他人一獲自由，即刻拔腿狂奔；反倒是先在甲板上深吸了一大口氣，像是想紓緩自己肩上的壓力。隔了許久，才如釋重負地緩緩走下輪船。

這人年約三十出頭，一雙飽經憂患的大眼彷彿無所畏懼；他樣貌清秀帶幾分書卷氣，皮膚黝黑且身材瘦弱，看得出這幾年粗重勞役刻在身上的風霜痕跡。

下船後他像是被什麼無形力量驅使那樣，一路步行或搭牛車，花了足足一整天的時間，終於在正午時分來到了臺南廳直轄東、西區的交界，即最繁華的街道之中。

市區內人聲鼎沸，大街寬闊乾淨，開設了幾間洋店鋪，販售新奇的西餐和西服，絡繹不絕的往來民眾，市招與話聲摻雜著日語、漢文和臺灣話，與多年前造訪過的印象全然不同。

他全身破爛跟周圍環境格格不入，卻目標明確地走著，向路人問的都是同一句話：

「府城西來庵怎麼走？」此人便是余清芳。

❖ ❖ ❖

西來庵的位置，其實再好找不過。當地人都會驕傲地說：走到兩年前剛建成的「石像」圓環後再朝向東行三分鐘路程就到了；西來庵是座三進二落的建築，屋頂勾畫華麗的飛簷，彩色磚瓦在陽光下閃閃發亮。這座嶄新的廟宇，是由大目降豪紳蘇有志全額資助興建，與「石像」圓環在同一年一起完工的。

廟埕聚集不少信眾正在閒聊，當中一名女子在人群中顯得特別醒目。

她身穿和服，髮簪梳理得整整齊齊，捧著一件小孩衣服正來回碎步優雅地走著。平時在廟中很難得見到穿著日式服裝的信徒，且她五官立體，皮膚雪白、身材頎長，整體觀之不像日本人；也可能因為腳踏咔咔作響的木履，她比一般赤腳，或是著皮底布鞋的男性信眾還高上寸許，十分引人側目。

她時不時將頭探進庵內想看發生什麼事，今日等候的時間似乎特別長。

這可苦了一旁神情緊張的廟方執事阿廖，深怕有所怠慢；畢竟要是惹到日警，那可是吃不完兜著走：「新居夫人不好意思，再麻煩等一下，下一位就輪到您了。」

「叫我湯玉就好。那位大哥已經進去半小時了吧？是遇到什麼難題了嗎？」她十分好奇，再往前探了頭。

阿廖趕緊回答：「報告夫人，那人正在告天狀。」

阿廖見湯玉一臉茫然，連忙接著解釋：「就是把自己受的委屈詳細言明，由師公作法後就能一狀告到天庭，再交由王爺裁奪作主。我看夫人在趕時間，我馬上去把他叫出來！」阿廖說完就衝進廟內；但湯玉並沒有要打斷對方問事的意思，只好三步併兩步地追上想制止阿廖。

庵內神桌旁，坐著一名正在碎唸的男子，對著披戴道服、頭綁黑巾，用竹筷打了個鬆散髮髻的一位壯年人不斷抱怨：

「牛奶吉，阿三每次都占我便宜，收割時把那塊算他的，開耕時又推給我做，這樣太超過了啦！他明年一定又會再用這奧步再來一次，我不能總被欺負，王爺要幫我討回公道啊！」

這位身著道服的「牛奶吉」，本名叫陳清吉，年約四十歲左右，身材不高但十分精壯，因長年用扁擔背負瓶瓶罐罐到處送貨而身形佝僂。除了是西來庵的「陳師父」，其本業是在市郊養乳牛，專門賣牛奶給日本人，大家也就順理成章地稱他牛奶吉。

他年少時曾是王爺乩身，替民眾消災解惑，直到年紀漸長後，王爺請他卸下乩身的職務，於是他便改以**道術**服務眾信徒。

湯玉追進庵內即時擋下了阿廖，並比劃手勢要他安靜別打擾；只見牛奶吉拿著毛筆一面抄寫一面聽著抱怨，面前擺著一大張黃紙，上頭已抄下許多細節。

「你剛不是說，阿三有給你那塊畸零地的收成？」牛奶吉和男子再三確認之下，口氣已顯得有些不耐煩。

「有是有，但那塊五分地能收六斗米，他只給我三斗，就是占我便宜。」那人講話更加不客氣，大聲訴說自己的委屈。

牛奶吉看他還要再說，趕緊用手作勢擋住對方的嘴：「收成也費工夫，你家自己的地都收不完了，現在有人幫你收，還分給你一些，有什麼不好？」

那人稍微遲疑了一下：「是……是沒錯……可他至少要給我四斗米啊！」

「所以只是數量談不攏嘛，講那麼多好像你多可憐。」牛奶吉拿出紅筊雙手遞給那人：「你剛說的王爺都聽到了，你自己去擲筊，看王爺同不同意你說的話，這不用告天狀啦！下次直接講重點。」

男子只好收起氣焰，到一旁雙手持香，對著神像再稟報一次，語氣從一開始的氣憤逐漸轉為心虛，原本連珠炮的字句也逐漸支吾了起來。他愈說愈小聲，最後連筊都不擲了，跟牛奶吉簡單答謝後，便急急忙忙離開。

「陳師父果然厲害，根本不用登壇作法，一下就順利解決了。」湯玉笑意盈盈地打招呼。

牛奶吉露出靦腆微笑，見到湯玉拿著小孩衣服便正色道：「德章又不聽話了？」

湯玉無奈點點頭：「已經試過所有方法還是沒辦法哄好他，這幾天睡到半夜就嚎啕大哭，嗓子沙啞還不停止；聽外子說小兒夜哭不祥，所以來找王爺收驚。」

牛奶吉請湯玉將衣服擺在神桌上，拿出一張細長的黃色符紙，以毛筆沾上紅墨寫下符文，用燭火點燃騰空畫符。然後閉上雙眼、眉頭緊皺並掐指計算，似乎在尋找什麼事物那般。

「近日冤氣繚繞，孩子是被髒東西煞到了，」語音未落就遞給湯玉兩張符紙：「已拜請天兵神將出手幫忙化解。這兩張符，妳明後兩工早起化成符水予囡仔飲，身軀有佛光庇佑，保伊最近袂去予攪擾。」

湯玉滿懷感激之情，先鞠躬感謝牛奶吉，再轉身朝向王爺神像拜謝；單手熟練地收下符紙，將其摺好夾入孩子的衣物中。

但她仍不放下左手持香，表情顯得有些猶豫。

牛奶吉看在眼裡：「夫人若還有事，請儘管說。」

「還是師父瞭解我，」湯玉眼波瀲灩，神情中盡是感動：「我……我想請教王爺……部落現在的情況，尤其是剛返回與族人居住的阿莫與依諾，兩人可好？」

牛奶吉雖不確定新居夫人講的是誰，仍一貫耐心詢問：「有帶兩位重要的物件嗎？」

湯玉掀開左側衣襟，由裡層取出一塊木雕人像交給牛奶吉，看來已歷經許多風霜。

「請夫人在心中遙想家鄉。」牛奶吉寫罷符紙之後點燃，在木雕人像周圍劃了幾圈，閉上眼口中唸唸有詞。

過一陣子，牛奶吉糾眉頭睜開眼：「夫人家鄉遠僻，我能力有限，目前音訊杳然，實在抱歉。」

真的好遠……湯玉望著木雕人像憶起山間的炊煙，腦海中也浮現逐漸淡忘的往事。
牛奶吉見狀，只好安慰道：「吉人自有天相，夫人不必擔心。」
湯玉也只能點頭，再把手中那炷香恭敬地遞給牛奶吉。
這時突然有一人快步走入庵內：「牛奶吉！急事打擾！啊，新居夫人也在這。」
牛奶吉起身行禮：「蘇家掌櫃，什麼事這麼急？」
來者是位鬚髮盡白、舉止儒雅的長者，他搖搖頭低聲說：「唉！蘇家大難臨頭了……頭家望你隨去宅邸，扶筆請示王爺。」
牛奶吉挺直身子答道：「好，我馬上備妥，立即趕去。」
與蘇有志熟識的湯玉神情驚訝：「蘇頭家怎麼了？是否通知外子過去一趟？」
「當然最好，承蒙新居部長長期協助，再有勞夫人了。」蘇家掌櫃謝過兩人，走也匆匆。

❖　❖　❖

本該是春暖花開，萬物復甦的好時節，在宅邸內不斷來回踱步的蘇有志卻眉頭深鎖。平時沉著內斂的一族之長，今日卻如臨大敵，藏不住心中擔憂。他一早請掌櫃到臺南廳直轄東區的臺灣銀行查核，他心知結果將攸關整個家族的命運，但眼見日頭即將西落，掌櫃仍未歸來。
家中的僕人們見頭家這臉色，都紛紛避得老遠，生怕被掃到颱風尾。
蘇家宅邸占地廣大，位於大目降街觀音廟市區的心臟地帶，是七十年前由蘇有志的祖父建成，建築形式是二進式多護龍合院，格局嚴謹對稱，門額上「瑞氣盈門」大字相當莊嚴霸氣，樑柱全選用上等福杉、紅磚屋瓦；山牆壁鎖、窗櫺木雕皆有書畫點綴，窗楣更以泥塑彩繪，工法細膩精緻。如此費工就是希望這宅邸為蘇家奠基堅固，且庇蔭子孫使家業世代流傳。

家業傳到蘇有志父親蘇振芳手裡時，已有振芳餅店、振福布店、振香藥房等商行，並且陸續拓展魚塭、糖廠、米廠等事業。等到蘇有志接手，更與日本帝國密切合作，受勳為臺南廳參事、授佩紳章，才沒幾年的光景再次擴增家業，如今已有農地、魚塭上百甲，經營得有聲有色，尤其是他經營十餘間煉製蔗糖的糖廍，現此時是蘇家的金雞母。

蘇有志現年五十，樂善好施的個性很受鄉里歡迎，因家中排行第三，人稱蘇三頭；他頂著光頭卻留著一把長鬍，眉宇間透著文氣，頗有大賈之風；且這位大頭家給予蔗農的收購價一直優於日本糖廍與糖廠，可以說大目降周圍數百戶家庭的生計，都靠著這實業家在維繫著。

終於，一駕人力車急奔回府。

車伕氣喘如牛，汗珠如雨滴落下，車上乘客一路從直轄東區到大目降街觀音廟已換了八駕人力車，為的就是用最快速度回到蘇宅。蘇家掌櫃丟下車資後，頭也不回，直接奔入內堂。

「如何？」蘇有志劈頭就問，掌櫃頻頻搖頭，面帶愁容。

「唉，進去再說！」掌櫃吩咐僕從把門關上，並使個眼色叫人全部離開。

「頭家，我到臺灣銀行那邊查過，先前日本那邊約定好的金額……半張匯票都沒進來，」掌櫃字斟句酌地報告著。

蘇有志見到掌櫃的表情，心裡已有幾分準備，他默不做聲只是盯著光亮的磨石子地板。

「更早寄到日本詢問的信件也已收到回函，沒人聽過這間東新會社，」掌櫃觀察了蘇有志的神情，見他並無反應後繼續報告：「最後我直接到登記居住地所屬的直轄東區派出所，詢問武田先生的下落，奇怪的是，竟沒有一位當地巡查知情。好不容易透過您臺南廳參事的名義，請臺南廳宮城警務課長，花了一早上以緊急治安事件為由，用電話與臺北的總督官房情報課求證；為慎重起見，同時跨洋向日本外務省調出武田返國的旅券紀錄，也已確認武田村一在上個月緊急返回日本，除了攜家帶眷，還攜帶大量行李。恐怕……恐怕不會再回來了。」

聽到這裡，蘇有志猛力一掌拍向木几，吸吐著沉重的鼻息，盡量壓抑自己憤怒的情緒。

掌櫃知道頭家此時大為光火，便不敢再說。

蘇有志猛一抬頭望著掌櫃：「資金還能撐多久？」

掌櫃慢慢吸足一口氣才回答：「這次金額過於龐大，把急用金全算進去也只能再撐幾個月。老朽建議趕緊關閉一些賺頭較少的廠，能爭取多一些時間，像是老頭家留下的織布廠和餅行，應先行捨去。」

蘇有志心亂如麻，一時不知該如何應對這場鉅變，決定先按照掌櫃所說處理。他不斷搖著頭想著：「該死的日本人！為何要騙我？武田和我們也合作一段時間了，」

「先趕緊幫我找陳師父來請示王爺！」蘇有志下令道。

掌櫃道：「方才已順路通知，他人應該已經在路上了。」

蘇有志此時還被困在自己的萬般愁緒中：「唉，當時是被逼著馬上做決定，要是來得及請示王爺就一定不會出事……」。

「另外，我在等待日本外務省的回覆電報時，已直接向臺南廳警務課報案，對方表示會派司法警察官[1]前來調查。」掌櫃衡量可以接著往下說：「當然，我有拜託負責報案的木村警部找最好的人選來處理。」掌櫃用大拇指與其他四指摩擦，做出數鈔票的動作。

「日警才不會認真辦日人，報官也只是白費力氣，」蘇有志搖搖頭：「你不如打點等一下法會用到的祭品比較實在。」

蘇有志垂頭喪氣、意志消沉地踱步離開內堂，這次挫敗對他的打擊著實不小。

❖ ❖ ❖

位於府城噍吧哖支廳邊界的虎頭山內，遠古有塊巨石，從山上滑落就此卡在山谷上，自然而然地，這塊巨石和山谷交疊中的縫隙，形成了天然遮風避雨之處，也成了江定等人藏匿山中的一處營寨，大夥稱作「石厝」。這附近是往來行旅提心吊膽，生怕被無端打劫的所在。

「阿張也病倒了？」江定坐在石厝的深處，問著來報的長子江憐。

「阿張大腿已化膿，周遭脈絡都腫脹發黑，且已高燒不退三天……有點像是烏鼠疫，恐怕是上月請來的漢醫沒處理乾淨。」江憐擔心說道。

「馬上派人到山下請西醫來，不計任何代價。」這群都是跟著他十幾年、出生入死的好弟兄，江定不願意放下任何一人，即便他心底知道希望渺茫：「給他十天糧食和一張被褥，先在營寨外面幫他搭個棚子，如今也只能等待大夫來了，記得切勿曝露營寨的所在。」

一旁的軍師補充說道：「這鼠疫十分凶殘，傳染力極強，在短時間內，蔓延全臺，死了很多人，要弟兄們千萬不可輕忽。現在起不准再靠近阿張，前幾天曾和他密切接觸過的人，建議也先另外關起來觀察十天。」

江憐聽了趕緊向江定求情：「但父親，營寨裡頭較溫暖，物資也充足，臨時搭起的棚子很容易漏水。要是下雨，就怕阿張又受寒，捱不到大夫來……能不能開恩讓他……」。

砰！

江定猛力拍了木桌，打斷江憐話頭：「阿張打小跟著我！我自然不捨！但為了大局著想，他還是不能留下！」語畢便再也不看江憐，側身用上臂支在桌上，不言不語。

這決定對江定無疑十分困難，膀闊腰粗的山大王，低首沉思的模樣竟顯得有幾分落寞。

江憐不敢再說，軍師打圓場道：「我們畢竟是住在深山裡，跳蚤蚊蟲多容易傳染，叫弟兄們輪流到溪邊盥洗，也把衣物都洗乾淨，夜晚再蓋上草蓆防蟲。」

江憐領了命便快步離去。

「烏鼠疫這幾年在各地頻傳，必然是四腳仔[2]太過傷天害理，才讓老天爺降罪。」軍師搖搖頭說道。

江定嘆了口氣，回頭凝望身後的王爺神像暗自祈禱：「王爺在上，弟子對日本的復仇尚未完成，萬萬不可栽在此地啊！」

軍師看江定面色苦悶，便出謀劃策：「在下建議，也許可以辦場祭祀法會，祈求王爺保佑，讓大夥度過此次難關。」

「就按軍師意思吧，」江定點頭表示認可，又加了一句：「營寨物資是否充足？不可餓到弟兄們，養足體力才好打仗。」

「不瞞大帥，糧食的確稍有不足。日本狗極力發展樟腦事業，不斷地往山區開發，各個隘口也加強巡守，外出採購物資困難重重，」軍師解釋道：「不過，最近探子回報日狗警備人力陸續被調去後山[3]，我們或可主動出擊、搶奪物資！」

江定得此消息心情一振，同意了此番提議，雙眼露出炯炯精光。

❖ ❖ ❖

蘇宅外，一駕全新的人力車停在門口，紅色的座椅，黑色的車身，用來靠腿的桐木漆著「臺南廳警務課」六個閃閃發光的金字。

一名年輕男子下車，皮膚白皙、身材挺拔，留著俐落的平頭，五官立體且精緻，尤其一雙濃眉大眼讓人印象深刻；他著一身全白制服，臂上別著警徽，制服的材質和樣式卻與一般警察明顯有別。

「龜山警視大人，蘇宅到了。」車伕還喘著大氣，恭敬地請龜山下車。

這位叫做龜山的男子，提著一卡皮箱步入蘇宅。家僕不敢怠慢想要幫忙提皮箱卻被拒絕，只好請他先在門廳候著，自己跑去通知掌櫃。

龜山等待時並沒閒著，他四處觀察蘇宅門廳內的裝飾，想藉機瞭解這座宅邸主人的個性。

蘇宅外觀不算搶眼，真正的細節暗藏在內。龜山摸著屏風，知道雙面木作屏風用料實在，更鑿刻不同樣式的花窗，讓陽光灑入保持通風。側牆掛著字畫，筆畫蒼勁有力出自名家之手。高處的橫樑上更鑲有彩色交趾陶點綴，描繪豐收的場景。

「真不愧是大目降第一宅邸。」龜山心中默默讚賞每一件精緻的藝術品。

蘇家掌櫃來到門廳接客：「大人，有失遠迎還請見諒。」

「免客氣。」龜山不帶情緒地說：「恁頭家呢？」

「請進，老爺正在內堂。我已將與案件相關的帳目全整理好在這，可讓您作為證據分析之用。」掌櫃指著桌上一排厚重的文件。

「先囥佇遐吧，我之後再帶回廳裡詳查。」龜山只撇了一眼就移開視線：「詐欺案光看資料是看不出端倪的，得親自詢問才能知道狀況。」

「是、是。」掌櫃連聲答應，心裡想著：「這司法警察聽說是留學德意志國的，破案相當厲害。雖說日警上任前都要學習臺灣話，但能講得這麼道地沒有口音，必然花了一番功夫。」

掌櫃帶著龜山穿過內院，蘇有志已備好熱茶等待龜山，他心不在焉地跟龜山打了照面並隨意寒暄兩句；此刻他心思紊亂，只想著待會如何請示王爺，自己如何領蘇家度過這次難關？

掌櫃先跟龜山解釋：「蘇家跟武田村一是長期合作的夥伴，數月前武田提到一筆在日本很吸引人的投資，原本僅限日本人才能入股。是後來臨時有機會才能讓頭家加入，同時立即要求我們支付大額資金。」

「情況我大概知道，資料我路上也看過。」龜山打開皮箱，一早掌櫃送去的報案資料上頭已標上滿滿筆記，「武田是否原先講好一段時間後，每個月能有固定金額回收，但你們卻一次也沒收到？但每次聯繫，對方都有合適的理由？」

「果然有一套，很快掌握脈絡。」掌櫃心中暗自佩服，隨後補充說明：「我們已經等了將近四個月，錢還是沒進來，武田先生也從此消失不見，因此只好報案。」

「這種詐騙手法在外國時有所聞，在本島[4]倒是第一次見到。」龜山拿出筆記本抄下細節，同時觀察蘇有志，發現他對自己的偵訊並不太積極回應，心不在焉似乎在想著別的事情。

「蘇頭家，都是你親自和武田接觸的嗎？」龜山決定直接詢問蘇有志。

「對，他幾次約我談事情都很緊急。」蘇有志緩緩地說道，也順便梳理自己的思緒。

「很緊急？完全不讓你有考慮的機會嗎？」龜山問道：「最後又是怎麼說服你加入的？」

「有一天他突然跑來說投資案件有人臨時退出，要是我能馬上準備出若干數目的金券[5]，生意就能算我一份。」蘇有志緩緩回憶道：「我當然很開心，馬上請掌櫃去銀行處理，他人就在這等了半天。給了整箱金券後我們馬上簽定，當時還以為蘇家走運……」。

「看來他是早有計謀，就是要讓你無法事先準備。」龜山思索一陣，隨即問道：「你們過去生意上怎麼往來的？」

「武田村一主要出口蔗糖、樟腦和檜木到日本以外的市場，數量不大但很賺錢，我們蘇家的糖廍分蜜糖、粗糖也有一部份交給他外銷。」

「能做這幾樣專門生意的，政商關係必然很好。但這樣的人怎麼會鋌而走險來騙本島人的家業？難道別有隱情？這個武田的背景值得好好調查。」龜山在心裡盤算著：「另外也可以去銀行查金券兌換的狀況，看看是否有其他可疑的線索。」

「唉，若是照原本投資契約所訂的優渥收益，蘇家明年就能買下整個臺南廳近郊的蔗田，這樣下港[6]蔗糖產量就占到一半以上，也代表農民們都有好日子可過，」蘇有志十分懊惱地撫摸著自己寸髮不生的腦袋：「該死，現在想想，武田這小子那天的神情一直不太對勁，果然一急就沒好事。」

「報告老爺，西來庵陳師父到了！」外頭的僕從知道來了熟識的人，趕緊通知蘇有志。

原本萎靡的蘇有志一聽之下精神振奮，起身就要離開：「龜山大人，抱歉我現在有重要事必須處理，若有問題麻煩先找掌櫃，失陪！」

掌櫃趕緊起身彎腰向龜山賠不是：「警察官大人失禮，此事非得頭家親身出馬。」

「何事如此緊急？比我來此辦案還重要？」龜山十分詫異，決定留下一探究竟。

1司法警察官：約略相當現今「檢察官」的職務，但在日治時期屬於警察系統轄下，負責偵查案件和起訴，可調派一般警察協助。

2四腳仔：臺語唸作「四跤仔」，是臺人私下對日警的稱謂；意指警察是四腳著地的狗。

3後山：意指臺灣東部，即當時尚未納入日本帝國版圖的深山地區。

4本島：在臺日本人對臺灣的稱謂。雖然日本與臺灣都屬四面環海的島嶼，非內陸國家。但「本島」有把日本做為「內地」，而臺灣為延伸殖民所在之意。

5金券：直式印刷的鈔票，自一九〇三年開始發行，因與日本流通貨幣同樣採用「金本位」而得名；要一直到一九一四年（大正三年）三月三日，臺灣銀行才發行所謂的「改造券」橫式鈔票與金券同時在市面流通。

6下港：指的是臺灣南部的安平港及高雄港，一般口語上用來借代指稱「南臺灣」。

03 王爺

一九一三年・春分・亭仔腳西來庵

臺南廳全境是臺灣率先解除烏鼠病疫情的所在，此事使得主司瘟疫的王爺聲名大噪，常有香客慕名前來府城西來庵參拜，答謝王爺的保佑。即便如此，今日庵內的盛況也是前所未見，由於一口氣湧入許多看熱鬧的民眾，庵內早已容納不下，因此一路排到庵外，人龍繞著廟宇整整兩圈，甚至有人攀爬在庵外的石牆上，只為了能窺見裡頭的狀況。

「裡頭到底怎麼啦？」路過的民眾不斷詢問，深怕錯過了好戲。

「聽說啊，剛有一名素衣男子步入庵中，整整在王爺神尊面前跪了三個時辰都沒動，剛才突然開始搖頭晃腦，起身踏著七星步，口中唸唸有詞。」一名長者從前方退到後頭跟大家分享，搭配著手勢說得口沫橫飛。

「該不會？是王爺駕臨了乩身？」

「王爺有乩身！這可是大事啊！」

這消息便跟著人群一傳十、十傳百，才會一口氣聚集了這麼多人。

「還不只這樣，剛才一名婦人抱著生病的小孩來到庵中，她說孩子已經發燒好幾天，自己卻沒錢讓他看大夫……直到昨夜王爺託夢叫她抱著孩子過來，結果才剛來就碰上王爺起駕。」

「然後呢？」大家好奇地問道：「該不會就治好了吧？」

「王爺乩身隨手從鏤空雕花的桃花心木劍鞘，拔起神尊的配劍；此雖不如原寸真劍，但氣勢額外懾人；金光閃閃的劍身，鑲嵌其上七顆曲折起伏的不知名寶石發出凜冽寒光，這乩身朝孩子身邊砍了幾下又大喊一聲。原本一直哭鬧的小孩當下就安靜下來了，不只不哭不鬧，見到神情凶悍的乩身還笑了出來。」那名長輩揮舞著手臂，生動地重現當時的場景。

信眾內心的激動完全藏不住，紛紛雙手合十朝著廟中跪拜。

「伊開始替信徒看病解災，剛已經替好幾個人用符火化解，還開藥單呢！現在好多人排隊等著。」那老人語氣激動，眼眶泛淚：「我有生之年……竟然有幸見到王爺乩身！」

「王爺顯靈替人看病啦！大消息啊！」

「王爺乩身十分罕見，真是太幸運了！」信眾大聲歡呼著，迫不及待地把這好消息繼續往外傳。人們期待的心情愈來愈高漲，繼續把故事加油添醋下去，這下偌大的廟埕擠滿了躍躍欲試的鄉親，比年節採買的市場還要來得擁擠；著著實實地肩膀緊貼肩膀，腳跟踏不到地。

庵內執事見到這狀況受寵若驚，一時也不知該如何處理：「雖從未見過這人，但這動作和姿勢的氣勢絕非作假。王爺若是真能降臨，絕對是本庵一大榮幸啊。趕緊派人去通知蘇董事。王爺靈驗，他肯定是最開心的那個人了！」

「陳師父一早就去蘇宅主持扶筆了，不知道事情處理完了沒，真可惜他跟蘇董事沒能第一時間親眼見到。」廟內掃地、倒茶、收香火、供品的一干三姑六婆七嘴八舌討論著。

❖　❖　❖

臺南廳直轄東區的一座派出所內，穿著整齊制服們的日警們正忙進忙出。裡頭很明顯分為兩區，一區寬敞整齊又明亮，是日警的辦公區；而另一塊陰暗又擁擠的邊間，連基本的木桌椅都沒有，該區塊擠著幾位漢人巡查補和蕃人警手[7]，蹲在草席上面或席地而坐，隨時等待被召喚出勤。

這是總督府的「以漢治漢、以蕃治蕃」政策，吸收願意配合帝國政府的臺灣人或蕃人，至少能擔任翻譯工作，降低日警的負擔。再三個月，帝國政府接收臺灣就進入第十九年，雖訂定日語為國語，但只能從公學校教育漸漸改變，臺人大多還是操著臺灣話或客家語，蕃人也各自說著自己的族語，在管理上常會遇到困難。漢人與蕃人的基層警力，這時就扮演重要的角色，一方面可以作為語言和文化上的橋樑，另一方面也讓統治階層更容易滲透到下層，以利於更準確掌握與控制。

不過在臺灣人眼中，這些人常被視為叛徒和日本的走狗，只會跟在日警旁邊助紂為虐，利用權勢趁機賺取私利，甚至比可惡的日警更加低劣；因此又被稱作「三腳仔」。

「陳岱！」吉田國三輕蔑地吹了聲口哨像在喚狗一般。這一區散發著酸臭味，身為警部的他完全不想踏入。陳岱是名蕃人警手，正兩眼無神坐在角落，聽聞口哨聲直覺地站起走出，行屍走肉一般，他邋遢不整，身上的制服也不甚清潔；跟他同區待命的兩名大武壠警手，懷著同情的眼光，望著跟在吉田身後的陳岱；一面竊竊私語：「奇怪的人，身為山地人不用自己的名字，用漢人的名字；難道是想假冒唐山仔，娶漢人某？」

吉田與陳岱坐在臺車上，由苦力推著，經由輕便鐵道來到市郊的邊陲地帶，這裡居民大多是經濟吃緊的佃農，在農田中用土角磚堆疊成牆壁，屋頂蓋芒草，室內以泥土整平，搭建簡陋房舍；此處是吉田最愛的狩獵場，光是想到要來這裡就讓他全身興奮。

臺車還遠遠地沒到，佃戶們老早便互相通風報信說「吉田惡犬又來了」紛紛拋下農務趕緊躲回屋內把門窗緊閉，深怕自家招了麻煩上門。

吉田這次要徵調數名男子去服勞役，在用手比劃是哪幾戶後，便由身材高大魁梧的陳岱上前大力地敲門。

「例行巡查，快開門！」農民們心中既害怕又恨之入骨，但日警找上也不得不開門，否則下場會更慘，只能祈禱自家沒被挑中。

一位神情憨直、皮膚曬到發紅的農民戰戰兢兢地開了門，表情凝重地望著兩位不速之客，陳岱粗魯地大把推開對方，跟著吉田大步踏入屋內。屋內空間不大，堆滿了農務用品，整個空間瀰漫著男主人下田耕種的鹹汗味，一名少婦揹著襁褓之中的孩子，囝仔嚎啕大哭，一見到凶神惡煞的吉田馬上噤聲。家中還有神情無奈，顯得無能為力，坐在竹椅上的一對老夫婦；密閉的空間裡瀰漫著緊張的氣氛。

「王勇，年三十四，由總督府徵召勞役前往噍吧哖支廳，為期十四天，五月二十日早上六時至壽町派出所報到，不得遲到缺席。」陳岱大聲宣讀文件內容。

王勇著急地提高聲調理論：「稻子種下剛滿一個月，徵召勞役那時，正值收割期……」。

「這是帝國的命令，而且已經提早兩個月通知了，請預作準備。」陳岱面無表情地說道。但轉頭就看到吉田雙眼正在上下打量著王婦，心裡不由得一陣噁心。王婦生過小孩，身材不如少女窈窕，卻依舊頗有風姿，樸素的裝扮也遮不住天生秀麗；吉田見獵心喜，忍不住露出淫穢的笑容。王婦聽過這位日警素來的惡行，嚇得趕緊抱著孩子跑進廚房。

「我去年也被徵召！隔壁村的從沒被徵召過！大人你們搞錯了吧。」王勇大步向前，想拿到徵召文件，自己親眼確認。

陳岱反應很快，身體轉向、閃過對方的抓取，輕巧地用一個側勾腳，就把王勇絆倒在地。

「刁民想抗命嗎？等著吃牢飯吧！」陳岱刻意大聲訓斥。

王勇跌在地上十分狼狽，心中憤怒，但也知道意氣用事會更慘；只有轉為求情，卑微地抓著陳岱的腳：「大人啊，我們全家只靠這畝田在生活，割稻是全年最重要的時刻，不然我們全家就要挨餓一整年，求求你可憐我們一家人。我餓死沒關係，但我們全家……還想活著啊！」王勇講著，竟激動地落下男兒淚。

陳岱見眼前健壯的男子激動跪求，那猙獰的表情，扭曲的身軀和絕望的淚水，這景象觸動了腦海深處的記憶；曾經他也不顧一切地求著人，情境如此相似，一時間他不禁楞在當場。

「笨蛋！你到底在幹嘛！」吉田使勁巴了陳岱的頭殼，並用力踹了王勇一腳：「你們這群賤農，每次農作都歉收，也沒給我好處，憑什麼要照顧你們？你們天生該死！」

「走了，還有好幾家要找。」吉田往滿是塵土的地面啐了一口，頭也不回地離開。

❖ ❖ ❖

蘇家僕從忙進忙出，從祭拜用的法器、樂器、香品、杯盤、螺鈿雕花神桌、黃花梨太師椅，一直以三牲為首的十餘項供品逐一端上。眾人服從牛奶吉指揮，手腳俐落完成了布置。

嗩吶鼓樂遵循道教規儀，於吉時開始演奏，偌大宅邸的空氣中，傳出穩定且具穿透力的樂聲，蘇頭家穿著正式，站在牛奶吉後面恭敬地向王爺神像朝拜。牛奶吉拿起經書吟唱著無人聽懂的語言，依次有序排在後面的所有人雙手合掌，雙眼輕閉地誠心祈禱。

龜山無法理解地在一旁觀看，這時被湯玉通知的新居巡查部長也氣喘吁吁、全身大汗地趕到現場；他與龜山併肩而立時，意識到自己的儀容不整，因此刻意別過身打理了一番，完成之後向龜山報告：「長官，內子請我即刻過來，我花了七十五分鐘趕到，現在情況不知如何？」

龜山個頭特別高，新居一面仰頭對著龜山說話，一面拿出放在下擺口袋的搪瓷懷錶，確認由直轄西區派出所來此所花費的時間，生怕自己講錯了。

「你是新居德藏吧？聽同僚們說你娶了位蕃人太太，結婚證批下來了嗎？」新居與龜山素不相識，沒料到這名警視已在短時間內，掌握自己的相關資料，並親切地問起家庭狀況。

「報告長官，結婚一事經臺南廳警務課上呈到總督府等候批准；戶口暫時以**內縁の妻**註記，讓內人獲得名分的保障。多謝您費心。」兩人一來一往對話，如同噓寒問暖一般，加上年長的新居恭敬，年少的龜山親切，兩位也都「白肉底」，不知情者還以為是一對兄弟。

還好現場沒有任何一人，敢於把眼光轉過來，看這兩名在儀式中顯得突兀的日本警察官。見新居對案情尚無所悉，龜山大致說了一下到目前為止發生了什麼事。

「你年紀比我長些，就不要再對我用敬語了，我叫龜山龍一，剛從臺北廳借調到臺南廳。你來了也好，向我說說臺灣人為何如此看重信仰，我還來不及釐清全部案情，蘇頭家就逕行離席。」龜山吐了一口悶氣，繼續接著說：「竟然是要問神，」龜山表情有些不滿：「將這種騙人的把戲看得比我還重要？太羞辱人了吧！」

「感謝長官包容。」新居鬆了一口氣，沒想到這位面色嚴肅的龜山警視，竟然在下屬面前自顧自抱怨，看來多少還有幾分不脫少年心性。

他試著不動聲色地，緩緩吸了一口氣，想要消除臺日間的文化隔閡：「蘇家相信是王爺的庇佑才讓他們家業興旺，歷代都是虔誠的信徒。兩年前蘇頭家還在府城內興建西來庵，讓王爺享有祭祀香火。」新居解釋：「像投資這種大事，都一定會請示王爺後才下手，王爺旨意向來靈驗，這次不知出了什麼紕漏，未請示王爺就下決定。應該是對武田太過信任了。」

「宗教就是無知的象徵，是拖累社會進步的毒瘤，」龜山板起臉冷冷地說道：「科學和理性才是未來的解答，不趕快找方法拿回家產，在此浪費時間……」。

「本島人可不是這麼想的。神明的保佑對他們太重要了，奉獻出虔誠的信仰和珍貴的食物，希望能求得神明的庇護；要是事情不如意或有意外，通常會擔心是遭到報應或是惹怒到神明。」新居德藏一開始被總督府任派在臺中廳葫蘆墩，十一年前曾經派調至臺南廳噍吧哖支廳內新化區的南庄派出所，當地鄰近大武壠族居住地，加上漢人屯墾、日人治理，加上新居不像其他日本警察愛擺架子，因此很快就融入當地多元的風土民情；頗能掌握臺灣文化的內涵。

「我就是想不通，」龜山自顧自地表達想法：「本島人自己都吃不飽了，平常三餐只吃醬菜配稀飯，但到了節日要拜神，再豐富的菜色都端得出來，又是殺豬又是宰雞，比平時一整家人吃得還多。又常因為吃不完放到食物腐壞，捨不得丟棄，最後再吃到腹瀉，實在太荒謬了。」與新居的開放態度相比之下，龜山對於臺人「未開化」的飲食習慣似乎十分不表贊同。

「但本島人也因信仰而保有善良的心，知道行善和作惡都會被上天詳加記錄，遲早會得到應有的補償或報應，因此造就相對和善熱情的個性，」新居小心翼翼地察言觀色，生怕惹龜山不悅：「當然這只是我個人的推測和意見啦……」。

龜山直拗地搖頭：「那只是讓他們失敗時能找藉口，或是白費力氣和資源在根本不重要的事情上，用來安慰自己的心情，實際上並未改善任何事情。農民們每年在喊歉收，為什麼不在平常吃飽肚子更有力氣耕作，這樣能得到更多收成，不是皆大歡喜嗎？」

新居發現這位長官頗有求知精神，於是大起膽子與他討論：「或許吧，不過穩定和安心感也是很重要的，對內地人[8]來說無用的儀式，卻能讓本島人更埋頭工作，對生活更安心，這些對在儒家文化中被稱為**百姓**的一般人民，認為自己應該被上天與當權者無條件統治；對他們來說，內在的信仰和外在的儀式都是頭等重要的生命寄託。」

「宗教迷信是人類長久以來的陋習，理應設法改掉。我留學的德意志帝國以理性和科學治國就是最好的例子。這個剛建國四十二年的新興國家，在短時間內國力大幅增長，甚至超越了古老的英吉利、法蘭西等帝國，大日本帝國也正積極跟德意志帝國取經。」

「我是個野人，不瞭解海外的先進事物。或許對蘇頭家來說，自己是本島數一數二的豪商，因此深信一路走來能如此順利，都是因為王爺的庇佑。我兒也承王爺照顧，來收驚好幾次都很靈驗呢！」

鑼鼓大響，打斷了兩人的對話，儀式正在轉換到下個階段。

牛奶吉唸完經文，率領眾人踏入蘇宅側廳，兩名原本正在交換意見的警察官也隨著隊伍行進，藉以觀察；龜山抬頭見到裡頭景象十分驚訝。廳內正中央懸著一支木製粗筆，用一長串的榫卯連到天花板，再從兩側往下延伸，分接到左、右各一支扶手。木筆下方擺著一個大砂盤，上頭鋪著朱紅細砂，看去十分壯觀。「這……這是什麼裝置？」龜山懷疑地問道。

「這叫飛鸞降筆，是一種民間常見的降乩儀式，由兩名扶筆分站左右將筆扶起，可以隨王爺的意旨移動木筆，在底下的砂盤中寫下指示，再由桌頭解讀天意給信徒。」新居解釋道：「不過平常看到的都簡易得多，不像蘇頭家精心特製的這般講究。」

龜山帶著疑問仔細觀察著機關，像是無論如何都想破解這古老的迷信。

「可不要小看那支筆，那是用上好的桃木和柳木精心打造而成，因此稱作桃枝柳筆。據說這兩種木材具有靈氣。」新居小聲地介紹，就怕打擾莊嚴肅穆的法事：「蘇頭家連底下的鋪砂都很講究，是特別從清國運來的硃砂，據說能驅邪正念、隔離干擾，這都是為了能更明確得到王爺的指示。」

「哼，這機關設計很不合理，」龜山不屑地說道：「推託是神明操作的，其實還是靠兩名壯漢在互相推拉，只是他們力道互相牽制，還以為是神力在推。只要其中一人主導，想寫出什麼字都可以。」

「那兩人稱作**扶筆**，可不是隨便找人來就可以的，」新居再補充：「這樣的對象需要經過特別的挑選，通常是不識字的文盲，才不會任自己的意志左右。全套過程中都不可妄自發力，一切順從神意。」

「身為地方仕紳，竟在私宅內打造大型法器。」龜山在心中反覆推敲：「蘇有志看似很精明，原來只是個盲目迷信的人，會被騙也是遲早的事。」

❖ ❖ ❖

主人蘇有志跪在地上，兩名年輕壯漢赤裸上身跪在地上，由牛奶吉以香熏和符令替兩名扶筆淨身，隨即在雙眼綁上紅布，儀式正式開始。

牛奶吉隨伺在側，擔任桌頭一職，他轉向蘇有志：「今日欲請教王爺何事？」

蘇有志緊繃了一整天，絲毫無法放鬆，此時更是冷汗直流地問道：「三個月前，弟子聽信日人武田建議，花費鉅資投入股票，如今已過約定回覆時間，對方卻毫無音訊。想請示王爺，弟子是否遭騙？」

兩名扶筆一左一右，開始隨木筆緩緩移動，木製機關嘎嘎作響，砂盤上現出「詐」字。

牛奶吉眼神凝重地望向蘇有志，似乎毋需多做解釋。

蘇有志搖搖頭，確認自己不是在作夢？他最擔心的事真的發生了，追著再問：「敢問王爺，弟子遭騙錢，是否有機會尋回？」

僕從一將砂盤刮平，木筆動作再起。

這次緩緩移動，寫下了「水」字。

牛奶吉將所見如實告知蘇有志：「所寫的**水**最後一捺特別拖尾拉長……象徵錢財如水流，恐怕難以匯集……」。

蘇有志胸腹之間翻攪不已，腳步一時站不穩，一旁僕從趕緊攙扶住他；他神情悲憤地舉頭問天：「賊寇為何要騙我家業？是否幕後有他人指點？」

「你看，這儀式摻雜太多人為因素。」龜山在一旁向新居低聲說起道理來：「砂盤上一次只寫出一個字，還要靠一名翻譯解讀這個字，對方的解釋常出自個人主觀。我也可以說錢財會像水流匯集大海，最終回到蘇有志身上吧？」

新居對龜山的反應不置可否，更輕聲地回答：「在旁解讀天意的人稱為桌頭，被認可的條件比扶筆嚴格許多，需經過多年以來信眾的考驗和信任方可擔當。而且本島人最崇敬上天，甚至比對日本警察還敬畏，要是憑空揑造神明旨意，肯定會遭天譴，對人們來說絕對是大忌。」

「你對臺灣的民間信仰蠻有研究嘛，以後遇到這類的案子，我絕對會記得找你來幫忙的。」龜山讚賞地向新居大力點頭示意。

新居雖然表面笑著應諾，心裡卻認為龜山對宗教存有偏見，兩人合作辦案能免則免。

龜山似乎是親耳聽到新居的心聲一般，繼續自顧自地說：「我剛已跟掌櫃對過資料，現在要去銀行一趟，看能否查出兌換大筆金券的疑犯。這種沒道理的儀式我就不看了，請在此幫我觀察蘇頭家的個性和反應，稍晚找我回報。」語畢即刻轉身離開。

「這傢伙倒是挺像樣的，看來是玩真的，不像一般警察官一見到是內地人犯案就想草草了事。」與蘇頭家素有交情的新居經此一番折騰，心底明瞭這件事若要水落石出，龜山龍一警視會是最主要的助力，自己理應全力配合他；但自己職位低微，又非案件主辦，該從何幫起呢？

在兩人討論伏筆是否太過流於主觀時，木筆再次移動，這次寫下了「臨」。

牛奶吉表情有些疑惑，想再次向王爺請教，不過木筆彷如受到一陣大力一推，順著最後一橫，忽然飛白出框、懸空而止。就此紋絲不動。

牛奶吉兀自驚異之餘，連忙向蘇有志撫肩示意安慰：「頭家，王爺這意思，是會親自駕臨幫你處理這事。」

「王爺人在天上，要怎麼親身駕臨？」蘇有志參不透此番旨意，又往壞處想到自己的家業岌岌可危，心中一股晦氣愈來愈盛。

這時一名僕人急急忙忙地跑進來：「老爺，西來庵飛鴿傳書捎來訊息，有**神蹟**出現了！」

❖ ❖ ❖

江定麾下一百多名壯丁，全數聚集在平時操練宋江陣的廣場，頭上綁著紅巾赤裸上身，準備參加祭祀大典。王爺神尊已被恭請到廣場上，由江定為主祭，軍師輔祭，帶領眾人宣讀祭文，祈求瘟疫早日平息，並且賜福所有弟兄身強體壯、百病不侵。

典禮行到中途，一時間肉香四溢，所有人忍不住轉頭，見到一名漢子扛著金黃乳豬預備祭神。江定帶領眾人一齊跪下：「弟子江定參拜王爺。日本狗霸占臺灣，作惡多端，欺壓無辜人民，大肆破壞山林；眼下天賜良機，弟子現已鎖定樟腦運輸隊為目標，懇求王爺指示是否適合出擊？」

軍師拿來木筊，江定三叩首後即刻擲出。

一正一反，聖筊。

軍師和江定相視而笑，江定拾回後再擲。

聖筊。聖筊。

江定再三叩首：「感恩王爺放行！弟子若順利事成，必定回謝王爺！」

底下多數弟兄見不到臺上什麼事，已經很久沒有吃到好料的他們，現在只記掛著行伍後方祭神佳餚的氣味，眾人忍不住口水直流，恨不得儀式可以早早結束，趕緊大快朵頤。

「各位弟兄們，這段時間日警騷擾，加以瘟疫肆虐，苦了大家了！」江定登上將臺，中氣十足地喊話：「今天我們祭拜王爺，不只是為了趕走瘟疫，更請王爺保佑我們一切平安。暌違三個月，是時候外出打獵了！讓我們把被日本人搶走的，全部都搶回來！」

「大帥萬歲！全部都搶回來！」

臺下眾人藏不住興奮之情，熱血沸騰準備大開殺戒，要將這幾個月的壓抑，盡數發洩在那些該死的日本狗身上。

❖ ❖ ❖

兩駕人力車在臺南廳市區狂奔，揚起陣陣煙塵，路上行人紛紛閃避，就怕被撞傷。蘇有志坐在車上心情複雜，心中一則以憂：證實家業遭騙難以收回；一則以喜的是：西來庵傳來的訊息與方才伏筆的結果互有映證。倘若屬實，那可真是王爺就在扶筆當下，在西來庵藉著凡人之軀，親自下到人間來宣揚聖訓；這無疑能夠大大地助自己一臂之力。

「假扮乩身這事也是偶有所聞，等會要先請經驗老到的陳師父確認後再謀後動。」蘇有志甫受打擊，心情患得患失，只怕自己過份欣喜，會輕易又栽入另一個陷阱當中。

人力車還未到臺灣府署舊地，就聽到人聲鼎沸，再往前就是府城隍廟，肉眼可見全被人群淹沒了廟門；而西來庵外更是人山人海，無法通行。蘇有志立即決定，吩咐人力車往回駛到現已是日本兵營的舊臺灣府署，他付了車伕雙倍車資，顧不得整理儀容，一路往庵內走去。

民眾見到是蘇有志和牛奶吉到來，紛紛自動讓出走道給他倆通過。兩人好不容易穿越廟埕進入庵內，四周靜音，寂然無聲，和外界的喧雜混亂呈現強烈對比。那位眾人傳說的素衣乩身正好由金光閃耀的五龍寶座中起身，默默持香在庵內各處畫符，吩咐該如何移動擺設與法器的位置，全部的人畢恭畢敬聽候指示，無人注意到蘇有志與牛奶吉正在前殿觀看。

蘇有志被該名乩身的氣場震懾住，轉身只見牛奶吉正十分專注觀察蓬頭垢面的此人。只見不過半炷香的時間，牛奶吉便跨過門檻，快步向前跪下，同時大喊道：「弟子陳清吉，向王爺跪安！弟子有失遠迎，還請王爺恕罪！」說罷全身匍匐拜倒在地。

蘇有志見牛奶吉斷然確認乩身的身份，也只能跟著跪下，大呼：「恭迎王爺駕到」；至於駕臨的究竟是五位王爺之中的哪一位？對眾人來說，已都不重要。

這名素衣乩身，便是余清芳。

王爺乩身聞聲停下動作，平靜莊嚴地望向著蘇有志，揮手招兩人過來。

待近至咫尺，即低聲說道：「先請信眾離開吧，本府會待在此庵一段時日，還可替民眾解惑問事，今日須先處理信徒蘇有志的難處。」

蘇有志聞言受寵若驚，不由自主隨著王爺走進了後殿，此處供奉五位王爺的家眷；也備有茶桌茶具等一應俱全，方便他平日談生意。此時他卻恭敬地持香、跪下三拜，叩謝王爺親臨。

王爺與他彷如舊識，娓娓說來：「信徒蘇有志，年屆花甲，兢兢業業，事業有成。為人好善樂施，養活大目降周圍數百戶家庭，又募款建立此庵服務廣大信眾，實為積累許多功德。」

蘇有志再度跪謝：「一切都是王爺保佑，弟子不敢居功。」

王爺再吐露：「眼下日人統治，暴政苛法，民不聊生。汝雖努力經營和日人關係，遊走於政商之間，卻仍難逃失財大劫，可想過原因為何？」

蘇有志答：「弟子原本想藉此機會拓展事業，以求加蓋糖廍、布廠，養活更多臺南廳轄下百姓。但自身駑鈍不察，遭小人陷害，非但沒賺到錢，還把家業給賠光了，實在恨啊！」蘇有志激動地猛力搥了自己大腿。

「汝天資聰穎，但現下仍受憤怒遮蔽雙眼，未能參透其中道理。」王爺喚庵內執事拿來筆墨，並在符紙上畫符：「本府予汝數張符紙，先回去冷靜分析利害關係，想清楚再來吧。」

蘇有志再次跪謝王爺。

執事自動拿來金紙，王爺將其點燃後，在蘇有志頭上畫符，並言道：「汝帶天命，即便重擔也得扛下。大可放心，將有已死之人前來相助。」

蘇有志滿腔疑問還想再請教，卻發現余清芳已全身疲軟，癱在太師椅上。

「王爺已退駕，準備熱茶和毛巾。」牛奶吉見狀趕緊喚人，深知退駕之時乩身最為脆弱。

蘇有志親自擦拭臉上滿是汗珠的此人，他鼓起勇氣貼近觀察，此人年紀應該三十左右，外表卻是受盡風霜——皮膚黝黑，身材精實，雙手都是厚繭，感覺是個苦力。

余清芳緩緩醒來，發現蘇有志正在幫自己擦臉，趕緊起身鞠躬：「失禮！每次王爺退駕都會耗盡體力，此次王爺上身兩個時辰有餘，因此昏過去……。」

蘇有志和牛奶吉面面相覷，此人現在客氣靦腆的樣子，跟剛才的威嚴霸氣，實在判若兩人，所以讓蘇有志和牛奶吉一時反應不過來。

「賢弟，辛苦你了，我是西來庵的董事蘇有志，請問貴姓大名？」蘇有志禮貌問道。

「小弟姓余，名清芳。」

「似乎從沒在庵內見過你，住這附近嗎？」

「小弟剛到府城境內五個時辰，我隨王爺指示，下船後即由本島最南境，日夜兼程，趕路前來，神意難違，只能遵旨。」

「感恩王爺親臨此庵，請把這小廟當自己家！賢弟今日大顯身手，吸引無數信眾前來參拜，府城實在有幸！」蘇有志見他十分客氣，談吐中帶有書卷氣，不由得頓生好感。

「這一切都是王爺多年以來的計畫，小弟只不過是王爺的一只器皿。」

「敢問賢弟是如何和王爺結緣的？」蘇有志忍不住心中的好奇，於是問道。

余清芳泯然一笑：「這可說來話長，小弟三日前剛被臺東的浮浪者收容所釋放，結束歷時三年的苦難；在收容所受囚受了風寒差點一命嗚呼，王爺救了我一命，從此便成為王爺乩身，專為王爺喉舌。」

蘇有志還想再問，卻被一旁牛奶吉輕聲阻止：「蘇頭家，余賢弟今日大耗元氣，又剛長途跋涉必定累壞了。來日方長，不如擇日再聊？」

「自然自然，抱歉，是我失禮了，請問賢弟有地方歇腳嗎？」蘇有志問道。

「小弟慚愧，還不知去往何處。」余清芳看著自己髒汙的衣服，感到有些不好意思，整顆頭壓得低低地。

蘇有志趕緊打圓場：「我對面有間碾米廠，樓上有間客房還空著，雖然簡陋但能遮風避雨，賢弟若不嫌棄，歡迎入住。」

「那太好了，小弟就恭敬不如從命了。」

「你來得正是時候，我才要感謝你呢！」蘇有志心情激動，緊緊抓著余清芳的手，就好像溺水的人見到浮木，死命抓住一般。

而這緊緊一握，也徹底將兩人的命運綁在一起。

7 一九〇〇～一九二〇年的警察制度，由高至低的職銜為：警視、警部、警部補、巡查部長、巡查、巡查補。警手不列於正式編制中，大致而言，就是巡查與巡查補的助手，並且通常是輔佐蕃地事務。因此吉田國三以警部（中階警察官）的地位使喚陳岱，並未從事任何蕃人相關業務，可說是濫用職權。一般警視通常會與巡查或巡查部長合作辦案，正如龜山龍一與新居德藏一般。

8 故事發生於日治時期，此時「內地」指的是日本，因此在臺之日本人即稱為「內地人」。

04 已死

一九一三年・小滿・嘉南平原中部・蕭壠支廳下營區

距離府城市區車程大約兩小時的北郊，已經成熟飽滿的金黃稻穗隨風搖曳，此時正值收割時節，偌大稻田卻無農忙，空空一片渺無人跡，因為大多男丁都被徵召去服勞役。自從三年前佐久間左馬太總督啟動第二期「五年理蕃計畫」要征服東部的蕃民，各地派出所便廣徵勞役，建造通往「後山」前線的中繼補給站。

服勞役者通常都被召入深山，一去就是十數天；要負責運送物資和材料往來深山與平地間，路途艱辛且遙遠，時常都是透過簡陋狹窄的便道，運送沉重的貨物；只要天候不佳就會發生意外，許多無辜的農民也因此命喪山林。

而在王勇家中，兩老坐在木椅上雙眼驚恐，無助地抱著還沒斷奶的孩子，全身發抖著互相依偎。對於從內室裡傳來穩定節奏的木材摩擦唧唧聲，兩人只能閉上雙眼向上天祈禱。

王勇的妻子雙手被自己的上衣綁著，口中被無袖的背心內衣塞住，衣不敝體地被吉田強壓在床上恣意逞慾。吉田眼見對方放棄抵抗愈發興奮，連啃帶咬，不斷將獸性發洩在她身上。

沒人能反抗，反抗也沒用；日警是帝國的化身，仗恃至高無上的權力，隨己意蹂躪底層人民。等到終於完事，婦人白嫩的身軀已寸無完膚，吉田丟了幾張破破爛爛的金券在泥土地上，拉上褲頭離開。王勇妻子眼眶遭毆打紅腫，臉頰上布滿淚痕，泣不成聲。

此刻王勇離家僅六小時腳程，對父母妻兒而言，卻是遠在天邊；身為一家之主，他完全不知家中發生的慘事，還必須為了自己性命奮力搏鬥。

❖　❖　❖

蒽綠鬱鬱的虎頭山深林內傳來窸窣聲，江定率領十數人，正在地形錯綜不整的樹林間奔馳，他們各個身手矯健，如在平地般快速地行進。一半的人揹負長槍，其餘的人肩掛大刀，知道已離目標不遠，久未出獵的他們血液沸騰，等不及放手廝殺一場。

一到達制高點，帶頭哨兵做手勢要眾人放慢腳步、降低音量、快速收緊隊伍。為首的江定凝神一看；遠處有一行伍使力推拉著臺車，上頭堆滿黃麻袋與洋鐵罐，兩者都以火漆封印。

「大帥，這次的目標就在那，隊伍主要是被徵召服勞役者；從領章與服裝細節觀察，有三名日警和兩名漢警，以及一名蕃人警手，六人皆手持步槍，護送的是三井會社的樟腦原料。」軍師透過望遠鏡，仔細地向江定報告。

江定點點頭：「樟腦近來價格飆升，幾乎與黃金等同，即使是粗製的腦砂跟腦油，放到城西臨海的走私市場去賣也很搶手。我們的伏擊地點在哪？」

軍師往隊伍前方一指：「等一下隊伍會經過一處斷崖，那邊路段才剛坍方，現在只容得下臺車勉強可過的寬度，趁他們緩緩通過，我們就在前方伏擊。」

「甚好，憐兒你帶人繞到隊伍後方，聽我號令同時夾擊！」江定分配人力，指揮行動。

「你們五個跟我來。」江憐挑選了自己最信任的弟兄。

「記住，先處理日警，他們槍枝精良、較難對付，」江定吩咐著：「漢警走狗、蕃人警手也要注意，身手可能不差。最後才是農民勞役，盡量避免傷到他們，農民是被逼迫的可憐人，如果幸運，說不定還能吸收一些志同道合的夥伴上山。」大夥悄悄領命後，分兩隊散開。

與此同時，勞役隊伍後方，還有一人默默尾隨，暗中監視著。

雖然山林間綠蔭籠罩，但勞役們推著過重的臺車不斷上坡，所有人早已疲累不堪，汗水浸濕了全身的衣服。勞役分為兩批人手，輪流推進臺車，卻始終看不到終點。

隊伍的前、中、後段都有日、漢警盯著，只要一偷懶，棍子馬上招呼下來。這批貨物愈快送到，日警們收到愈多酬謝，自然毫不放鬆；勞役們面對這樣的苛刻，怨恨在心裡，王勇身處行列末段。而地位最為卑微的蕃人警手陳岱，則是拿著警棍走在隊伍最前頭，他保持警戒到處守望，就怕有人突襲劫貨。

噍吧哖山區是天然的地理分界，深山密林，便於藏匿，自古以來就是盜匪聚集之地；清廷統治的後期又是嘉義縣、鳳山縣和臺灣縣三縣交界，屬於三不管地帶；從朱一貴、林爽文事件，甚至到較近的鍾阿三事件，都有反動勢力在此茁壯。

噍吧哖的地形崎嶇破碎被群山包圍，連接南北開口的是狹長狀的平地，其山區無疑提供了匪徒們易守難攻的優勢；官兵剿伐時，隊伍更便於逃竄四散至深林中。這裡也是不同族群的大雜燴，從清廷開始陸續有族群被迫遷往此處，各庄、聚落或部落便就此在地生根。嶕吧哖社的蕃人、嶕吧哖閩莊和大武壠粵莊各據一方，三個族群語言和文化全然不同，各個街庄自成一格擁有自己的生活方式和防禦工事。他們時而競爭、時而合作，全看時代的水流。

總督府也意識到此處龍蛇雜處不易管理，特別設置了以嶕吧哖支廳為中心的警察系統，並在各聚落設立派出所，希望能嚴格掌控這塊是非之地。加上近日樟腦開發持續往山區逼近，日警開始密集巡邏，交通路徑也逐漸建設完備，這才讓原本占據一方的山賊開始備受威脅。

勞役隊伍很快到了坍方的崖壁，眼見前方路面只剩一條狹窄的小路能夠通行，另一邊則是深邃山谷；大夥都十分緊張，要是不幸失足墜下，絕對一命嗚呼。

「這段路小心點啊！要是貨物掉下去，我就把你們也送下去！」日警在旁大聲吆喝著。

「夭壽啊，四腳仔真的不把我們的命當命來看，這路要怎麼走？」其中一名站在懸崖邊的勞役用臺灣話小聲抱怨。

「恬恬啦，等一下被聽到我們就慘了。」一向守規矩的王勇警告他別亂說話。

「我這邊就是懸崖，你在那邊說風涼話，我要是死了，全家怎麼辦？」他一腳踩在山崖邊緣，心情緊張到閉不住嘴巴。

「這裡誰不是？你小心看路！」王勇這句話還來不及說完，那人一腳踩空，整個失去重心，沒來得及抓到支撐而滑落山谷。

一聲慘叫迴盪深谷，直到人影和聲音逐漸消失。

不只是他，沉重的黃麻袋與四散的洋鐵罐，也隨著臺車大角度傾倒，懸崖邊的人必須硬撐額外重量，性命關頭就在一瞬之間。帶頭的陳岱反應神速，一把抓住了靠近他的勞役並踩穩腳步，總算是保住了整列隊伍與昂貴的樟腦物資。

「馬鹿野郎！你們在幹嘛！要是貨物出了意外，你們也不要想回家！」一名面色黧黑、留著小鬍子的日警被這段驚險的插曲嚇到，整個人暴跳如雷，破口大罵。

「現在少了一個人！給我更小心繼續推！」該名日警正要繼續口出穢言，突然一顆子彈從他腦門貫穿，剎時腦漿與鮮血四溢。

「臭日本狗，納命來！」江定大喊一聲，勢如猛虎的弟兄們旋即從上坡林間殺出。

同一時間，行動靈敏、宛若遊龍的江憐從另一側林中率人殺到，雙方不免一陣槍林彈雨，一名日警肩上遭子彈擊中，痛得大聲哀嚎。

受襲的隊伍本能地躲到臺車後方尋找掩護，除了陳岱的兩名漢警在慌亂中趕緊舉槍自衛。陳岱心中早料到會遭到突襲，冷靜地另找掩護。

「我只有兩發子彈，一定要先找帶頭的。」陳岱階級低微，即使負責護送珍貴物資，也只配發到最舊款的「三十年式」步槍和兩顆子彈。因此他緊握槍柄，仔細地觀察每位劫匪。

他發現江定身旁有人專門護衛，必然是**頭人**沒錯。陳岱趁盜匪們要包夾日警時，身手矯捷地一個箭步衝出，拿槍托敲暈護衛，並舉槍瞄準江定的腦袋。

江定忽受突襲大吃一驚，只見一雙獵人的眼睛直盯著自己，那堅決的眼神讓他失了魂，只能在原地接受即將到來的死亡。陳岱毫不猶豫地扣下板機，沒想到，竟然無法擊發，兩人雙雙僵在當地。

「父親！」江憐父子連心，同時反射動作地，一槍先射中陳岱上臂，接著衝上前一個反手將沉重的步槍打飛。實戰經驗老道的江定即刻把受傷的陳岱壓制在地，並且加以綑綁。

「連老天爺都不幫忙我……就要死在這荒郊野外了嗎……」陳岱雖然心中無奈，卻也是有一絲彷彿解脫的開心。

其餘的日警和漢警也很快被江定等人制伏，跟陳岱同樣綁在一旁等待發落。勞役們雖受驚嚇，但也知這群盜匪是來解救自己處境的，便出於半自願地為江定一行人分裝著腦砂和腦油。

「各位好漢，你們還要被日本狗奴役多久？辛苦種的稻米都繳了出去，還要被抓來糟蹋。我們山上營寨條件雖不佳，但至少活得有尊嚴！我們遲早要把日本狗趕出臺灣！有沒有人要加入我們？」江定豪氣地說道。

勞役們你看我，我看你，心想回到家鄉必定也是繼續被日人欺壓，沒家庭包袱的人不如去闖闖看。五位男子先後屈膝跪在江定面前：「請問英雄大名，我們願追隨英雄好漢！」

江定慷慨大笑地將他們扶起：「我乃已死之人，不足掛齒！」

❖ ❖ ❖

「蘇頭家，有事找我？」新居德藏接到郵便局捎到派出所的郵簡，專程跑一趟蘇家，看到蘇有志似乎老了十幾二十歲，不只髮鬢斑白，臉上的皺紋也增加許多。

「昨日龜山龍一警視有來過，給了我一張人像，想請你幫忙確認一下。」蘇有志說話有氣無力，拿出一張用毛筆勾勒出的人臉圖像，遞給新居看。

蘇有志邊說道：「龜山警視去銀行搜證，調出這三個月內兌現大筆金額的資料，在鎖定可疑的人事物後，請行員憑印象拼湊出嫌犯的長相，並找人照樣描繪下來，總覺得……這人有點眼熟？」

新居看到圖像一眼就認出此人，往事也湧進腦海中：「這人我永遠記得，蘇頭家您也見過，十年前曾不請自來在我娶親之日搗亂。」

蘇有志點點頭：「果然沒錯……龜山說這人叫陳岱，是名蕃人警手，金券就是他去兌現的。但龜山認為陳岱只是顆棋子，要追到背後的指使者才是重點。」

新居更驚訝了：「這人竟然當了蕃人警手，還幹這些骯髒勾當。他現在人在何處？」

「龜山說陳岱這幾天壓著勞役隊伍上山，他負責查緝此案，想要趁機單獨質問他，說罷就一個人跑去山上了。」蘇有志說道：「不過我已經忘了，為何這人要去喜事場合搗亂？」

「唉……這說來話長。我和內人湯玉是透過您牽線才認識的，這個陳岱是內人的族人，也許只是看不慣一個日本人娶她才來試圖阻止。」新居唏噓地說道。

「確實曾聽說日本人搶走很多蕃民的土地，蕃人恐怕對日人怨恨已久。」蘇有志一邊這樣說，一邊腦海裡也慢慢浮現起當時的回憶。

那時蘇有志創立的事業才正起步，必須要跟帝國政府官員和警察部門打通關係，正好織布廠內的長工湯玉身材高挑、面貌姣好，蘇有志便找到了為人和氣又年輕有為，差一點就被調到臺南廳直轄東區（日本人專屬居住之文明地）的新居德藏，希望將兩人湊成一對。當年湯玉的母親患了重病，跟日本警察結婚能得到比較好的醫療資源，且孩子出生後就享有日本國籍，算是皆大歡喜的安排，只是沒料會有陳岱這麼一顆絆腳石，差點搞砸了一場婚禮。

「是，湯玉當場給他一巴掌，並大罵一頓，才把他趕走，之後便沒再看過他，沒想到現在還能當上警手。」新居望著毛筆所繪製的人物圖，愣愣地說道。

「不過既然這個陳岱這麼痛恨內地人，怎麼現在會變成協助內地警察的警手？」蘇有志對於此人多年後為何會再度與自己產生牽連，還是一頭霧水。

「後續發生什麼不太清楚，如果能知道箇中原由，或許對案情也有幫助。」新居分析道：「他畢竟與龜山警視素無仇怨，如果願意透露線索就好了。」

蘇有志畢竟還是掛念被詐騙的鉅款，抿了抿嘴，鼓起勇氣請求新居德藏：「要是到時陳岱不願招出線索，必要時是否能麻煩湯玉出面，以族人的情誼軟化其態度？」

「蘇頭家待我恩重如山，這點小事當然沒問題。」新居爽快地答應下來。

❖　❖　❖

龜山龍一身穿尋常工裝、背綁土色包袱，謹慎地跟送貨隊伍維持一段距離；他決定先遠遠觀察陳岱這人，等待有獨處的時機再上前盤問。沒料到隊伍才剛有勞役驟然失足墜落山崖，旋即聽到槍響和叫囂聲，他知道這是遭到了山賊攻擊。

他趕緊蹲下，拿出自己隨身佩帶的小型「南部式」手槍提高警戒。

槍戰很快就結束，只剩下歡呼和指揮聲。「這群搶匪如此迅速制伏所有人？看來並非烏合之眾。」龜山心裡暗叫不妙。

龜山趁亂躡手躡腳地躲進一旁樹叢內，看見搶匪和勞役分工合作，正在把腦砂與腦油分裝到便攜的麻布袋與牛奶瓶、醬油瓶中，準備背負在身上運走；一名日警的頭部被擊中已明顯死亡，另一名鎖骨處流血，躺著用日語哀號；剩下一名日警和兩名漢警以及陳岱本人，雙手則是被麻繩向後縛住。

一位勞役剛整分裝完貨物，心中仍是忿忿不平，過去狠踹兩名日警：「臭四腳仔！欺負我們臺灣人！讓你看看我們的厲害！」其他人也紛紛上前，發洩積壓的怒氣。

江定在旁指揮各項行動，等眾人發洩得差不多，才讓弟兄扶起兩名狼狽的日警，跪在自己面前；兩名日警已被勞役打得鼻青臉腫，差點失去意識，他們帶著恐懼望向望著江定。

江定低聲祈禱：「王爺啊，弟子以此二人獻祭，盼未來趕走日本狗！復我河山！」

江定手一揮下，兩名壯漢舞動大刀，兩名日警當場屍首分離。

龜山心中大喊不好，這群山賊心狠手辣，若陳岱也命喪此處，蘇有志遭詐欺一案的唯一線索就斷了。

方才那一槍正好擊中陳岱上臂，鮮血直流，卻看不出他有絲毫驚惶，彷彿早已準備面對這一刻，不像其餘兩名漢警那般怯弱，見到日警被砍頭就趕緊大喊求饒。

「大俠英明啊！我是情勢所逼才被迫來當走狗的！大俠放了我，我願為您做牛做馬、赴湯蹈火，絕無半句怨言！」

「我也是為了養活全家才當日人走狗的，求大人饒命啊！」兩名漢警聲淚俱下地求饒。

「大俠千萬不可心軟，這群背骨仔才是真正的惡人啊！」勞役們紛紛叫罵著：「自己人還欺負自己人，一點羞恥心都沒有！」

江定眼都不眨，再揮了手，又兩顆人頭落地，如今只剩陳岱跪在沙土之間。

江定見此人一聲不吭，雙眼毫無懼色地望著前方，似乎了無牽掛。

「這群人中就數你身手最矯健，要不是火槍出了問題，我恐怕要命喪此地。你的骨氣我欣賞，現下貨物被劫，日、漢警被殺，勞役也逃了，你回去一定沒好下場，要不要加入我麾下，為我賣命？」江定問道。

「殺了我吧，我心已死。」陳岱也回得乾脆。

「可惜了。」江定轉身，同樣一揮手。

一旁躲著的龜山暗叫不妙，臨時也想不出對策救人。

這時，天空頃刻烏雲密布，陽光瞬間遮蔽，眼看一名肌肉糾結的悍匪已舉起大刀，準備砍下陳岱的腦袋，突然一道驚雷劈下，打中了陳岱身旁，土石沙塵噴飛四散。

該名刀手愣在原地。江定瞇起眼狠狠地告誡刀手：「快把人解決，我們該回營寨了。」

「大帥刀下留人，」一旁的軍師急忙向江定耳語：「天有異相，並不尋常，或許老天要留他一命，請大帥三思。」

江定見陳岱血流汩汩，沒有停止的跡象，而他獨自待在荒郊野外也是凶多吉少，便決定順著天意不再徒增殺孽。一群人揹著劫取的物資，以及新加入的夥伴滿載而歸。

陳岱本已接受自身命運，願坦然結束苦難的一生，如今卻意外逃過一劫，因而萬念俱灰地枯坐原地，腦中一片空白。

現場兩名勞役和王勇，因有家累未加入江定陣營，但心中餘怒未消，找上陳岱洩憤，看準他上臂槍傷的創口猛踹洩憤，陳岱痛得倒地翻滾。

「他媽的背骨仔，只會欺負善良老百姓，要不是我家有老小，就跟著大俠上山了！」生性純樸的王勇在旁抄起一根警棍，正要往陳岱頭上招呼：「幾位一同入山的好兄弟都命喪你們手下，大俠不殺你，我們饒不了你！」其他兩人也跟著拾起石塊，要發洩自己這陣子所受委屈。

「不准動手！」隱匿許久、蒙面現身的龜山舉槍跳出警告：「閃開！無代誌著緊走！」

勞役們見到槍枝不敢造次，作鳥獸散。

龜山趕緊察看陳岱的傷勢，發現他已痛暈了過去。

❖　❖　❖

自從余清芳出現在西來庵一事轟動街坊後，進到庵內參拜的信眾更加多了。一般廟宇要能找到通靈者本就不容易，更不用說是能夠問事解惑的乩身；再加上余清芳的登場充滿戲劇性，因而名聲迅速傳遍整座府城。

於是一週之後，余清芳返回西來庵，自然再度引起一陣騷動；無疑在眾人七嘴八舌、議論紛紛之下，都想再次親眼見證神蹟。但余清芳畢竟久經牢獄，未與一般人接觸，因此對於自己受到注視一事並不習慣，感到十分難為情。他默默低頭入殿，自行點了一炷香，在王爺神尊面前跪下禱告；希望藉由交託神明，釐清此刻心中諸般不安。

余清芳一言不發，跪了半炷香時間才起身，此時發現後頭的信眾已是人山人海，個個睜大了眼睛一股腦盯著他瞧，滿懷期待目睹神明現身。

余清芳摸摸頭，不知如何反應，只好低聲道：「各位鄉親抱歉，我單純是來參拜，王爺似乎無意降駕，實在失禮。」

「哎呀，余賢弟要來怎麼沒通知一聲呢，」剛進到庵內的牛奶吉趕緊打圓場：「各位鄉親，如果你們有所祈求，請先點香參拜。等時機到了，王爺自然會降駕。」

「賢弟能否借一步說話？」牛奶吉將余清芳拉至後殿私下解說：「對於一般信眾。不宜如此直白，你必須換個說法才合適。」

「請陳師父指點，在眾目睽睽之下，我覺得自己彷如籠中鳥，不免有幾分緊張。」余清芳知道自身處理不來這樣的情境，不如直接向老經驗的牛奶吉請益。

「賢弟請坐，」牛奶吉穩當老練地手持汕頭壺，先將茶湯倒入茶海，待茶溫稍降，再不疾不徐地斟茶水入白瓷杯中，並且說道：「賢弟啊，你是王爺在人間的代表，是王爺挑中了你，除了王爺之外，恐怕沒人能教你該如何做。」

「但……這麼多雙眼睛盼著我能施展神蹟，只怕我讓大家失望了。」

「更因為如此，才萬萬不可道歉。」牛奶吉正色言道：「現今世道艱難，人人過著苦日子，亟需一個能賜予希望的對象，一座能指引眾人的明燈，那就是你。」牛奶吉眼神不移炯炯地凝視余清芳：「換句話說，你永遠都是正義與公理的化身。」

「但我只是替王爺轉達話語和法力，是王爺顯神蹟，不是我；只要王爺未上身，我就只是尋常的凡胎俗骨。」

「在信眾心中可不這麼認為。你必須要習慣新的角色：就算退了駕，余清芳還是眾人最信任的對象。」

「我不確定自己能否符合大家期望，倘若天意如此，我就盡力；有做得不對之處，還請兄長多多指正。」余清芳知道自己只能勉力一試。

「不必客氣，你我都為王爺做事。我也正想請教：我們初見時，賢弟提到自己剛從收容所出來，不知是為何事？」牛奶吉想趁此番對話，藉機探明余清芳的經歷。

「原先我在距此不遠的嘉義廳鹽水港街參加了二十八宿會，是個齋教團體，也正是在那時開始吃素修行。」余清芳神色坦然。

「原來賢弟已修行多年，難怪王爺會挑選你做為乩身。」牛奶吉點頭回應。

「後來，日警以該集會有抗日嫌疑刻意掃蕩，最終大夥就被抓到加路蘭去了。」

「此舉並無違法犯紀，日警殘暴專橫，人人皆想反抗，只是有無勇氣而已。」

「唉，」余清芳嘆了口氣：「我本讀四書五經，曾想考取功名，誰知臺灣竟然一夕變天，從小立志學文的努力全化做煙塵。但說來慚愧……」余清芳話說到此，卻欲言又止。

「賢弟放心吧，此番對話只有你知我知。」

「我為了生計，忍辱學習了日文，考上了巡查補。」

牛奶吉有些訝異：「你做過漢警？」

余清芳點頭承認：「歷時不過一年，原本以為能幫助臺人，卻反是專門做那欺壓同胞、傷天害理之事。整天被日警使來喚去，毫無尊嚴，後來不願配合，同儕便聯手栽贓我詐欺民眾，以此罪名免職了。」

牛奶吉輕拍余清芳的肩頭：「生活艱難，每個人都要吃飯，人在屋簷下，你能不為虎作倀實在難能可貴。王爺一定是見你本心，才選擇你做為乩身。」

余清芳見牛奶吉並不因上述經歷而見怪自己，於是便放下心來對這位先輩傳達王爺意旨：「王爺這陣子持續託夢於我，表示若時機合適，祂就會降駕供民眾問事；若此間信眾遇疑難雜症，都可先寫上金紙點香參拜告知王爺，再將其焚燒化灰呈上天庭，祂必派遣天兵神將先行訪視，事無大小，一併查辦。」

「此外，日人逆天行道，野蠻行徑使得濁氣上擾天庭、天地不安，王爺預計人間將有一場大災疫。眾信徒務必吃齋淨念，在此期間，虔誠遵從敕命，才能順利避災。」接著又補充：「每年必須舉辦巡狩遶境大會，清理家家戶戶的穢氣和倒楣運，神力才能廣播四境。」

牛奶吉朝余清芳深深一揖：「能有賢弟到來，真是王爺天大的恩惠。信仰能使人們善良，知道做好事能累積功德，約束人們不作惡。最重要的是，能使自己心有所依，內在平安。」

余清芳見狀，連忙喊聲不敢當，將牛奶吉扶起。他深知自身只是代為傳訊，即便心中還有些話想說，也只能遵照王爺的指示，先行擱在心裡。

05 試探

一九一三年・小滿・安平支廳安平區效忠里三鯤鯓

陳岱恍惚之間，竟發現自己回到了故鄉，那位於山上的部落：他在烈日下拿著鋤頭翻土，放眼望去田裡都是族人正在耕作。細瘦且青翠的小米已結穗隨風飄揚著，族人邊唱著自古相傳的旋律，心中感激地接受大自然的恩惠。每戶都分有一塊地能耕種自給自足，人與人之間關係緊密，順著祖靈的意願，服從頭目的命令，族人在此世世代代安居樂業。

鑼聲響起代表中午時間到了，陳岱從一早就開始工作，肚子早就餓得呱呱叫。他東張西望沒見到人，只好再假裝翻幾下土。終於聽到一陣嘻笑聲，是一群年輕女孩也剛忙完要返家，他才急忙跑到路上，跟在她們後面，陳岱目不轉睛地盯著其中一位。

年青的湯玉身材姣好，古銅色肌膚來自陽光的恩賜，自在的笑容更讓陳岱魂牽夢縈。湯玉回眸看一眼陳岱，兩人很有默契地相視一笑，她知道陳岱一直等著她。陳岱只要見到她的微笑，一早累積的疲倦都被拋到一旁，整個人快要飛了起來。

但突然間，一名日警半路殺出抓了湯玉就跑，所有人都尖叫著卻無力阻止，陳岱全力衝刺想要追上兩人。

陳岱奮力追了許久，發現一旁的景色都變了：部落裡來了許多日本人，架起測量工具劃分他們的農地，族人不斷和日人吵架，被槍枝和警棍趕離了原本的家園；當家做主的頭目，為了族人安全不得不低頭，集體搬到了偏僻貧瘠的土地上。

土地種不活足夠的糧食餵飽大家，人們只好紛紛離開部落，到別處討生活；有些人接受嚴苛的條件，幫日本人耕種那塊本來屬於自己的地，還繳納更多的稅賦。

陳岱邊跑邊哭，發現湯玉已離得愈來愈遠，自己再也追不上她了……他筋疲力盡、已喘不過氣、心裡好恨，好恨日本人搶走土地、搶走家園、還搶走最重要的湯玉。

陳岱跪地大叫一聲，終於從噩夢中驚醒。

陳岱定神一看，發現自己原來在家裡——一個簡單用土石木材堆成的棲身之地，屋內空蕩蕩地十分簡陋。他發現手臂的槍傷已被妥當包紮，久病臥床的父親以神情向他眨眼示意。陳岱繃緊神經，不發出聲響地緩慢起身，鬆開綁腿布拿出匕首，此時一陣腳步聲正從廚房走近。

走出的人正是已換上整齊警察制服的龜山龍一，陳岱舉起匕首，刀尖指向龜山：「你是誰？怎麼會在這？」陳岱面露煞氣地質問。

龜山冷靜說道：「我救了你一命，辛苦把你揹回來，又幫你包紮傷口。動作小一點，否則傷口會裂開；這能止血結痂，剩下三天份我放在爐灶旁邊，飯後煎服，傷口很快收口。」他端了一碗異香撲鼻的湯藥放在桌上，一身白衣加上醫囑，倒像是位救死扶傷的大夫。

陳岱認出龜山的領章是警視階級，大感不安：「你怎麼知道我住這裡？又為什麼要救我？

我家不歡迎日本人。」他出於自我保護地說道。

「請恕我直說，我是龜山司法警察官，為了蘇有志詐騙案進行偵查。根據銀行員的資訊，你上個月去兌現了蘇家遭騙的金券，我才跟蹤你到荒山野嶺當中，正好遇到你被打劫。」

陳岱心頭一震，記得上月確實被喚去兌現大筆鈔票，但不知道眼前這位警視有何意圖，只能保持沉默；就如同不遠處臺江內海深處的洋流那樣，黑暗而安靜。

龜山右手放在腰間佩刀戒備：「職責所需，我必須知道背後指使者，只要提供線索，我可以協助你轉為證人並減刑。」龜山不確定陳岱是否與武田接頭聯繫，或是另有連絡人。

陳岱聽後十分不以為然：「哼，幫我？我會變得這麼慘，就是日本人害的，你們都只是想利用我的魔鬼。」並作勢揮舞小刀喊道：「我跟你沒什麼好說的，快滾出我家，否則不要怪我不客氣！」

龜山見陳岱心情激動，明晃晃的刀尖在面前晃來晃去，判斷不宜再談：「這次你監督勞役的任務完全失敗，勸你先躲在家中一陣子，派出所很有可能會把罪過推到你身上。現在還沒人知道你平安歸來，最好的機會就是跟我合作。先休息想想吧，我改天再來找你。」龜山給出陳岱當下應如何自處的建議後，便輕輕鬆鬆地跨出門檻。

一輪圓月照下，龜山前襟一長條扣襻，象徵警視身份；發亮的銅質盤扣、領章更是閃耀。陳岱眼見一身潔白，配黑色刀鞘，著黑色皮鞋，拎著土色包袱的這名謎樣男子走出家門，這才心中一凜：「匡卡最痛恨日本人的氣味，更不用說是日警了，怎麼可能輕易讓這個不知從哪裡冒出來，位階如此之高的司法警察官隨意進出家中？」

「每個人都有三魂七魄，三魂就是靈魂、覺魂和生魂。」余清芳面對一大群信眾，試著跟他們解釋輪迴：「人死後，這三魂便會分開。靈魂往天上去，暫存於天牢；覺魂到達地獄，帶著這世的因果報應，接受審判；而生魂，則保留著記憶徘徊人世間。」

余清芳眼見信眾如此專注，漸漸適應了這麼多雙目光盯著自己瞧，而且有牛奶吉在一旁幫手，心裡踏實許多：「地府會依照各人此世累積的善惡德報做出審判。若善大於惡，則可轉世為神或人。若為神，乘載記憶的生魂，就會升格到天界與靈魂結合，成為天庭的一員；若轉世為人，則覺魂和生魂都會消失，由靈魂搭配新的覺魂和生魂，轉世為人。」

「但若是惡大於善，」余清芳刻意放慢速度，讓大家都能聽懂：「靈魂則會降到地獄受苦，只有鬼門開時才能重返陽間；而覺魂則要一直徘徊在人間，直到靈魂受完苦難。所以，我們輪迴的命運，掌握在這世自己的手中，必須把握機會多做功德，不僅這一世活得開心，下一世也更接近天庭。」

❖ ❖ ❖

牛奶吉在一旁見證余清芳向信眾分享信仰、說明真道，整體觀之頗有架勢，因此備感欣慰；信徒們也紛紛點頭，對於死後靈魂的去向，似乎都已清楚明白。

「壞人一定要等到死後才被懲罰嗎？不能馬上讓他們得到報應嗎？」有名信徒如此問道，表情憤怒的他似乎受了不少委屈。

「這……」余清芳面對突發的情境不知如何回答，又不能說出違心之論，顯得猶豫不決。

「報應隨時都會到，」牛奶吉幫忙回話：「來的時機可能快可能慢，請相信神明會有最好的安排。我們該做的是放下執著，整天等著別人得到報應，自己也很辛苦。這是王爺預備的符紙，你先回去**化洗**心情會比較好。」

那信徒點點頭，感激地收下。

「今天的講道就到這邊，大家先休息吧。」牛奶吉宣布。

余清芳待人群散去後，主動找上牛奶吉：「能再多教我一些撇步嗎？不然他們很快就會問倒我了。」

「陳師父佩服，我還得多跟你學習。」

牛奶吉暗自偷笑回道：「很多事情我也沒有答案，剛才他問的，我也不是很確定。」

余清芳有些驚訝：「那方才的回答是？」

「我們只是凡人，不是神，未能理解所有的事。你該知道的是，人們到廟宇參拜並不完全是來尋求解答，有時只是求個安慰和鼓勵，」牛奶吉一時之間誠懇起來：「你現在身份不同了，做為王爺的喉舌，你的話語對於信徒來說充滿了力量，你是大家的信仰依靠，是神明指定的人選，你得相信自己，才能幫助更多人。」

「但……我無法預知未來，要是說錯了怎麼辦？會不會騙了信眾？」余清芳仍有疑慮。

「說是騙或哄都可以，重點是心存善念，多數人其實只需要一股信念或是勇氣，就能度過眼前難關。再說了，王爺當然會保佑自己的信眾，事情必定會愈來愈好的。」

余清芳親眼見到那位信徒心情的轉換，常言道助人為樂，他也期許自己能帶給更多人信心：「多謝陳師父開導，我會牢牢記住，希望未來也能跟你一樣，成為眾人信賴的師父。」

頃刻間，余清芳整個人被抽空，全身無力，他感受到王爺即將駕臨，於是使個眼神給牛奶吉；曾為乩身的牛奶吉也馬上意會過來：「大家稍安勿躁，王爺要起駕了，速速準備法器！」

西來庵內擠著許多信眾卻格外安靜，只有木魚和頌缽的敲擊聲，傳達穩定的節奏，在場眾人盡皆闔上雙眼，雙手合十恭敬地面向王爺神尊，準備恭迎神明的駕臨。

余清芳身穿金黃法衣，雙眼蒙著紅布，輕輕地搖頭晃腦。他半坐半靠在板凳上，右腳隨著節奏持續抖動。牛奶吉敲著木魚，緩緩吟唱出咒文，配合香煙縈繞，營造出一股穩定的氣場。

不一會，余清芳開始打哈欠，並且清理喉嚨，他雙手插著腰，全身抖動得愈來愈激烈，前後左右搖擺著身體，幅度之大讓板凳嘎嘎作響，差點連人帶椅翻倒，旁觀的信眾驚呼一聲。

突然余清芳猛力一踏地板，順勢起身踩起七星步，揚起一陣塵煙，口中唸唸有詞。牛奶吉遞給余清芳一疊點燃的金紙，他抓起後淨身周圍，最終安定下來，四平八穩坐在板凳上，只剩頭部還不停搖晃著，宛如博浪鼓。牛奶吉取出一件古老的金黃圍兜，其上繡著一條氣勢非凡的巨龍，恭敬地穿在王爺身上。

「有事言明。」前一刻還謹小慎微，憂慮自己會被問倒的余清芳，此刻卻顯得老神在在。

蘇有志這陣子面對家業心力交瘁，因資金不足，大半的工廠已關閉。整起事件發生才不到一個月，已白了大半頭髮。面對殘破的家業，他沒有足夠支撐運作的資金，更無顏面對頓失生計的大目降鄉親，於是把自己關在家中不願外出，家事全權交給掌櫃處理。

兩個月前，王爺囑咐他思考自己為何遭騙，始終還是百思不得其解；自己已經費盡心力打通與帝國的關係。於公，花錢造橋鋪地、開放私宅供日本軍官借宿，也配合總督府宣導政令；於私，逢年過節該給紅包從沒少過，糖廍利潤也都額外分給官吏，更無與人結怨情事，理應是雙贏的局面，怎知竟落得如此下場？

這天他終於步出家門來到西來庵參拜，就正好遇上王爺起駕，他正想拿筆寫下問事內容，沒料到牛奶吉大聲宣唸：「信徒蘇有志！」

嚇得蘇有志趕緊跪下請安，王爺上身的余清芳微笑示意：「起身！汝可想通緣由否？」竟被問得如此突然。蘇有志只能言語顫抖：「弟子駑鈍！尚未想通，請王爺指點。」

「本府給汝一點提示，汝能將商場經營得有聲有色，下港無人可比，原因為何？」

蘇有志想了想：「弟子祖上積德，繼承土地供弟子使用，加上王爺保佑，凡事請教王爺定奪，因此一帆風順。」

「非也，汝能成功靠的是日本人。」王爺斬釘截鐵地一語道破。

蘇有志有點擔心被當成「背骨仔」，只好辯白：「我確實在日本人身上花了許多心力，但都是為了幫助更多百姓啊……」。

「繼承更大片土地的、祭拜神明更勤快的，比比皆是；但汝將日人處理得服服貼貼，才使汝能平步青雲。」

蘇有志一臉凝重，不敢回話。

「但成功的因由，亦是汝失敗的關鍵。」

「敢問王爺，難道弟子意外惹到哪位日本人？」蘇有志仍舊不解。

王爺搖搖頭：「人不是重點，汝之身份才是。即便這次僥倖逃過劫難，豐肥家產只能待宰，日人決不會輕易放過。遭劫是時間早晚，這就是臺人的命運。」

蘇有志被騙以來，一直糾結自己是否有所疏漏或遭到陷害，總是想不透最大問題就是在於身份。臺灣人依附在帝國統治下，成敗興衰全掌握在日本人手中，永遠只能任由人魚肉。

王爺收斂笑意，臉色漸漸變得嚴肅起來：「汝如今一無所有，若不甘心晚年窮困潦倒，與本府表明決心，即刻改變現況。」

王爺話語不斷在蘇有志腦中迴盪，他沒叫人力車，而是自己獨行離開西來庵。這些話已像一顆種子埋在他心頭，慢慢地生根發芽。

❖　❖　❖

「長官好！」吉田國三立正挺胸，精神抖擻地對眼前的長官致敬。

「嗯，坐吧。」內田嘉吉在專用接待所內，翹著二郎腿抽著菸。這位高官留著標準的三分頭，身高普通但厚實精壯，眼尾下垂，配上不苟言笑的面容，十足威嚴，使人不敢親近。

民政長官直屬臺灣總督之下，掌管財務局、通信局、殖產局、土木局、地方部、法務部、學務部、警察本署、蕃務本署，一人總攬管理全臺人民日常生活的所有事務，是在總督之下擁有最大權力的官員，只是尋常警部的吉田國三在他面前連大氣都不敢喘一聲。

「請長官過目！」吉田將紙袋恭敬地遞給內田。

內田抽出內中文件，細細閱讀著，上頭記載了許多日本官員，並記錄該人職位，後面寫著各不相同的一筆數字。

「報告，下屬暗中打通許多長官，現在臺南廳各處室都已齊全，金額詳細記載如呈。大家原本就很崇敬長官的作風，自然願意全力跟隨您。」

「這樣南北都湊齊了，就等時機到來。」內田輕輕地點頭似乎還算滿意：「手腳都有處理乾淨吧？不要留下什麼把柄就不妙了。」

「長官放心，這些是我親自到各長官私宅處理，消息決不走漏。」

內田翻看完名單，對數目有點驚訝：「這些用來打通各處室的款項，全是從那姓蘇的商人身上搜刮來的？區區一個本島人，竟然有這麼大的家業？」

「報告長官，蘇有志這筆財產，本來就是帝國的，現在只是物歸原主而已。」

「做得不錯，我就是需要這樣的人才，等我當上總督自然不會虧待你。」

吉田內心欣喜若狂，深深一鞠躬：「感謝長官賞識！」

「去忙吧，有任務再通知你。」吉田恭敬地退出房間，全身止不住顫抖。

原先在日本一事無成的吉田國三，到了臺灣終於大大有了一番作為，還得到民政長官的褒獎，他心中不由得燃起自豪之焰；為了這個賜他榮華富貴、可敬可愛的帝國，做什麼都可以！

❖ ❖ ❖

雖然蘇有志一案已由臺南廳警務課查辦，但新居德藏始終認為此案疑雲重重。除了涉案人是妻子的族人，加上掛心蘇有志這位恩人，所以他主動找上承辦的司法警察官龜山龍一，並提議由兩人陪同妻子湯玉與陳岱接觸；畢竟湯玉與陳岱是舊識，或許能夠藉此突破其心防。

「陳岱脾氣暴躁，上次把他送回家中，還有持刀攻擊我的意圖，務必小心。」龜山想不出更好的方法，於是同意新居的提議；在這臺南廳極西境最低窪的沙洲地帶，零星點綴著幾間草寮，外頭掛著晾曬的漁網。當三人併肩穿過一片漫長白晃晃的沙灘，要走到陳岱家門前時，平時看似篤定的龜山龍一出於本能地，如此叮嚀湯玉。

湯玉溫順地點頭，眼裡泛出同理心：「他一定是吃過很多虧才會變這樣……阿塔伊・阿庫亞那[9]在山上的時候，一直是個天真開朗的大男孩；這些年他在都市生活一定很辛苦。」

「我陪妳進去吧，不知道他是否又會暴走？」此行出於新居，但他甚是擔心湯玉的安危。

「多謝夫君，我相信他。況且，你們在，他不會說真話的。」龜山看著這名蕃人少婦，自己乜有點傻愣愣地。湯玉的日語說得生澀，邏輯卻清晰且堅定，她的眼眸透出溫潤的光芒，正如沙灘盡頭那片月牙狀海灣的藍綠相間，加上儀容與舉止高貴；讓人不難理解為何新居要違抗臺日通婚禁令，無論如何都要娶湯玉為妻了。

「妳勸看看吧，要是他不願招認，也只能以嫌犯身份先行逮捕。」龜山想把陳岱帶回拘留，至少人身安全比較有保障，避免幕後指使者殺人滅口。

湯玉點頭表示認同，深吸了口氣：「你們在外面等我吧。」便直接推開竹籬笆，走進庭院，敲了敲門。不知是否聞到族人的氣息，看門的狗兒也並未吠叫，而是慵懶地躺在地上擺尾示好。

陳岱開了一小條門縫見到湯玉，不由得心頭一震，他面無表情地關上門、解開鎖扣、重新開門。但當看到籬笆外穿著全套白色夏季警察制服的龜山與新居時，陳岱立即翻臉：「如果妳是來幫他們套話，那就請回去吧！」碰的一聲再把門關上。

「阿塔伊・阿庫亞那，開門，開門！我是來看伯父的。」聽到湯玉喊的是多年沒人喚起的族名，融化了陳岱的硬心腸，因此他選擇了開門，讓陽光照進來。

「伯父……怎麼會這樣……你還好嗎？」湯玉一進到屋內，見到陳岱父親躺在被褥上，四肢因長期缺乏活動而萎縮，用慈愛的眼神望著自己，於是止不住淚水地抱著老人大哭。

「這一切都是日本人害的，妳現在還要幫他們？」陳岱把門關上，不願外人聽到對話。

「到底發生了什麼事？」湯玉流著淚問。

「六年前部落突然來了一批四腳仔，宣稱這塊土地是屬於帝國的，要我們乖乖聽話繳稅，不然就把我們趕走。」陳岱仍有些怒氣，眼神不願與湯玉相接，就怕自己心軟示弱。

「頭目呢？頭目怎麼說？」湯玉嫁給新居德藏，經營操持自己的小家庭之後，便和部落失聯，自己的父母雖然一年前返回原鄉，但至今從未聽他們提起此事。

「頭目不想和四腳仔起衝突，只好勉強答應。但這土地是代代族人們的珍貴財產，沒了我們要怎麼生活？死後怎麼向祖靈交代？我不顧一切地奮力抵抗，打傷了幾名日本巡查，」

「然後就被抓了？」湯玉搖搖頭，知道陳岱自小善良，但既熱情也衝動。

「對，關了好幾個月，阿莫因此氣到中風癱瘓，多虧族人們幫忙照顧，否則……」。

湯玉深深嘆了口氣，也不知道該說什麼。

「有犯罪紀錄，出獄後沒人敢用；怕被四腳仔找麻煩。我只好去做土公仔[10]、撿牛糞，什麼低賤的工作都做過，只能為了生存忍耐下去。」陳岱一口氣將這些年受的委屈全說出來。

「或許你日子過得很苦，但不代表就能騙蘇頭家的錢啊……」湯玉向陳岱指出他的不是。

「妳以為我有其他選擇嗎？」陳岱原本期待湯玉的安慰，不料湯玉雖然輕聲細語，但仍是夾帶指責，因此一下子情緒激動起來：「我甚至出賣自己的靈魂，整天被日本狗使來喚去做一些骯髒事。妳安穩地住在四腳仔屋內，根本不知道我為了生活，要幹下多少違背良心的事！現在還帶著那個新居要來捉我？」

「對，確實是夫君帶我來的，」湯玉坦白說道，也繼續溫柔勸告陳岱，盼他回轉：「但，我會來是因為，我不相信我心目中善良開朗的阿塔伊・阿庫亞那會變成現在這樣頹廢，失去希望的樣子；還找了一堆理由，來為做過的錯事找藉口！」

「妳認識的阿塔伊・阿庫亞那早就死了！在妳嫁給日本人那天就死了！」陳岱向著茅草屋頂如此大喊，直到此時，這位雙眼紅腫眼眶泛淚的青年才終於敢正視湯玉：「生活過得這麼悲慘，到底要怎麼善良？怎麼開朗？」

屋內一連串的激烈爭論聲傳到屋外，原本趴在庭院裡的看門狗匡卡也警覺地跳起，與趴在竹籬笆牆邊，嘗試偷聽的兩個男人一樣猶豫，兩人一狗都躊躇著：是否該衝入屋內？

湯玉從沒看過陳岱如此憤怒地吼叫，那雙清澈的雙眼充滿了苦毒；直到此刻她才意識到陳岱經歷過自己難以想像的處境；於是她自然而然地放緩語氣與聲調，耐心地說：「你現在有選擇了，外面兩個人都會幫你，你可以把一切都向他們說。」

「我不相信日本人，就是他們毀了我的人生。」陳岱訥訥地說。他對自己剛才的失態，感到有些難為情；他沒想到與湯玉的久別重逢，竟然會摻雜有這些痛苦的情緒。

湯玉握住陳岱的手，想給他一些安慰：「不是每個日本人都是壞人，也是有願意想辦法讓大家生活變好的日本人，我知道你這些年來很辛苦。」

陳岱怯生生望著湯玉真誠的眼神，年少時各種美好的回憶一幕幕在腦海輪播，一個回神他趕緊把手抽回：「我幹了很多見不得人的事、害過好多好多人，根本不值得妳的憐憫。」

湯玉趁此機會主動追問：「到底發生什麼事了？都跟我說吧。」

陳岱深深地嘆了氣，卸下堅固的心防：「正當我快撐不下去的時候，魔鬼向我提出交易，運用關係，抹去前科，讓我通過警手考試，藉此養活自己和阿莫，代價卻是替他暗中幹一堆傷害人的勾當，其中也包括蘇有志那件事，」

「我每天都想自我了斷，」陳岱拉起袖子，手臂上是既滿又深的割痕：「是妳、是妳讓我活了下來……我總是在瀕死邊緣想到妳——白芷．佳都娜娜[11]，不，現在該稱呼妳伐依絲[12]．佳都娜娜。是靠著懷念妳，我才苟活了下來……我好恨妳嫁給了壞事做盡的日本人。」

湯玉眼淚潰堤，出於故舊之情地，與陳岱相擁而泣。兩人把這幾年在平地不得不用漢名與漢人打交道，還有受到日人諸般歧視等等苦水，全都用族語一口氣傾訴了一遍，兩個人試著清理心中所有委屈；對身為蕃人的他們來說，文明並不是個好東西。

當湯玉步出陳岱家，天色已近黃昏，龜山連忙上前關心；新居則在一旁安靜守護妻子。

「幕後指使人是吉田國三，陳岱只是奉令行事。他也一直持續祕密保留犯案的證據，他願意一併交出。不過他想先一個人靜一靜，再過幾天就會去臺南廳警務課自首。」

「吉田？」龜山聞訊一臉疑惑：「不是武田村一直接找上陳岱？」雖然結果如此出乎意料，但反而激起了他的挑戰心。

新居見到湯玉滿臉淚痕，以為陳岱的犯罪太過駭人，把妻子嚇哭了。此刻他選擇輕描淡寫地問一聲：「妳還好嗎？」比妻子矮些、骨架纖細的他，看起來卻像個冷靜但溫暖的巨人。

湯玉搖頭表示自己沒事，回應道：「我不知道族人們經歷如此可怕的事情，」才說一句話情緒就又湧來，閉眼冷靜一陣後繼續說：「陳岱等於是把命交到你們手上了，吉田鐵定會知道陳岱背叛了他，請你們一定要把壞人繩之以法，陳岱也瞭解自己該為做過的事負責，希望贖罪後能擺脫無法翻身的悲慘命運。」

「放心交給我吧，我會妥善保護證人安全，也會為陳岱努力爭取減刑。」龜山深深地鞠了一躬，慎重地對湯玉許下諾言。

9阿塔伊．阿庫亞那：羅馬拼音是'ata'e-akuyana，湯玉使用熟人使用的稱呼方式，其中個人名是'atai，氏族名是akuyana。

10土公仔：專門處理人畜屍體埋葬的工作，在當時屬於最低階的工作。

11白芷．佳都娜娜：羅馬拼音是paic'e-judunana。鄒族名有童（乳）名、少年名、成年名三種型態；此處陳岱可能是指童年名paice，也可能是喊湯玉少女時的名字paicʉ。

12伐依絲：羅馬拼音是faicʉ，即湯玉成年後使用的族名。

06

發誓

一九一三年・立秋・臺南廳直轄東區

從西來庵直行向西，穿過若干正在拓寬整建的巷仔路，三分鐘腳程即抵「石像」圓環；該圓環發想自十三年前臺南醫院長**長野純藏**參訪巴黎萬國博覽會的凱旋門；他將圓形防火疏散地外圍加上環狀道路，並且連通放射狀的七條主幹道，其中一條即通往東北方，同樣落成於一九一一年的火車站前圓環。以「石像」圓環為中軸，清代城牆為東西界線所框取的「直轄東區」是日人居住地，周邊辦公廳舍林立；日人居住地以東則是兵營；以西至安平東界才是臺灣人的住家「直轄西區」；那裡是內海與河川不斷沖積，三百年來填海造陸得到的新生地。

圓環旁行人、人力車和牛車來往，這片繁華地始於兩年前的市區改正計畫，原先是為了取代明鄭、清代以來彎曲的巷弄，追求整齊街道，使古城迎接新生，但許多人因此被迫離開自小生活的區域。圓環旁最顯眼的建築，就屬興建中的全新臺南廳舍，雄偉規模令人嘆為觀止。

蘇有志路過看得出神，蘇家遭逢巨變已捨棄大部分家產，但為圖求振作，他希望能從熟悉的蔗糖外銷重新做起。而蔗糖交易需要帝國政府的專營許可，這就必須靠蘇有志原本累積的日本高層人脈才能達成，他要親自走訪臺南廳舍一趟，希望能順利打通各項關節。

「你好，我是臺南廳參事蘇有志，請找臺南廳長松木茂俊。」蘇有志西服筆挺，胸前佩戴紳章，客客氣氣地向站崗的日警塞了個紅包；該名巡查從頭到腳打量了蘇有志的行頭，最後將眼神放在熨燙得平坦的前襟，他認得這是廳長親手頒發的紳章，全臺南廳只有五枚，擁有者都是大有身份的本島人；於是緩緩點頭，轉身進去通報。

蘇有志稍微紓緩下來，在這榕樹扶疏、紅瓦平簷、占地甚大的L型中式平房前，偷得浮生半日閒；偌大的空地清掃得乾淨異常，他心下清靜，竟忘了此曾是清廷治臺的軍事總部「臺灣道署」，是兵戎相見的前哨站。

「廳長現在沒空，請回去吧。」站崗的巡查向蘇有志如此說。

「哎呀，我只是想麻煩廳長幫忙，讓我的文件能盡早順利簽過，」蘇有志小聲地說，再塞了一個紅包，擠出滿臉笑意：「改天等廳長有空，我隨時再來。」

「你夠了喔！」該名崗警這次推回蘇有志的手，反倒退後一步、提高音量：「長官交代，叫你不要再來了，你的文件不會通過的。」

「什麼？」蘇有志十分詫異：「讓我親自見松木先生吧，我能說服他的！我跟他是那麼久的老朋友了。」蘇有志話未說罷，人便情急地往廳舍內走去。

站崗巡查拔出警棍架在蘇有志身上，大聲喊道：「混帳東西！你想幹嘛？帝國的廳舍不是你們這些本島人可以隨意踏入的，休怪我不客氣。」

蘇有志只好滿懷怒氣地在廳舍前踅來踅去，往肚子裡嘟囔：「忘八蛋！你們這群警察之前拿了我多少好處，現在知道我窮困潦倒了就翻臉不認帳！」

「蘇頭家，你怎麼在這？」龜山龍一警視正好由外面回來。

「沒事，」蘇有志發洩心中怨氣，彆扭地說：「我要走了。」

「你來得正好，到我辦公室一趟吧。」龜山向同一位站崗的巡查打了招呼，對方隨即鞠躬放行，「關於詐騙案，有些事想讓你知道。」龜山平鋪直敘、開門見山地這般表示。

「蘇頭家，坐吧。」蘇有志進到龜山的辦公室，忍不住四處張望，辦公桌後面展開的一整面牆吸引了他的目光，上面釘了許多文件和人物畫像，整幅圖樣呈放射狀，就像方才路過的圓環那樣：蘇有志認出了正中心便是他自己的畫像。其他枝幹大致以經商、宗教、事業、家庭區塊來做分類，都以不同顏色的線條劃分，其中還包含有自己與日警、日商的往來紀錄。

其中最大的一個區塊，就是從陳岱和吉田開始的連結，上頭釘著許多當時蘇家開出的金券兌現的存據，以及蘇有志簽字入股東新株式會社的證明。而在吉田之後，更有一條粗線向牆面頂端外延伸，但蓋著一大張黑布，內容不得而知。

「目前的狀況是陳岱願意轉為汙點證人，逃亡日本的武田村一也已被逮捕。」龜山快速解釋道：「指使他們的吉田國三罪證確鑿，我會以詐欺罪起訴他並具體求刑。」

蘇有志剛一路走來遇到許多熟面孔警察官，每個人卻像見到瘟神一般趕緊躲開自己，這讓蘇有志忿忿不平；他賭氣地說道：「詐欺罪能判多久？能討回我的家業嗎？」

「大概能判個幾年，不過還是要看裁判官如何量刑。」龜山坦承說道：「而遭詐金券已全數兌現，搜索吉田國三住處的行動也一無所獲，你的損失恐怕無法追回。」

蘇有志聽了更是絕望，心中暗道：「我就算再怎麼努力還是逃不出帝國的手掌心，隨便一個日本人都可以像捏螞蟻一樣蹂躪我，真是恨啊！」

「這個吉田在內地表現極差，有許多不良紀錄，酗酒毆打樣樣來，也久未升遷。倒是來到臺灣後平步青雲，去年還由警部補的位置晉升上了本島並未開缺的警部一職，可謂節節高升；猜想背後可能有人撐腰，這我會繼續追查下去。」龜山娓娓分析道。

事實上龜山在逮捕了吉田之後，便接連收到幾位不同軍警長官的關切，都要他把罪行推給陳岱而輕放吉田，種種跡象讓龜山更加確定，此案沒有這麼單純。

「還有別的事嗎？」蘇有志此時已顯得不甚耐煩；他知道日本人在臺灣犯罪總是被輕判，對自己能否討回公道，根本不抱任何希望。

「沒事了，我本來想找時間親自到宅邸跟你說明，」龜山有些感慨地說：「從十八年前日本由清國手中接收臺灣以來，凡有意願來本島發展的，絕大多數都是在日本無路可走的人，甚至有些是亡命之徒。千里迢迢來到這裡，是看上這塊潛力無窮、物產豐富的土地，一心只想發大財。至於用什麼手段致富，是個人的手段，回到內地也沒人追究。」

「以後你來宅邸也找不到我了，我愧對祖先，連祖厝也留不住了……」蘇有志此時半句話都聽不下去，心想今日七月初七正逢七夕佳節，是否早早動身返回大目降與家人相聚，至少多少能安慰內心的恐懼與憤怒，於是毫不猶豫地說：「告辭！」

蘇有志看似孤單地走了，龜山見到的是：這位曾經的商業鉅子現在肩上揹著難解的憤恨，每一步都走得那麼沉重而緩慢。他身為警察高層的一員，感到複雜的情緒：難道母國與殖民地的人民，沒有平等友好共處的希望嗎？

龜山龍一不知道的是：蘇有志心中對未來並不迷惘，滿腔怒火反而堅定了這位大目降商賈的求生意志，前半生享盡榮華富貴的他，決心要走向一條布滿荊棘的道路。

❖　❖　❖

「這次行動從出擊到銷貨都很順利，也換得了為數不少的補給，將一部份分發給附近各庄後，還能至少半年無虞。」軍師將帳目交給江定過目。

山區周遭的居民都對江家軍十分尊敬，視他們為打擊日本人的義軍，因此長期協助江定陣營，不論是給予日警錯誤訊息，或甚至暗中通風報信，對於擾亂日警有極大的幫助；而江定也持續回饋鄰里，劫貨成功都會分享物資到各庄，算是互相照顧的謝禮。

「王爺在那天法會直接給了三聖筊，果然一切都是天時地利人和。不過日警的武器愈來愈精良，防範也更加小心，未來恐怕更難行動。」軍師對劫奪樟腦一役做出結論，江定對自己當天差點命喪槍下有些擔憂：「日本人那邊呢？有要反擊封山的消息嗎？」

「現在樟腦事業正在快速發展，由各大會社把持著，不可能說封就封，也因此我們才能銷貨如此順利。不過日方確實有派幾名勘查員，在出事地點附近連續調查好幾天，我都有派人盯著；已整整過了兩個半月，目前還沒消息。」

「當天貨物有點重量，前幾天也才剛下過雨，泥地鬆軟，只怕大夥腳步陷入太深留下足跡。」江定說道。

「這點也要請大師三思，之前都是半年拔寨換營一次，如今在這已經快一年了，或許該是時候遷移至別處了。」

「唉，」江定嘆了口氣站起身來轉身面向王爺，心中也有另外的擔憂：「每次換營都是大工程，現在資源已經慢慢不足，能減少消耗是最好……弟兄們也已隨我到處漂泊數年，若能有一處安身之地是再好不過，若非不得已還想待一陣子。」

「遵命，就照大師意思，若有消息我再隨時報告。」

「急報！」一名探子火速衝進石厝，俐落地單膝跪在江定面前。

「什麼事？」

「日警武裝隊三十人自虎頭山西南側來襲，由勘查員帶路，目前已深入林道，往牛七哨站步步逼近。」探子扼要報完狀況。

江定和軍師互看了一眼：「才剛說完人就到，日警來得這麼湊巧？」

「日警等了這麼長時間才動手，應該是做好了萬全準備。」軍師皺著眉頭思考對策。

「牛七哨站誰當班？」江定問道。

「黃田和老李，黃田趕緊通報消息，老李仍在觀察敵情。」探子回報。

「大帥，哨站到此地僅有一天半的路程，還請大師盡速決定是否換營。」軍師也有些緊張。

江定再次轉向王爺神像：「拿筊來。」

他虔誠地閉眼祈禱，低聲稟告王爺此時的處境，並詢問是否適合拔營？

語畢擲筊。

雙陰，陰筊。

皺了眉頭再試一次。

雙陽，笑筊。

再擲第三次。

一陽一陰，聖筊。

連擲三次都不同結果，江定無法理解王爺的神諭陷入了苦思。

「急報！」又一探子火速衝進。

「快說！」

「牛七哨站黃田回報：老李想靠近探查被發現、敵軍開槍射擊，老李已經陣亡。」這名探子大口喘著氣回報。

碰！江定一怒之下奮力拍桌。

「該死的！」江定雙眼暴凸，弟兄的性命是他最不願失去的事物。

「有對方更詳細的消息嗎？」軍師問道。

「對方裝備精良，人手佩戴自動步槍，隊伍還有一支自走炮。」

「大帥，對方這次是來真的，不宜直接衝突，應以退為進！請大帥三思！」軍師勸道。

江定調整自身呼吸，他知道現在不該衝動行事，該以眾人安全為重：「傳令前線哨站緩行撤退，勿與敵軍衝突，並持續回報動靜，火速！」

兩名探子接令疾速奔出。

「軍師聽令，」江定吸了口氣下定決心，軍師單膝下跪準備接令：「全員撤退石厝，共分三路線撤退，讓對方摸不著頭緒。你、我和江憐各領一軍，三日後剖牛湖營寨集合！沿路務必做好足跡掩埋，違者軍法懲處！」

「領命！」軍師趕緊下去張羅。

江定心中仍對未來忐忑不安：「對方才來三十人，我方就要全軍移陣，槍械火力實在差距太大，這之後該如何趕走日人，我和弟兄們又該如何生存？」

江定望著王爺神像，心中感到迷惘：「現在情況緊急，未得到王爺神諭只好自己做主，望王爺能保佑一切順利，弟兄們的命運都牽繫於此啊。」

❖ ❖ ❖

「進來吧。」龜山聽到急躁的敲門聲，不得不先中斷陳岱的訊問。

「這是你的主意嗎？」新居情緒激動地進到龜山的辦公室，沒料到在此撞見陳岱，便先說到這裡，止住話頭。

「陳岱，你先去休息吧，有消息會再通知你。」陳岱聽從龜山的指示起身，他冷冷地瞄了新居一眼，由另一名警察帶著離開。

「找我有事？」龜山詢問煩躁的新居。

「我看到起訴狀了，詐騙這麼大的金額，結果你只讓吉田停權半年？然後發配到偏鄉復職繼續害人？而陳岱卻要被永久免職，甚至關進監牢？」新居激昂地表達不滿。

原本打算離開警務課的陳岱聽到他們的討論和自己有關，便放慢腳步隔牆偷聽。

龜山整理著桌上的文件，冷靜地回道：「陳岱身為蕃人警手，利用職務犯罪，被免職是必須的。刑期方面考量他主動提供線索並涉案不深，我已從輕起訴，最多關一年就能出來。」

新居看龜山高高在上的樣子，火氣更加旺盛，繼續說道：「你也親眼看過陳岱生活過得多悲慘，現在還要進監獄繼續受罪？他冒著危險抖出背後指使人，我答應內人會保護好他！」

躲在牆後的陳岱聽到新居竟然是在為自己說話，感到十分驚訝，心情卻是五味雜陳，一旁的警察不斷催促他腳步往前，他才只好離開。

「保護汙點證人是我的職責，這次許多證據是陳岱所提供，功勞不小。我會想辦法讓他在出獄後能重新過生活，不必把案情跟他的私事過度聯想。」龜山很有耐心地解釋道。

新居再接著質問道：「那吉田呢？憑什麼這種傢伙可以復職？還不用被關？就因為他是內地人和低賤的本島人不同嗎？」

「吉田跟陳岱一樣，都只是大計謀中的小棋子，就算現在把他除掉，隨時會有其他人補上，」龜山看著激動的新居，心中躊躇著要透露多少訊息給他：「我會刻意輕縱吉田，是打算放長線釣大魚，希望能找到背後指使者，而這部份需要從長計議。」

新居無法理解只能搖頭：「可憐的本島人啊，連蘇有志這種大商人都可以被除掉，其他無權無勢的老百姓一定被欺壓得更慘，難怪他們會打從骨子裡痛恨內地人。」

「你這次也幫了不小的忙，或許之後我們有再合作的機會。」龜山不想再透露更多資訊，於是轉換話題，也沒把新居的諷刺言語放在心裡。

「長官，我恐怕跟不上你那無情的辦案速度，還有冷血的程度。」新居冷笑著拒絕。

「我欣賞你的直來直往，」龜山不但沒生氣，反而還稱讚新居：「辦案手法也不限於傳統方法，像這次還主動請夫人出面，順利打破陳岱的心防。另外你也對臺灣的風俗文化瞭解深入，未來一定能幫上我的忙。」

新居沒想到會突然被稱讚一番。他從日本來臺灣後，發現自己慢慢喜歡上這片土地，娶了湯玉之後，更想認真融入臺灣的文化，只是所有日本長官都認為他在浪費時間，這樣「臺灣化」，反而降低了身為日人尊貴的格調。

「那你打算怎麼做？再追著吉田到偏鄉嗎？」受到稱讚，新居的口氣已溫和許多。

「我手邊已有一些線索會繼續往上追，只是恐怕背後的層級有點高，」龜山放低音量。

「就算層級高也要追啊！就是這些高層下了無數壓榨臺灣人的指令啊！有學問的本島人不是常把**上樑不正下樑歪**掛在嘴邊？」新居胸口又湧現一股熱血，不由自主地為臺灣人叫屈。

「現在情勢比較敏感，我伯父正跟著總督要到本島東部打仗，等他們凱旋歸來，我會蒐集好證據去臺北城找他討論，」龜山很欣賞新居無懼的眼神，便放心透露更多：「他一直希望能避免用殖民地的方針來治理臺灣，並且將島上的人民平等視為內地人，這樣才能長久經營臺灣，為帝國謀取最大的利益，我也相信，並且想朝著這個方向來實踐。」

新居一臉疑惑：「伯父？龜山？跟著總督？該……該不會，你伯父是總督府警察本署警視廳長龜山理平太？」

見到龜山點頭承認，新居的嘴巴張得更大了。

❖ ❖ ❖

「弟子拜見王爺，」蘇有志跪在地上，向已上身的王爺拜倒請安：「感謝王爺耐心提點，弟子已茅塞頓開。」

在西來庵的後殿內，就只有起乩的余清芳、蘇有志和牛奶吉三人。如今已是夜半時分，庵堂早已關門，後殿仍點著數支燭火，飄搖地映在蘇有志堅定的神情上。

「本府洗耳恭聽。」王爺微笑說道。

「日本人統治臺灣已將近二十年，卻仍視臺灣人為二等賤民，只是負責勞動產出的工具。我們不但沒有發言權，還適用著和日本人不同且更為嚴苛的法律。而日本警察到處作威作福，無時無刻欺壓無辜人民，甚至草菅人命。我們的孩子不僅吃不飽，還無法得到平等的教育機會，只能繼續當帝國的奴隸。弟子原本天真以為會逐漸改善，因此汲汲營營配合著帝國，想帶給鄉親們更好的生活和技術，卻也被視為螻蟻，隨時能被踩在地上踐踏。」

日本對待這塊土地更是無恥至極，為了帝國的利益讓大多數人餓著肚子，將原先肥沃的稻田改成蔗田；他們更深入山林，趕走原先生活的住民，只為了取得這塊島嶼所孕育成百上千年的樟腦和檜木。

弟子雖無才無能但胸有大志，不願做日本人的走狗，永遠被踩在腳下；我蘇某願做先驅，將日狗趕出臺灣，這條小命不足掛齒，只願能為後世臺人爭取更好的未來。」

王爺淡定點頭：「汝果然聰穎。但此條路艱困難行，甚至可能會丟了性命，能否成事得看爾等造化，本府定會傾力相助。」

蘇有志握緊拳頭，再次拜倒：「只要王爺登高一呼，全臺人民早已受夠帝國統治，絕對能凝聚眾人力量推翻日本的暴政。」

「本府欣慰，」王爺露嘴角露出淺淺笑意：「此庵有本府坐鎮，可作為計畫本營不讓日人發現。加上乩身顯靈，西來庵香火將更加興旺，吸收更多信徒，增加義軍人力。天庭已看不慣日人逆天行道，很快便會使風災瘟疫盛行，日人將死傷慘重。」

「王爺英明，法力無邊，若能得神力襄助，必定能一舉成功！」蘇有志第三次拜倒。

「事成後，爾等須重新歸還土地於民，並予臺灣人公道和尊嚴，此後能掌握自身命運。到時蘇家祖業不僅能討回，更能代代薪火相傳。」王爺交待道。

蘇有志聽到王爺願意傾力相助，內心十分澎湃，奮力朝王爺磕頭。蘇有志曾因勸業博覽會受邀到日本，見識過日本國力之強，他知道這場仗絕對萬分艱辛，除了有神力相助，還需要天時地利人和，缺一不可。

王爺繼續說道：「余清芳為本府於凡間之唇舌，爾等應聽彼號令，並以之為首，號召有志之士。」

「天地可證，蘇有志願聽從王爺號令，若有違逆不得好死，並墜入十八層地獄，永世不可超生！」蘇有志滿腔熱血，一口答應。

一旁的牛奶吉也跟著跪下：「弟子陳清吉，也願為王爺效力，如有違令，不得好死！」

07 佳話

一九七〇年・處暑・臺南牛磨後

「聖筊！」

「擲聖筊！」

許多民眾聚集在西來庵內湊熱鬧，緊張地盯著不規則彈跳的暗紅木筊，從雙膝跪地的長者手中擲出，再一齊大聲喊出神明的旨意，氣氛累積到了最高點。

那名老者是府城著名的粧佛行「人樂軒」的林師傅，他閉著雙眼口中唸唸有詞，準備擲出最後決定性的一筊，所有人包含一旁的正雄全家和水伯都屏息以待。

「三聖筊！」眾人爆出一陣歡呼，紛紛雙手合十朝著王爺神像參拜。

「叩謝王爺和督司允准！弟子發誓定竭盡全力刻畫尊容！」林師傅也不停跪拜，決心接下這份神聖的任務。一旁的正雄露出笑容，心中的大石總算可以放下。

日前在水伯的提點下，正雄才趕緊去找雕刻祖父神像的師傅，才知雕神像的程序十分繁瑣，找到師傅只是第一步；後續還要挑選木材、作工方式，尺寸大小、衣著樣貌等等，而且每項工序在動手前都要恭請督司親自定奪，林林總總至少要花上兩年時間。

「一尊神像供萬代香火，至少數百年的時間，在凡間替神靈遮風避雨，還能體現神明的威信，務必要謹慎行事。」正雄將水伯的叮嚀放在心上，才特別去找了府城內有名的福州派老師傅幫忙。

「借問貴庵什麼活動這麼熱鬧？」這時一名神色粗豪、身材壯碩的男子步入庵中好奇地詢問，他穿著一件灰色背心，上頭繡著「臺南市議員蘇楠程」，後頭跟著幾名跟班，正熱情地跟信眾寒暄。

水伯見到是蘇議員，趕緊上前打招呼，並說明了今天的狀況。

「正雄來來來，這是最照顧鄉親的蘇議員，每年庵內舉辦遶境活動都是靠議員幫忙。」水伯拉來正雄介紹給議員認識。

「幸會幸會，府上能有長輩封神，一定是積了天大的功德，這是咱臺南的殊榮啊！」議員熱情地握著正雄的手。

「不敢不敢，這一切都是托王爺的福，也要靠大家幫忙才能成事。慚愧的是我連祖父的事蹟都還不曉得。」正雄回道。

「這五府王爺，實在是府城的守護神啊。」議員把音量拉大，渾厚的嗓音吸引了大家注意，讓原本鬧哄哄的現場瞬間安靜下來。

「西來庵歷史悠久且香火鼎盛，到今日累積這麼多香火和信眾，靠的就是王爺神力和威信，大家說對不對？」議員中氣十足地問著。

「對！」議員的跟班帶頭應道。

「一間廟香火愈旺，就能供奉愈多神明來為信眾服務，」議員繼續說道：「這就和選舉很像，只要能有愈多人支持我，我就愈有能力來幫助大家，這樣大家說好不好！」

「好！」這次大家齊聲喊道。

「小弟現在是議員，希望兩年後能選上市長為大家服務，再麻煩大家惠賜一票牽成！也祝大家平安健康，謝謝！」民眾歡呼聲不斷，對於議員有高度期待。

「哇！議員要出來選市長哦！大消息耶！」民眾驚訝地討論著。

「選舉還離這麼久，也要看黨要不要提名他，聽說他跟黨內處不太好。」有人在後頭私語。

「但他做事很有魄力，跟其他政治人物高高在上不一樣，我就喜歡他這點。」也有民眾替他說好話。

議員熱情地一一向民眾握手致意，待了許久，才離開西來庵

❖ ❖ ❖

時辰已接近子時，西來庵前的氣氛卻是愈晚愈熱鬧，人潮不減反增。正雄祖父即將封神的

消息愈傳愈遠，再加上在上週，王爺親自在三更半夜說起日治時期的故事，更充分燃起大家的好奇心。

只是水伯年事已高，體力有限無法起乩太久，精彩的歷史只說了一部份，今日大家再次聚集，就是要聽王爺繼續講古。在等待的過程中，還有熱心民眾幫忙重溫上次蘇有志詐騙案的故事，讓新進加入的聽眾也能跟上故事的進展

王爺處理完問事，見人潮久久未散，打趣地說：「竟如此多人對歷史有興趣，此事件也將持續擴大，最後影響到整個臺灣的命運，汝等可知？」

「在蘇有志詐騙案結束後，過了一年的時間，在東部的太魯閣戰爭也告一段落……」民眾一陣譁然，現場竟沒人聽過「太魯閣戰爭」。

看來這督司封神的故事，往前推一甲子，還牽繫著許許多多的臺灣重要歷史事件……。

大家聽得津津有味，卻沒發現在這大半夜的，已被神祕人士盯上，他們正躲在角落默默觀察和記錄與會者。

部二

戰雲密布：與世界連動的島嶼

08 戰爭

一九一四年・夏至後六日・巴爾幹半島塞拉耶佛

六月二十八日，遠在世界另一端的巴爾幹半島，民眾正在慶祝著塞爾維亞的國慶日，位於西邊的大城塞拉耶佛擠滿了狂歡的人潮，人們都想爭相目睹貴賓的來到——原來是來自奧匈帝國的皇太子佛朗茲．斐迪南和夫人特地與眾人一同共襄盛舉。

載著大公的車隊徜徉在乾淨整齊的林蔭大道，放眼可見城市四周環山的特殊地形，眼前的綠樹配上遠處的雪山，使得兩名貴賓心情十分愉悅。這天也正好是這對夫妻的結婚紀念日，即便一對貴族與平民通婚並不受到父親，也就是奧匈帝國皇帝的祝福，兩人還是十分相愛，也很珍惜出訪在外的自由行程。

然而在這一切輝煌美麗盛事之下，卻有六名憤恨不平的塞爾維亞人早已設下埋伏。他們理想願景的塞爾維亞帝國，是再也不必被奧匈和鄂圖曼土耳其兩大帝國互相牽制；並且由獨立的斯拉夫民族，自己掌握國家命運走向。

年輕的刺客們對著車隊丟擲了手榴彈，並手持白朗寧半自動手槍，朝著皇太子夫婦射擊；

斐迪南大公夫妻在急救後仍然無力回天，當天就宣告死亡。

消息很快傳回奧匈帝國，憤怒的佛朗茲・約瑟夫皇帝立刻決定向塞爾維亞宣戰，這讓原本緊繃的歐洲情勢一觸即發。第一次世界大戰就在一個月後，也就是七月二十八日正式爆發。

❖ ❖ ❖

一九一四年・處暑後三日・中國青島

一戰爆發翌月的二十七日，日本趁著世界大戰之勢，與占領著中國青島的德軍開戰。帝國內同樣分成兩派，保守派大將參謀次長明石元二郎堅持開戰，認為可以進一步解決中國租界的問題，帝國也能從中獲利良多。

儘管受到改革派的極力反對，青島戰爭還是爆發了。日本艦隊靠著數量上的優勢，一個月內攻上岸，不過三個月就讓德軍舉白旗投降。

除了德軍全面撤退，日本帝國還占領了擁有重要戰略地位的膠濟鐵路。帝國的大獲全勝也讓保守派氣焰進一步上揚。

而將近一萬公里外的臺灣，命運也被這些國際大事牽動著……。

❖ ❖ ❖

一九一四年・白露前三日・大加蚋堡臺北城內

蘇有志案結束剛滿一年的九月五日，龜山特地搭乘火車北上，準備參加總督府慶祝「太魯閣蕃討伐」凱旋歸來的慶祝活動。臺北城內整齊新劃的街道跟臺南城迥然不同，市中心更是人潮洶湧，整座城市充滿了活力。還有正在興建中新臺灣總督府，雖然只蓋到一半，但壯觀的巴洛克式建築已令人印象深刻。

龜山來到總督府，特地派人安排在外頭展示巨大的太魯閣地形模型，標注多處高山和立霧溪沿岸的巨石地形，還有許多部落分布的位置，甚至細微到棧道、林道、族人的獵場範圍都詳加記錄，這都是總督早先派遣了許多探險隊探勘的偉大成果。

「蕃人十分野蠻，長年生活在落後的山區內，主要靠打獵和零星的農業維生，部族間常一言不合便互相出草，以割下敵方陣營的首級為榮耀，還會將人頭風乾作為戰利品。」官員正在講解戰爭的過程，讓受邀貴賓瞭解該場討伐的背景：「生蕃部落一直拒絕接受帝國政府的統治，還多次襲擊日警和會社的人員，造成許多無辜的內地人傷亡，是總督府一直以來的心頭之患。」

「太魯閣地區地勢天險，湍急的河流緊貼著陡峭的岩壁，西邊被合歡山脈阻擋，東邊又只有花蓮港能進入，物資補給是難如登天，非常不利於大軍進攻。」官員比手劃腳，加上地形模型的輔助，讓與會的人都彷彿身歷其境。

「蕃人天性狡猾陰險，常在隘口處以弓箭伏擊，並在箭尖上施毒。英勇的軍隊即便只是擦傷也會有性命危險，加上敵軍遍布各處山谷，受攻擊時還常以暗號互相支援報信，讓我軍吃足了苦頭。

光是前期的探勘、部隊的部屬和大軍行進的路線和開發，就整整花了兩年，在眾人的努力配合之下才終於完成。本次行動由佐久間左馬太總督親自帶頭親征，年事已高的他堅持上陣，在前線指揮若定，面對敵方的突襲絲毫不慌，從東西兩側慢慢包夾收網，任他們插翅也難飛。

「只可惜，」講解員話鋒一轉嘆了口氣：「英勇的總督在途中遭敵人襲擊跌入了三十餘尺的深谷，為了國家光榮負傷。最後是由總指揮官，民政長官內田嘉吉臨危受命，帶領著軍隊和警方全力合作，終於攻克了蕃人部落，也總算完成了先皇遺命，成功統治臺灣全島。」

龜山聽得入迷，深刻瞭解了這次大戰的艱辛，卻沒聽見有關他伯父警視總長龜山理平太的事蹟。「明明伯父身為副指揮官厥功甚偉，怎麼功勞全攬到內田一個人身上？」龜山內心十分納悶。

龜山正疑惑的同時，伯父也剛好出現，但他表情十分嚴肅，只說這邊不方便說話，邀龜山到家中坐坐。

❖ ❖ ❖

臺灣南部接連遭受颱風侵襲，連日狂風暴雨造成農作物被大規模破壞，農民們收成大幅縮水。但帝國仍要求稅收照舊，大家都苦不堪言，許多人便來西來庵尋求王爺幫助。

燒香拜佛、求神問卜，任何能做的大家都願意嘗試，只求能有一條路讓生活能繼續。

而這晚王爺問事，大夥又忙到深夜，余清芳退駕後梳洗一番，見蘇有志還在最後收拾趕緊過去幫忙：「蘇兄辛苦了，忙這麼晚，陳師父這幾天有事不在，真是麻煩您了。」

「哪裡的話，賢弟每次起乩都會元氣大傷，才真的辛苦。」蘇有志拍了拍余清芳的肩膀。

「今年天災頻傳，雖然日子不好過，不過由於大家對王爺的虔誠信仰，感覺更團結了。」

蘇有志做完手邊工作，邀余清芳坐下聊聊：「賢弟說得沒錯，這一切都在王爺的計畫之中，信眾都有聽從王爺吃齋修行的指示，才能將災難化小，小事化無。」

「這是天庭對我們的考驗，透過苦難要讓我們凝聚對抗暴政的決心，王爺也持續守護在大家身邊。讓我們雖然餓著肚子，心裡卻是踏實的。」余清芳這段期間累積了許多信徒，並透過他們的回饋與感激之情，逐漸找到了自信，現在就算王爺未上身，他也能作為信徒的靠山，道出安定人心的話語。

蘇有志心中對余清芳十分讚賞，原本只是一名羞赧的年輕人，卻在牛奶吉的陪伴提點之下，如今已有大將之風，說起道理來不疾不徐，令人產生信賴感。

這時余清芳突然文思泉湧，拿筆寫下一詩：「俗子事君如雪月，凡夫扶主似塵埃，怨嗟忠良何處覓，際會風雲定金階。」余清芳寫完後嘆道：「此乃肺腑之言，非要在這風雨時期，才能找到如蘇兄的知音啊。」

「好詩好詩，賢弟文筆間霸氣十足！」蘇有志稱讚道：「我有些想法也想跟賢弟討論商量。」

「蘇兄請說。」

「託賢弟和王爺的神威讓西來庵的威名遠播，這一年來信徒翻了數倍，而且還在繼續成長。」蘇有志於有榮焉地說道：「這段期間我也成功聯繫上南北各地暗中醞釀抗日的義軍們，大家聽見王爺願意帶領起義，都願意歸納麾下，一同推翻暴政。」

「蘇兄辛勞了，這真是天大的好消息！」余清芳相當開心，卻見到蘇有志似乎面有愁色：「但見蘇兄仍有隱憂？」

「大家有團結的心固然重要，但實際上的物資和裝備才是硬實力，我們必須要付諸行動，將這股信念化為實際的資源才行，」蘇有志認真地說道：「尤其是人力、資金和盟友這三塊要趕緊張羅，做好萬全準備後再等王爺一聲令下，才能一舉成功。」

余清芳點點頭，知道起義絕不能只是用嘴巴喊喊：「蘇兄所言極是，敢問有何高見？」

「人力方面必須交由賢弟幫忙，這需長時間的察顏觀色，挑選有抗日決心且不會走漏風聲的人選，在未來起義時擔任重要的左右手。賢弟可先挑選一輪，再請示王爺做最後定奪。」蘇有志緩緩將心中醞釀許久的計畫說出，盡量壓抑自己緊張的情緒：「賢弟可先用挑選王爺義子之名告知信徒，待王爺確認人選後方可透露抗日大計，還需讓他們以毒誓為證，絕不可洩密害了所有人。」

「這個好辦，我平時就有在默默觀察，目前心中已有許多人選。其實大家心中都積怨已久，只是不敢明說罷了。」

「此事萬萬急不得，日本人隨時都在監視著，我擔心風聲走漏。希望賢弟能慎選，第一批先暫訂十數人就好，人多難免嘴雜。」
「好，擇日我請數位信徒在庵內留到深夜，再由王爺定奪。」
「甚好，關於第二點，要蒐集資金。目前庵內都是以建醮名義在募捐，但成果實在有限，且每年實際建醮花費也不少，我想請示王爺能否新增一門平安符生意？」
「平安符？」
「是，由王爺開光祈福過的平安符，可保全家不受天災瘟疫侵害。從之後第一批義子開始，由他們向外兜售，除了能賺錢還能同時推廣王爺的神威。」
「這種小事由蘇兄決定即可，只要能達成目標，不必拘泥小節。」余清芳自信地說道：「不過第一批人也才十數人，這樣進展會不會太慢？」
「我有個更快的方法能達到目標，就是讓所有信徒都能兜售，但平安符來源只有庵內。」蘇有志拿出筆墨，將自己的想法畫成圖示給余清芳看：「一開始賣給義子們一符一錢，他們接著可用一符兩錢的價格轉賣他人，買到的信徒也還能繼續轉賣，價格再提高為三錢，而每次買賣的利潤都要跟庵內五五分帳。」
余清芳看著圖示中的平安符愈賣愈多，雖不太懂原理但嘖嘖稱奇：「沒聽過有人這樣賣東西的，蘇兄生意頭腦真是獨到。」
「看在每次轉賣既能賺錢又能招來保佑的份上，大夥絕對會努力賣，只要每個人都廣招親朋好友，一傳十十傳百，王爺的名聲就能更加遠播。」蘇有志解釋道。
余清芳頻頻點頭：「蘇兄不愧為一代大賈，王爺果然找對人了！就照您的意思辦！」
「不敢不敢，這也只是借他人之鏡罷了。」蘇有志擺擺手：「最後聯絡其他抗日勢力，我會再想辦法解決。」

余清芳握著蘇有志的手：「自從王爺安排我來到西來庵後，我藉著神明附體對自己漸漸有了信心。如今對於抗日也是，原本看似遙遠的目標，也在你的計畫下漸漸明朗，這事一定能成！」

蘇有志也緊緊握住余清芳的手：「你是要統領大軍的將才，是要解救臺灣受苦民眾的明燈，也是所有人的希望寄託，此事必成！」

❖ ❖ ❖

龜山跟著伯父來到一間獨棟的木造兩層樓房舍，外圍繞著整圈石砌的圍牆非常雅緻，屋外還有一整片修剪整齊的草皮。室內空間更不馬虎，偌大的空間只住著伯父母兩人，四面都有木窗，採光十分透亮。客廳是洋式風格擺著沙發和茶几，其他空間則都是榻榻米為主，東西合併的風格讓龜山也心嚮往之，想像著每天在這的生活必然十分愜意。

不過龜山與伯父從慶祝會場一路走來，觀察到伯父臉色憔悴，髮鬢也斑白許多，才幾年不見竟有如此大的變化，跟之前的瀟灑自信判若兩人。

「這一趟到太魯閣，可真是吃足了苦頭啊，」伯父自己先開口說道：「臺灣東部基礎建設嚴重不足，所有物資搬運都需要靠人力……十分刻苦啊。」

「伯父為國為民，終於順利完成任務。」

「這根本是場不該打的仗，帝國花費了太多無謂的資源，從軍隊運輸到補給，全都非常克難，」伯父斬釘截鐵地說：「帝國和蕃族成見太深，要是我們能多花點心力瞭解蕃族的風俗和他們的需求，或許不用一兵一卒，就能成功收復全島。」

龜山靜靜聽著伯父憤慨地抒發情緒，只希望能讓他心裡舒坦些。

「蕃人對整體地形十分熟稔，即使我軍有絕對的火力和人數優勢，被突襲時還是難以招架，尤其是不知何時要被襲擊的緊繃壓力讓所有人都無法放鬆，每天傳來的死傷更是讓人心煩，」伯父繼續說著，雙眼並未盯著龜山看，像是又被重新拉回到了前線，眼中充滿了恐懼和憤怒：「加上山上氣候嚴峻，常常入夜氣溫驟降，總部準備的禦寒衣物根本不足，常有人還沒打仗就被活活凍死在山上。」

「但最令我難熬的……還是對蕃族的殘暴處置，」伯父雙手微微顫抖，聲音也逐漸變弱：「內田在總督受傷掌控總指揮權之後，便下令不管族人是否投降，都一律將青壯年處決，以免他們將來報仇，整條立霧溪都被染成紅色……。」伯父閉上雙眼，盡力抑制著自己的怒火：「臺灣島歸帝國管轄，島上的人民和物資都是帝國重要的資產，他憑什麼濫殺無辜？」

龜山見伯父不斷撫摸著胸口，看得出戰爭對於他心理造成很大的傷害，想辦法換個方向提問：「不過，帝國的樟腦事業還沒要擴張到東部，那片山林目前對於帝國沒有實質幫助，為何要執意花費如此龐大資源開戰？」

「內地議會一致反對開戰，是佐久間總督一意孤行，」伯父終於睜開眼睛看著龜山，洩氣地說道：「總督肩負著明治時代的舊制榮光包袱，決心要完成先皇的遺命。」

「但是議會反對，那戰爭的資金怎麼來的？」龜山正襟危坐，他對於日本的政治圈並不熟悉。

「唉！這是一系列的巧合。原本改革派領袖總理大臣山本權兵衛極力反對出兵太魯閣，卻剛好被爆出他接受德意志西門子公司的酬庸而被迫下台，這才讓保守派勢力再起。再加上總督親自回日本一趟極力遊說，才讓預算強行通過。」伯父緩緩喝了口他最愛的臺灣紅茶，原先冒著煙的熱茶已逐漸冷卻。

「我以為大正時代是開明改革的，這種硬幹的事應該要減少才是。」龜山只知道這幾年帝國正在逐漸轉變，在改革派的努力之下，從原本的寡頭政治集團逐漸轉為效法歐洲的議會制度。

「龍一啊，整個時代無法走得這麼快，保守派的勢力依舊強大，就連在臺灣也有許多勢力作威作福。」

「伯父說的可是內田長官？」

「嗯，內田這人軟硬兼施，順者給盡好處和機會，逆者則毫不留情趕盡殺絕。他一直汲汲營營在拉攏勢力，加上現在歐洲戰事爆發，國內也有不少保守派主張該趁機向清國開戰，若這件事成真了，恐怕保守勢力會更加壯大，甚至影響到新總督的人選。」

「報告伯父，去年在臺南有一起蘇家詐欺案，由於金額十分龐大，我便深入調查了一年，」龜山正襟危坐像伯父報告他的發現：「原本以為只是日商個人的行為，但後來才發現背後的主謀就是內田長官。他利用地方貪腐的警察鎖定目標並進行詐騙，取得的金錢都被他用來拉攏更多官員，或許跟現在的情況也有關係。」

「內田這傢伙竟然還私底下幹這種齷齪勾當，你手中可有證據？」

「內田做事十分小心，所有過程都交由別人處理，尚未掌握實證跟他有直接關係，」龜山解釋道：「我只逮捕了犯案的警察，原本想跟伯父討論該如何求刑或是是否該繼續向上追查。但伯父在東部身肩重任，我便先決定輕放讓這名警察調離現職，並繼續追蹤是否能查到與內田有直接關係。」

「你做得很好，若是有掌握線索，馬上來跟我報告。」伯父點點頭贊同龜山的決定：「我只怕……一切趕不上時局的變化啊。原本在改革派同伴的努力下，天皇終於答應要指派首位文官總督來臺，讓治理臺灣向下一個階段前進。但最近國內外狀態轉變太快，情勢瞬息萬變很難確認走向……」。

外頭灰暗的雲層漸漸籠罩整片天空，沒多久便開始下起雨來。兩人坐在窗邊，望著宿舍圍牆內的草皮和植栽逐漸被雨水淋濕。龜山發現伯父一邊按壓著自己的腹部，表情有些痛苦。

「那邊剛推翻清國，」伯父突然話鋒一轉，提到了對岸的狀況：「現在軍閥各據一方，瓜分著勢力，很有可能為求表現而鼓動本島人反抗進而收復臺灣。你知道我一直想建立一個獨立的情報單位，獨立於現今的警察系統之上，這樣的業務姑且稱作高等警察吧；就由該單位負責調查全島的抗日活動，尤其是有跟對岸密切接觸的。」

「確實最近島內抗日情緒有些高漲，很可能跟連年風雨失調，以及太魯閣蕃討伐廣徵勞役有很大關係，確實該小心提防互相串連的重大事件。」龜山應道。

「雖然成立高等警察部門這樣的提案被內田壓制，資源並不充足，但能掌握到全島的情報也十分珍貴。如果可以，我希望你來擔任負責人，直接負責對我報告。」

「要處理全臺的情報？這需要很龐大的資訊和人力網才有可能，而且電報能傳輸的訊息量不大，靠運輸的又不夠即時，效果必然有限。」龜山乍聽之下便覺得困難重重。

「情報才是最關鍵的，得情報者得天下。我也希望你也能同時蒐集內田從事不法的證據。」伯父表情嚴肅地說道：「這項任務確實艱辛，也正是如此才需要你來擔任。」

龜山陷入思索：「但我希望這樣的部門能離臺北城遠些，才不會讓內田可以隨時干預，不如就近設在臺南廳的直轄區內？我也累積了一些人脈可以運用。」

「好，就照你的意思。」伯父點點頭：「你這幾年的表現相當優良，沒砸了我的名聲。不過內田一直視我為擴張勢力的最大對手，這次戰事也與他有多次意見衝突，他絕對會想盡辦法除掉我，甚至可能也把你列為目標，你須萬事小心。」

「伯父也要萬事小心，剛看您有些身體不適？」龜山問道。

「確實最近腹部常不明原因疼痛，看了先生也說沒怎樣，」伯父無奈地說著：「倒是最近很懷念家鄉岡山的糰子啊……」。

龜山也笑了出來，兩人開始聊起懷念的往事。

❖ ❖ ❖

晚間，太魯閣蕃討伐凱旋晚會熱鬧登場，臺北植物園擠滿了穿著鮮衣華服的人們，入口處用鮮花布置成了凱旋門，四周掛滿了太陽旗宣揚著帝國的偉大。各地趕來的官員、富商巨賈都齊聚一堂，現場衣香鬢影，在臺灣的日本藝妓以及來自內地的演藝人員也把握機會共襄盛舉，一同慶祝這繽紛的夜晚。

負傷的佐久間總督坐著輪椅出席，這也是他戰後首次現身在眾人面前。全身整齊的軍服掛滿了榮耀的勳章，身形卻瘦了一大圈，加上新剃花白的山本頭，讓原本就年事已高的他看來又更加蒼老。

總督向眾人致意也一一接受眾人的祝賀和讚美，他心情激動地臉部皺成一團，想笑卻又想保持嚴肅，而眼眶已被淚水占據。畢竟他為了這場戰役到處遊說議會和募集資金，還親自參與從策劃準備，到實際行動的每個細節。

真要說起來，這是他主推五年理蕃計畫的完美句點，賭上自己陸軍大將的榮耀，成功完成了這項他對天皇的承諾，心裡的驕傲和歡喜自然強烈。

司儀正在台上暖場，並且一面確認施放煙火的時間，會場卻突然颳起強風，鮮花布置的凱旋門被吹垮，中央的「凱旋」兩字當場摔碎，其餘二十幾頂大帳棚被吹得東倒西歪，臨時拉好的電燈也都全數熄滅。

更慘的是還突然下起傾盆大雨，將所有的貴賓都淋成落湯雞，眾人匆忙逃離，卻因土地變得泥濘不堪而難以前進，私家三輪車和人力車都擠在一團動彈不得，現場一片混亂。

在外頭湊熱鬧的臺灣民眾早就看不下去這場活動，氣憤地說：「殺死那麼多人的戰爭還要大肆慶祝，天公伯都看不下去了！」

「對啊！天公伯要替咱臺灣人和蕃仔出一口氣！」

09 暗潮

一九一四年・寒露・大目降支廳大目降街觀音亭

「頭家，祖厝的轉賣已經處理完畢，最後的行李也上牛車了。」掌櫃來到房裡向蘇有志報告。

蘇有志仍在自己房中緩緩踱步，回憶著在這宅邸度過的點點滴滴。他從出生就住在這，過程有失落有風光，好不容易小有成就卻又摔入深淵，如今甚至無法將祖厝傳給兒子，他心中的悲痛難以消化。他甚至覺得太過羞辱，不願親自出面將房屋轉售給叔叔，全權交由掌櫃處理。

「這可能是我最後一次踏入這裡了，心中很難受啊。」蘇有志嘆了口氣，心中充滿悔恨。

「頭家，這或許不是最好的時機，但我想與你談談。」掌櫃突然說道。

蘇有志表情疑惑望著掌櫃：「什麼事？」

「這數月來，頭家不斷用密函派人分送到南北各地，涵蓋地點還愈來愈廣闊。再加上頭家積極經營西來庵，那處已經成為民眾聚集抱怨日人暴政的地點。我是明眼人，看得出來將發生什麼事，我不會洩漏一絲一毫，但也請頭家不用瞞我。」

蘇有志點點頭：「這事本來就不可能瞞得住你，我是為了保護你才沒提，要是出了什麼事，你不會被拖累。這一切都是王爺的旨意，我們只能遵行不悖。」

「這真的是主因嗎？還是頭家單純想報復？」

「當然於私也有，光想著祖產被日本人騙光，我心中還是很憤恨。但最主要還是想扭轉身為臺人的命運，不願意永遠被日本狗踩在腳底板下。」

掌櫃嘆了口氣：「老頭家臨走前要我看照你，如今……不但家產被騙，頭家還要抗日，這事若傳出去，腦袋是會落地的。帝國的船堅砲利，頭家是最清楚不過，抗日如螳臂擋車，務必三思啊！」掌櫃朝蘇有志深深一揖。

「快快請起，這事……我是思考過的，」蘇有志將音量降低，就怕被外人聽見：「其實不只是我，在帝國的暴政下，各地早有英雄準備起事，就差有人登高一呼。」

「而王爺就是最佳的號召，」蘇有志搶在掌櫃要回話前繼續說道：「原本各方英雄誰都不服誰，雖然目標一致，但總愛比較勢力和派頭，如何起事也沒法統合。現在由王爺領頭擔起率領眾人的責任，給予我們方向和支持，各地盟友紛紛願意聽令，這可是天意，順天而行才是正道啊！」

掌櫃搖搖頭：「余清芳在被抓去加路蘭之前就有抗日的企圖，說不定……是他想完成個人的春秋大夢，卻要許多人跟著他陪葬。」

「胡扯！」蘇有志提高音量：「王爺威信不可懷疑！以余清芳一介凡人之力是不可能庇佑這麼多信徒的，西來庵的鼎盛香火必須靠王爺神力才能達成。再說，王爺也點醒了我，讓我看清楚日本人的壓榨是不會停止的。」

「但……」掌櫃想說點什麼，卻又被蘇有志擋下。

「只要我們打響第一槍，帶起受壓迫的人民起來反抗，我們人數是日本人的數十倍之多，應該是他們要怕我們才對！待義軍成功打退幾波日本人，就很有機會引來援兵。」

「援兵？頭家指的是？」掌櫃問道。

「對岸孫中山先生率領的革命軍。臺中廳阿罩霧的林家一直有和孫先生保持聯繫，他也很想收復臺灣，但需要個引子讓他師出有名。一旦島內有反抗騷動，讓對岸知道我們生活於水深火熱之中急需救援，我們就有勝算了。」蘇有志微微顫抖，不確定是興奮還是緊張，他盡力克制住自己的情緒：「不過當然這都需要仔細計畫和溝通，還要先累積許多資源才辦得到。」

掌櫃搖搖頭：「不是我要潑冷水，但臺灣人大多憨厚怕事不會響應，況且我們有什麼武器？鋤頭？鐮刀？大家都是務農的不懂打仗，要怎麼獲勝？」

蘇有志握起掌櫃的手：「這正是王爺最大的幫助，讓大家相信並有信心能成功！我話就說到此，再講對你有害無益。若此事能得掌櫃之助，那絕對是如虎添翼；但若掌櫃另有打算，蘇某也絕不強求。我已無餘產，牛車上還有幾件古董珍寶，掌櫃就帶走吧。」

掌櫃低頭思考：「頭家，自古商人無祖國，何必為了一時氣憤衝動鋌而走險。頭家還年輕，以您的本事絕對可以東山再起。現在掉了祖厝事小，要是讓蘇家斷了血脈，那才真是大難啊！」

「我這麼做正是為了蘇家！我不要蘇家後代再繼續被日本人奴役，挺身而出才是唯一的出路。」蘇有志說得斬釘截鐵：「尤其是我兒……從小含著金湯匙出生，我卻忙著生意沒能陪他，現在他沒半點專長，為了他我必須賭一把。我會先將他偷渡到對岸，若事未能成，也不至於斷了根。」

掌櫃見講不動蘇有志，只好雙膝一跪：「頭家，您的理想抱負我認同，但我尚有妻小要養，望頭家原諒。」說完向蘇有志磕頭。

「掌櫃已為蘇家奉獻許多，對不住的人是我啊。」蘇有志趕緊跪下扶起掌櫃。

「頭家，網大必有破洞，務必謹慎行事啊！」

「如今我少了良師相伴，確實舉步維艱啊。」

蘇有志跟掌櫃併肩步出蘇宅，夕陽斜射在屋簷上，整排的麻雀嘰嘰喳喳地望著蘇有志。蘇有志抓起一把稻穗如往常一般撒在地上，吸引了麻雀們俯衝下來搶食，他默默看著這畫面，希望能永遠牢記在心中。

「若頭家需要新掌櫃處理大小事，」掌櫃離開前突然說道：「有一位區長叫鄭利記，除了能幫頭家運籌帷幄之外，他也相當痛恨日人。此人我已觀察多年，做事沉穩小心，必定能幫到頭家。」

蘇有志道了謝並緊握掌櫃的手，朝夕相處多年稱職的左右手，從此便要分道揚鑣，心中不勝唏噓。

❖ ❖ ❖

在獄中服刑的時光飛逝，陳岱表現良好，順利提早出獄，牛奶吉親自幫他接風，精心燉煮了豬腳麵線要讓他去去晦氣，也安排了人力車接他回到臨近臺江內海的三鯤鯓家中。

天上晴空萬里，刺眼的陽光和自由的空氣迎接著陳岱，在獄中環境和伙食並不太好，陳岱著實瘦了一圈，不過臉上精神奕奕彷彿脫胎換骨一般。

陳岱擔心著父親的狀況，回家後衝入屋內探望，只見父親氣色良好，正坐在窗邊沉思凝想，但眼神有光。陳岱上前抱住父親並用族語互相問候，父親也開心地笑了。

陳岱轉身朝牛奶吉跪謝：「感謝恩人這一年多來對父親的照顧，我一輩子不會忘記。」

「只是一點心意，我理解你也是受到暴政迫害。且你願意在關鍵時刻提供證據，就算沒能幫蘇頭家拿回家產也算贖了罪，希望你能重新做人。」牛奶吉拿出皮袋交給陳岱，上頭印有「郵便」二字。

「這是龜山警察官特別替你爭取到的機會，能有一份工作和薪水，重新回到正常生活。」

「蘇頭家被我害得祖產全沒了，您還替我照料父親，我……一輩子都還不完欠你們的人情，」陳岱心中五味雜陳，並未伸手去拿：「也不配擁有這樣的機會。」

「將過去一直擺在心上是會生病的，蘇頭家都放下了，你也該向前看了。」牛奶吉拍拍他的肩膀：「對未來有什麼打算嗎？」

陳岱望著牛奶吉和煦的眼神，才稍微釋懷內心的愧疚：「在獄中有很多時間能好好思考，我本來像行屍走肉，沒有生存的意志，原本想在山上死了就輕鬆了，直到我再次遇見湯玉……」陳岱靦腆地低下頭：「是她再次喚起了我想活下去的信念，我希望可以用我的一輩子，報這份恩情。」

「新高族的男子都跟你一樣癡情嗎？」牛奶吉笑著調侃他：「那你想怎麼做？一輩子默默守護嗎？」

陳岱說著：「只要她過得幸福就好，如果哪天我能派上用場，那就是祖靈庇佑了，」陳岱憨直的眼神中充滿了盼望，露出許久未見的笑容：「只要她活得開開心心地，一輩子像是在部落時的白芷那樣無憂無慮，我如果偶而能見到她，就心滿意足了。」

「看來你是性情中人啊。」牛奶吉早就欣賞這位單純的年輕人，才會願意伸出援手幫他：「這樣吧，除了日常的郵務外，蘇頭家有時會需要有人跑遠程傳送信件，你就來幫忙吧，就把這當作是報恩。」

「我絕對盡我所能，就當作是報恩，陳師父不必客氣。」陳岱一口答應下來。

「這些往來的信件都是機密，絕不可過問或偷看，必須在指定時間送到，這樣理解嗎？」牛奶吉先不提及這是要聯絡抗各方抗日勢力的差事。

陳岱點頭答應這些條件，也按照規矩不再過問，順從地收下郵袋。

「這些差事時間跟地點都不固定，你每週來牧場找我一次。」牛奶吉起身準備離開：「其餘閒下的時間，你就放手好好想想究竟未來要怎麼過，生在這個被壓迫的時代，不論是日人、臺人、蕃人，其實每個人的心靈，都保有絕對的自由。」

陳岱心存感激地送牛奶吉離開，他感覺到自己重獲新生，人生第一次對未來充滿了期待。

❖ ❖ ❖

一九一四年・霜降・臺南廳直轄永仁區仁和里牛稠仔庄

在臺南廳直轄東區的城南郊區，人力車半小時可達之處，有一座閒置已久的木造倉庫，原是清領時期用來儲放木材所用，占地不小卻已遭棄用。直到最近，開始有工班進出翻修，更有日警陸續搬入大小物件，外圍還拉起禁止進入的布條，窗戶全被封死，使人完全看不見裡頭的狀況；附近居民十分好奇，但沒人知道真正原因為何。

只見新居匆忙跑來，二話不說跨過布條直接走進倉庫。才剛進入，馬上就被裡頭的灰塵弄得咳嗽不止。他見到裡頭十來人，要麼正在裝釘櫃子，要麼正在清掃陳年的髒汙，窗戶完全不通風，累積厚重的塵煙相當驚人。

新居用外套摀著口鼻，想在偌大的倉庫中找人，便大聲問道：「龜山警察官在哪？」

一名將布巾綁在臉上的警察正在掃地，聞訊後只往最深處的隔間一指。新居看見龜山正在隔間內整理十幾箱文件。

「警視打擾了，我是新居。」新居邊敲門說道。

龜山回頭看到，帶著微笑站起：「啊，就差你一個了，快加入大家打掃的行列吧。」

「不是，這應該是誤會吧？」新居尷尬地笑著解釋：「我沒有提申請要調單位，而且……沒聽說過什麼高等警察啊。」新居含蓄地問道，希望這只是一場誤會。

「你是我特別指定的對象，早就說過我們還會再合作的。」龜山簡單回道，轉身就要繼續整理他的文件，擺明了不想理會新居的推託之詞。

「可是，我在本島人的轄區經營這麼久了，長官也待我很好……」新居面有難色，尤其是經過蘇有志一案之後，覺得跟龜山個性差異太大，壓根不會想在他底下工作。

「高等警察直接隸屬總督府警察本部，業務包含取締危險思想、管理情報消息還有其他機密事項。我幫你爭取到了連升兩職等，本俸津貼合起來增加百分之八十。確定不要？」

新居大吃一驚，他知道每升遷一等最少要花四、五年才有可能，想到自己在臺打拚這麼多年，到現在四十幾歲卻還只是個巡查部長，能直接連升兩等，確實心動，一時間拿不定主意。

「相信我吧，經過上次合作以我對你的認識，沒有人比你更適合這份工作了。我瞭解你跟我好比是天秤的兩端，行事風格天差地別，但正是不同才能冒出更多的火花，我無法再靠自己單打獨鬥了。」龜山露出一抹神祕的微笑：「再說了，臺灣高等警察的職務權限之高，就連日本內地都不及我們；總督府打一開始把我派來臺灣歷練，就有計畫要把這個剛成立的單位編制化；你我若併肩合作，也有機會讓上次的蘇有志案重啟深入調查；我想你對此應該會有興趣。」

新居回想上次龜山特別稱讚他學習臺灣文化，現在又特地調他過來，算是對他極為賞識，實在沒有拒絕的理由。

龜山早料到新居會答應加入：「這就對了，走吧，我帶你去參觀一下。我等一下有事要外出，剛好請你幫忙監督進度。」

一路遇到幾位警察都十分年輕，他們見到龜山都深深鞠躬表達敬意，龜山也介紹新居讓他們互相認識：「這是個新單位，我希望多找些年輕人，像張白紙一樣從頭養成他們正確的做事方法與態度。你算是經驗最豐富的，可要給他們一個好榜樣。」

「但要培養一名新人一直到他到能調查案情，需要蠻長一段時間。」

「沒錯，這事是急不來的。我們主要工作是分析大量案件資料，從每天全臺舉報的上百件案件中，找出是否有可能演變為反抗事件的可能性，最重要是需留意是否有跟對岸交流。」

「對岸？你指的是中華民國？」新居跟龜山再次確認。

「沒錯，對岸剛革命推翻清國沒多久，內政還十分混亂，有風聲傳出這些分割的軍閥為了爭奪權力而搶著想收復臺灣，而煽動臺灣反抗帝國。」龜山解釋道：「他們甚至很有可能會提供軍火和物資，像兩年前的苗栗事件，就是由同盟會派羅福星來臺灣成立支會，用美好的統一中華願景拉攏本島人起身抗日，進而裡應外合推翻帝國政府的反叛事件。」

「羅福星？這名字似乎有點印象。」

「這是很好的案例，他們串連了幾個地點的抗日勢力，像是南投、新竹、臺南、東勢角和苗栗等地。幸好他們紛紛露出破綻，及早被查緝才未釀成大災。」龜山從旁邊的箱子搬出一疊資料：「後來我把當時通報的案件重新做了歸納整理，若是有人可以像我們一樣把各地資料做連結，就可以挽回那十幾名在叛亂中犧牲的警察了。」

新居聽完有些擔心：「但這怎麼可能辦到？每天的案件又多又雜，很難想像要怎麼調查。」

「這件事確實不容易，我知道沒辦法一次到位。」龜山指著門口堆積的紙箱：「那些就是這幾天收到各地送來的案件卷宗，之後也陸續會再送來。我們要按照案件的地點、組織大小、抗日成分等等做不同顏色大小的標籤分群，並註記待查項目，試著找到幾條重點懷疑的脈絡，把有可能相關的人事物資料都集中，看能否找出關聯。」

新居只能先盡量聽進去，儘管心裡很多問題：「這些資料每天都會有人運來？全臺的案件？我們只有這些人夠嗎？」

龜山拿出一份設計好的填空表格給新居：「我已經向全臺派出所頒布統一的報案文件，回報案情要嚴格遵守這份格式，不能再用之前隨興的方式記錄，這樣我們才能有效率的處理，先試試看吧。」

龜山講起話如連珠炮又快又長，聽得新居頭痛不已。龜山交代完今日需完成的進度，便自顧自騎著新穎的自轉車瀟灑地離開了。

❖ ❖ ❖

深夜的山谷內十分寂靜，任何風吹草動都會被注意，江定率領的部隊已順利遷到刣牛湖許久，暫時躲開了日警的追緝。

江定不睡床鋪，不論寒暑皆睡在石板上，這是他長年提醒自己不能習慣於安逸的方法。今夜他翻來覆去輾轉難眠，只要一閉上眼睛，大批日本軍警殺入營寨中的畫面就會跑到腦中，殺戮叫罵聲此起彼落，他眼看著一個個弟兄中槍倒地鮮血四濺，彷彿身歷其境。

江定從半夢半醒間回神，全身已是冷汗直流：「又來了！這夢境一次比一次強烈！該不會真要出事？」

幻象中最讓他驚駭的，就是上次突襲運輸隊時，被陳岱舉槍瞄準的那一瞬間。陳岱的眼神銳利冷酷，像是從陰府來到人間的鬼差，雖然槍械故障沒成功造成致命一擊，卻已讓江定像失了魂一般，數次夢見相同場景。

江定醒來發現營寨四周完全寂靜，全身寒毛豎起，不安的氣氛讓他保持緊戒狀態。江定點了燭火到處確認，現在時刻才三更，守夜兵士也無回報異狀，只好再躺回石床。

「大帥最近似乎有些心神不寧，難道有事煩心？」隔天一早軍師開口問道。

江定搖著頭說道：「自從上次劫貨後，我就常夢見同一個場景，見到日本軍警大批殺進，弟兄們死傷慘重……但一睜開眼幻覺又灰飛煙滅。」

「大帥，這就是有心魔纏身，近來可有擔憂之事？」

「唉……從我出山至今，弟兄們已經跟著我吃苦了十三個年頭，捨棄了原本富足的日子。在山上沒能吃好穿好，現在連性命都受到威脅，我愧對大家啊。」江定平時都將情緒隱藏，今日卻向軍師私下吐露心聲。

「大帥言重了！」軍師驚訝趕緊跪下：「當年要不是大帥替家妹出頭，一刀砍死那漢奸，家妹就要被惡人玷玎了。營寨裡許多弟兄也是受了大帥的恩情，才決定跟隨，是我們才欠大帥恩情啊！」

江定嘆了口氣，表情有些迷惘。

「原本過的好日子也都只是暫時的，日人早就逐步侵占大家的土地和壓榨所有居民。與其當他們的奴隸，還不如在山上自由快活。」軍師試著說服著江定。

「我還是覺得這夢境有蹊蹺，或許是王爺想警告我們。」江定眉頭依然深鎖。
「還是……大帥想扶乩問事？」軍師已能猜到江定的想法。
「聽說最近府城西來庵來了一名乩童十分靈驗，吸引了大批的信眾，若能直接得到神諭是再好不過。」江定望著王爺的神像若有所思。
「但山區來回需要數日，還要躲開日警耳目，我不確定對方是否願意抽身前來。」軍師低頭思索著可能性。
「麻煩軍師盡速安排，我冥冥中有所感應，此為當前萬事當中最為優先者，切莫誤了時機。」江定眼神篤定，對於王爺的神諭十分渴望。

10 異動

一九一四年・冬至前三日・大加蚋堡臺北城內

就在臺北城內的表町二丁目離火車站不遠處，有一座雄偉的德式三層樓建築聳立著；由紅磚砌成的拱型外牆旁種植著許多高聳的熱帶植物，由遠處看就像一座藏在森林中的巨大城堡，十分壯觀。飯店還有專屬的迎賓車道，以厚實的圍牆和華麗的鐵柵門將喧鬧的外界隔開。

這是由總督府鐵道局直接經營的臺灣鐵道飯店，也是全臺灣唯一的一座西式旅館，所有的來臺訪問的日本皇族或貴賓都選擇在此下榻休息。飯店內裝也是極致奢華，所有的傢俱都是來自歐美的舶來品，裡頭有事務室、讀書室、咖啡廳、酒吧、撞球室等時尚的配置，甚至還有全臺灣第一座升降梯，可以載客人到二樓的房間。

而十二月二十日這天，飯店大門口擠著許多人潮，大多數是臺人穿著西服筆挺正鼓譟著，而門口則掛著「臺灣同化會成立大會」的布條。站在人群前的是活動發起人林獻堂、蔡培火和蔡惠如三人，有數百名熱情的支持者參加，有人正帶領著他們熱情地喊著口號：「臺灣同化，刻不容緩！帝國人民，不分你我。」

另有一群日本報社記者獨立集結成一團，準備要用文字記錄下這特別的時刻，正竊竊私語討論著今日的熱鬧場面。

「伯爵大人年紀都這麼大了，真的為了這同化會親自來臺灣一趟嗎？。」

「日本都有報導都出來了，應該是真的吧。」

「但總督府真的會放行嗎？最近臺人叛亂這麼頻繁，再給他們更多權力豈不是更無法無天？」

「總督大人應該是先迎合伯爵大人表面上支持，讓日本的媒體替他美言一番，等事情冷卻後再找辦法處理這些麻煩的眼中釘。」

「是啊，總督府還派了這麼多警察來維持秩序，會不會是他們想會議結束後就直接把人全部抓走？」

記者觀察著飯店四周維持戒備的警察們，有些在巡視喊著口號的臺人，怕他們鬧事，也有些在出口處把關進出旅館的名單，還有些站在馬路上指揮交通，這排場可比總督親自出巡還大得多。

「消除差別待遇！」帶頭的臺人繼續喊著口號，大家就跟著搖旗響應。「享受同等權利！」整個氣氛炒熱到最高點，林獻堂也走進人群中，向這些願意來參與活動的民眾一一致意。

「獻堂仙！」這時群眾中一位青年熱情地向林獻堂揮手，林獻堂見他身後跟著好幾位年青人一起來參加活動，便微笑向他點頭。

「獻堂仙久仰，我叫蔣渭水，」青年熱情地跟林獻堂自我介紹：「我是總督府醫學院的學生，久聞您的大名，今天特地帶著同學們一起來共襄盛舉！」

「好！太好了！」林獻堂聽得開心：「臺灣就是需要你們這些有志青年一起響應！讓我們一起打拚！爭取臺灣人的權利！」

「感謝獻堂仙總是願意出錢出力，就為了替大家爭取更多的福利，希望我也能幫得上忙。」蔣渭水的眼中充滿了熱情，開心地與他景仰的大人物聊著對臺灣的看法。

經過一陣攀談後，林獻堂看了手中的懷錶，見時間逐漸接近便回到門口準備迎接貴賓的到來。他時不時往車道入口方向觀望，卻遲遲未見蹤影，心裡逐漸有些忐忑。

「不用著急，我們先把場子熱起來了，伯爵來了才不會失望。」蔡培火低聲安撫道。

「就怕總督府不願放行，讓伯爵大人這趟旅程被處處刁難。」林獻堂曾吃過幾次日本人的虧，心中還是有些擔心。

「放心吧，伯爵可是有頭有臉的大人物，連總督都必須敬他三分，不可能為難他老人家的。」蔡惠如壓抑不住自己興奮的心情，激動地握著拳頭說道。

林獻堂點點頭，卻還是按耐不住心中的不安。

這時外頭的日警跑進會場大聲宣布：「板垣退助伯爵大臣的座車已抵達！」

人群一陣喧嘩，大家往前推擠，都想占個好位子一睹風采，日警也趕緊排出人牆，好幫座車開道。

車子從馬路緩緩駛進，排場的氣派壯觀讓人群頻頻吶喊喝采，期待這位重量級的人物，能讓帝國政府重視臺人的處境。

停妥後，林獻堂想主動親自上前迎接卻被日警阻止，這時第一輛車的官員率先下車，正是內政署長內田嘉吉；此人穿著正式軍服，胸前別著許多閃亮的徽章，緩步過來親自為板垣伯爵開門。

板垣伯爵年事已高，現年七十七歲的他丰神俊朗，還蓄了一把全白的大鬍子，身材瘦高身穿黑色燕尾服，一下車便受到極度熱烈的歡呼。他脫下帽子向眾人揮手致意，在日警保護下緩緩步入旅館，林獻堂等人也隨後進入。

板垣伯爵是明治維新的大功臣，致力於追求議會制度及為了民權運動而奔走，更創立了日本史上第一個政黨「自由黨」，因功績無數而被天皇授予伯爵勳章。他退休後仍繼續關心政務，尤其對於臺灣議題十分熱衷，該年三月就曾受林獻堂之邀，以遊覽之名來臺，並私下籌備臺灣同化會的成立，今日又再次專程造訪臺灣，重視程度可見一斑。

內田護送伯爵進入會場後便到外頭透氣，偕同內田一同出席的官員也跟在他後頭：「內田長官，勞煩您親自護送伯爵了！」

內田不耐煩地拿出香菸，吐出了一口長煙：「哼，這老頭還真不願善罷甘休，到處提倡什麼憲法民權。都不知道臺灣有多難管理，要是真被他鼓吹成功，以後我們都沒權威啦，弄得一團亂誰要收拾？」內田忍不住發起牢騷。
「大人說得是，本島人粗俗又魯莽，跟我們文化差太多了，搞什麼同化。」
「是同化這詞被本島人濫用了，才不是他們口中說的跟內地人平等，而是該由高等的日本文化取代被他們低俗的文化，這才叫同化。」
「伯爵也知道他們這樣胡亂解讀嗎？」官員驚訝地問道。
「他根本不在乎內容，已退休的他在日本早就沒有影響力，只能特地跑來臺灣重現他以前的榮光。」內田表情十分不屑，輕挑地說道：「藉這種活動讓天皇莫忘了他，實際上根本就是在製造混亂，說白了就是阻礙帝國發展的毒瘤。」
官員頻頻點頭稱是，趕緊再遞上一支上等香菸：「小的斗膽再問一句，有消息聽說伯爵來還有別的任務？」
「你消息滿靈通的嘛。」內田吸了口菸，賣關子地說：「本來是安排要他來宣布下屆總督的……但現在情況有變，我不能透露太多。」內田在心中暗喜，原本改革派推出的總督人選已有變化，他心中打著如意算盤，知道保守派勢力已漸漸站穩腳步。
「倒是今天來參加的這些人，」內田繼續說道：「你派人把這些人都記錄下來，看有沒有什麼重要的人物，我改天要找他們來聊聊。」內田不懷好意地笑著。

❖　❖　❖

原本荒廢的倉庫經過徹底整修，內部也已煥然一新，幾乎全以大型木架組成。雖然已經啟用一段時間，但大部份櫃位都還是空的，作為未來存放大量資料的空間。

龜山的辦公室獨立一間在最底部，外頭則是新居獨立辦公的區域，以一道屏風隔開，更外面才是其他的年輕警察位子，每人都有自己的桌櫃。室內的木地板也重新鋪過打蠟，上頭一塵不染。龜山還特別要求每天都要輪值拖地清潔，包含他自己在內。

龜山在倉庫中召集所有人：「大家來到這裡已經有一個月的時間，這最初的一個月工作有些混亂，是因為我們還不熟悉彼此的風格、特性和任務。」龜山站在黑板前，對著各個挺直腰桿的警察說話。

「我們是全新的單位，也用著全新的制度和方法做事，加上大部份的成員缺乏辦案經驗，要靠我們十個人要負責預判全臺灣的抗日事件，是一件非常有挑戰性的工作，」龜山刻意將他平常的語速變慢，讓每個人都能聽得清楚明白：「這也就是為何我要對各位如此嚴厲的原因。」

龜山的龜毛個性很快就讓大家體認到，他對於資料的格式和內容的要求已到了偏執的境界，不容許一絲的個人意識，只能單純記錄客觀事實，並要求紮實的分類。上星期就被他發現一份文件放錯箱子，當眾大聲罵了犯錯的巡查，並要他寫清楚為何會搞錯，以及未來該如何預防的報告。

「現在這模式已經進行了一個月，如果有覺得可以改善的地方隨時歡迎提出，永遠沒有最好的辦法，只有最合適的辦法。」龜山先停下左右環顧每個人的眼神，大多對他只有敬畏。見沒有人要發言，龜山突然說道：「新居警部，再來麻煩你報告最近的調查重點。」

新居拿著資料起身，走到一旁掛著的臺灣地圖前，清清喉嚨說道：「目前查緝重點為從全臺灣的犯案者中，挑出是否有跟對岸人士頻繁接觸的案子並加以追蹤，根據陸續整理分類完的資料，目前懷疑有幾個組織頗有嫌疑。」

新居翻著自己的筆記：「其一是彰化賴家，日警通報他們透過宗教交流的名義，找了幾名對岸的法師來臺，時常因違法聚眾而被警方盯上，地點都在荒郊野外，說是環境清幽適合修行。目前雖無實質證據，但他們未來還打算到對岸交流，加上賴家曾有抗日背景，很值得長期追蹤。」

龜山這時插話補充：「他們請來的法師中，有一人名為羅俊，現在為躲避查緝，化名為賴秀，是我們比對了臉部特徵才找到之前的資料。在帝國治臺初期，他曾在臺北辜顯榮底下協助帝國政府整頓秩序，後來撕破臉轉為抗日份子，失敗後便逃到對岸藏匿，最近才又重出江湖。」龜山也趁機利用這個例子，詳細示範如何透過派出所記錄下來的人像特徵，用來對比之前的資料而找到化名的羅俊。

大家專心地聽著並拚命抄筆記，平時都是各自負責處理瑣事和資料，經過龜山的解說，大家才豁然開朗這些資料的價值，也更相信這套制度能找到線索。

「請問長官，」一名年輕的巡查舉起手，龜山眼神示意他發言。「目前已經找到一些可疑人物，是否該在事端尚未擴大時就及早逮捕他們呢？」

「這是個很好的問題，若是按照之前的做法，確實會在事件尚未發生前就提早逮人。但問題是證據足夠嗎？又會不會有濫捕的情形發生？」龜山點點頭：「這也是我希望能改進的地方，不會有絕對正確的答案，但我堅持要憑實證再抓人。」

新居正要繼續簡報，外頭站崗的巡查突然衝進來打斷。

龜山有些不悅：「什麼事這麼緊急？」

站崗的巡查面見現場這麼多人面有難色，不敢馬上向龜山開口。

「這邊都是自己人，直接說吧。」龜山不耐煩地說道。

「剛才總督府傳來電報……」站崗巡查有些彆扭：「警視廳長龜山理平太長官被調職，要回日本擔任德島知事，下週馬上生效！」

這晴天霹靂的消息，讓龜山不得不先行暫停高等警察的第一場部門會議。

❖ ❖ ❖

時間接近子夜，府城內萬籟俱寂，街上也空無一人。西來庵大門一如往常早已關上，然而在庵內卻祕密聚集了十餘人。今夜是王爺要挑選義子的大日子，這些人便是余清芳特別挑選過有共同抗日理念的信徒們。

待眾人到齊後，牛奶吉領著他們進入正殿，王爺上乩身後坐在前方候著。

「感謝各位信徒在深夜特地前來，因為**過法橋**儀式在子夜特別靈驗，各位都是王爺最虔誠的信徒，王爺特地作法要幫大家化解前世的劫數。」牛奶吉開始解說。

正殿原先神桌的位置皆已移開並搭起一座木橋，兩側整齊排列著點燃的蠟燭，橋上鋪有白布並以紅墨畫上八幅八卦。每幅八卦大小正好能站一人，前後交錯串連整座橋面，其中分別寫著「生、老、病、死、愛別離、怨憎會、求不得、五陰熾盛」八苦難。

「要解除劫難，你們必須親身面對最後一次並與之了斷，踏上八苦八卦陣後，前世的劫難會讓你看到幻象。」牛奶吉要眾人紛紛起身到王爺面前，王爺拿著毛筆，一一在眾人身上畫符。

「幻象會有些駭人，此時心中要相信王爺會保佑你們，便能順利通過。」牛奶吉繼續解釋著，並發給每人一條紅布，要他們矇住眼睛，並向眾人說明待會要在每個八卦停留，直到鑼聲響起再繼續踏往下個八卦。

「若中途發覺自己無法承受，可隨時摘下紅布停止，無須勉強。」牛奶吉再補充說道。

信眾聽了有些緊張，加上燭光昏暗，周圍的紅色布幔隨風飄著，或透或遮著燭光，詭譎的氣氛讓大家紛紛往後站不敢當第一個。

這時有人挺身而出：「大家都這麼客氣，我就先上陣了。」這位信眾姓吳，身材粗重嗓門特大，年紀才剛過三十，家中原是名門仕紳，卻因不願意配合帝國出賣鄉親而遭清算，連祖宅都被沒收作為官邸用：「大家都是王爺的信徒，這麼幸運被選來這，當然要把握機會！」

這位吳善男大步走到橋前並把紅布往頭上一綁，其他人也被激勵陸續跟上隊伍。

鑼聲一響，他便踏上第一個八卦「生」，所有人屏住吸呼觀察著。只看他一動也不動，沒表情也沒出聲，等待鑼聲再次響起，大夥也就鬆了一口氣，放心跟著上橋了。

待吳善男走到第七個八卦「求不得」時，他突然全身發顫，脖子也冒出豆大的汗粒。沒過多久，他便緊急抓掉眼前的紅布狼狽地從橋上跳下大喊著：「救命啊！牛頭馬面要來抓我啊！救命啊！」

牛奶吉趕緊過去攙扶，讓他緩緩喝下符水，並把他帶到王爺面前。

「本府在此，爾等退駕！」王爺大斥一聲後，那人馬上平靜下來，眼睛卻還睜不開，牛奶吉喚人把他扛到一旁休息。

這時鑼聲又響起，眾人戒慎恐懼地再往前一步，許多人嚇得全身顫抖，仍硬撐著要繼續挑戰。很快地，已有人完成到後殿等待，也有一些人嚇到腿軟而中途放棄。每個人反應的程度相差甚大，在哪個八卦發難也不一定，失敗者轉醒後都搖搖頭嘆息，心中久久揮之不去那份恐懼。

「陳師父，那幻覺真的可怕，很多嚇人的鬼魂要找我討債，我前世真的做了這麼多壞事嗎？」信眾無力地問道。

「關於前世的狀況我們都無法掌握，卻會影響我們這世的因緣際會，所以王爺才特別舉辦法會要幫各位消除業障。這次沒全部解決沒關係，至少也面對了一些，你之後運勢會更好的。」牛奶吉安慰道。

不過牛奶吉心裡知道，王爺這試煉並不是為了消除業障，而是在測試信徒們對於王爺的虔誠和信賴程度，並且要測試信徒們在面對日警嚴刑逼供時，能否守口如瓶的嚴苛考驗。唯有通過這八關的弟子才能託付重責大任，作為抗日時值得託付和信賴的左右手。

法會完成後王爺便退駕，佘清芳休息一陣後，獨自到後殿會見最後通過考驗的十位信眾。

「接下來我所言皆代表王爺，一切內容都必須嚴格保密，包含在場彼此的身份，絕不可洩漏一絲一毫。」十名弟子跪在王爺神像面前，打起精神聽著佘清芳說話。

「恭喜各位已通過考驗，成為王爺的義子。」佘清芳解釋著王爺要徵召義士對抗日本帝國的暴政，並提到此舉極有可能會犧牲性命，若無法接受現在就馬上退出。

眾人彼此互看，沒人料到這場法會的真正目的。

「我早就恨透日本匪類！如今王爺願意帶頭，我當然衝第一個！」

「小命一條而已！好過被當作狗使喚！男子漢沒在怕的。」

「我也是！要不是王爺之前開恩幫忙，我一條小命早就丟了，能幸運活到現在當然要跟隨王爺！」

這十人信仰堅定沒人要退出，全數願意奉獻一己之力。佘清芳開始發放蘇有志準備好的平安符，並解釋第一步如何籌備抗日資金以及之後的計畫。眾人聽完都熱血沸騰，有了王爺神力加持，大家都對抗日充滿了信心。

❖ ❖ ❖

一九一五年・立春・臺南廳直轄永仁區仁和里牛稠仔庄高等警察事務所

在高等警察專用的倉庫內，新居表情凝重地盯著手中的信，他不由自主地抖腳，心中毫無頭緒該如何是好。一早收到這晴天霹靂的消息，他還未跟其他人提過。

龜山這時剛回到倉庫，腳步飛快地走進他的辦公室神情十分煩躁。最近伯父被調職一事讓時局更加動亂。內田一口氣清除許多和他理念不合的官員，就是為了讓自己完全掌權。龜山擔心新成立的高等警察事務所也會遭受波及，同時又要持續吸收每天不斷送進來的大量案情資料，他把自己搞得焦頭爛額，時常像風一般到處奔走。

新居嘆了口氣，知道現在不是個好時機，但他別無選擇，閉上眼睛思考該如何開口後，起身便朝辦公室走去。

龜山連外套都來不及脫，馬上拖出一箱寫著「西來庵」的資料箱，他很清楚自己要找什麼。他飛快地翻閱著許多相關人員的檔案，很快就找到目標。

「果然沒錯。」龜山對著資料自言自語，專注地繼續查看。

叩叩，新居推開未闔上的門進來，手拿著那封信，表情凝重正要開口。

「你來得正好！我發現線索了！」龜山興奮地抽出其中一份檔案放在桌上，再從公事包拿出另一張圖像，指著要新居看。

但新居面無表情搖搖頭，他現在沒心情理會辦案。

龜山沒抬頭看他，自顧自地繼續講：「羅俊開始向外聯絡其他勢力了，上次說有許多人用宗教名義去拜訪他，大多是閒雜人等，應該是煙霧彈。但這個人，你知道他吧？」

新居終於對到龜山的眼神，在拗不過他的要求只好看了一下畫像：「這是蘇有志的新掌櫃？」

「沒錯，就是鄭利記！看來已經和羅俊往來一陣子，還對外化名成**王景百**想干擾警方辦案，你再看這個。」龜山再拿出一份報告。

「……一月十六日晚間十一點，發現有三十五民眾，聚集在西來庵中，庵內燈火通明，偶有傳來鑼聲和人聲，持續到了半夜兩點後才陸續離開。目前查無不法證據，但當中數人曾被列入管列名單，懷疑別有案情，已派人定期觀察此庵。……」

「這西來庵感覺很有問題，之前詐騙案讓蘇有志對日人頗有怨恨，難道他決心走向抗日？蘇有志運籌帷幄很有一套，若有他加入我們可要特別小心。」龜山自顧自地分析。

新居搖搖頭，知道龜山的做事風格一旦認真起來就無法抽離，只好直接把信放在他面前。

龜山終於抬頭看了一眼新居，表情疑惑地把信打開閱讀。

「混帳東西！這是什麼？」龜山讀完氣得大力拍了桌子。

「你之前說得沒錯，內田除掉你伯父之後，再來就要處理你了；就從把我調回偏鄉開始……」

「內田這傢伙趁總督養病一直亂搞，真的要把我們趕盡殺絕才甘願。」龜山絞盡腦汁想著辦法對應，突然想到：「南庄派出所？怎麼好像聽過？」

「對……就是一年前那個混帳吉田被調去的地方，我年輕的時候也曾經在那邊服務過一段時間，這很明顯就是在向我們報復。」新居苦笑了一下，知道等待他的是何種環境。

龜山立刻站起身來開始收拾文件：「我馬上去找議員一趟，看能否阻止這行政命令。」

新居一想到還會連累到家人臉色更凝重：「我全家也必須跟著我搬回偏鄉……湯玉好不容易熟悉都市生活，現在又要換個環境重新開始，還有柳和德章的學校也是問題。」

龜山拍拍他的肩試著安慰道：「希望事情還有轉圜餘地，身為高等警察部門負責人的我，一定盡全力讓你留任。」便提著公事包，一如往常地騎著自轉車離開事務所。

11 測謊

一九一五年・立夏後三日・中國北京市

日德青島戰爭結束後，日本便強占山東半島拒絕歸還中國，並私下提出二十一條不平等條約，要強迫中華民國政府接受。大總統袁世凱知道才剛建立的國民政府無力和日本帝國較量，迫於無奈之下決定故意走漏消息，讓媒體放出風聲，希望能引起國際關注並改變局面。

輿論首先在國內引起了軒然大波，各地知識份子號召眾人群起抗議，要求政府不得答應。反對聲浪如野火般傳開，很快就遍布各地。

無奈歐戰還在如火如荼地進行，美國沒將注意力放在亞洲，英國也希望與日本結盟，只對於二十一條中最不合理的第五條提出質疑。日本決定祭出最後通牒，撤走日僑並聚集軍艦在渤海擺出不惜大戰一場的態勢，要逼著中國簽下條約。

五月九日，國民政府只好宣布接受僅被稍做讓步的二十一條版本。

中國學生彭超得知消息後留下血書並憤而投江自殺，此事傳開後，二十萬民眾聚集在北京的中央公園抗議這個永遠的「國恥日」，人們的反日情結也升到了最高點。

❖ ❖ ❖

日本帝國在明治維新後大量西化，飲食、生活、建築也深受影響，這股風氣隨著殖民帝國帶來臺灣。商人嗅到商機在臺南也開了幾間西餐廳，賣著牛排、咖啡等高端西式料理，華麗的裝潢和氛圍與外頭樸實的街道差異甚大。而牛奶，也在這時候打入了臺灣上流社會的市場。

牛奶吉的牧場位於臺南廳東南市郊，訂貨的範圍遍布全臺南市區，每天一早他會擠取新鮮的牛奶，並親自分送到每位顧客家中。

新鮮的牛奶十分珍貴，數量也不多，在當時是稀有的珍貴商品。其客群都是日本高階消費人士，如警察官、裁判官、政務官、稅務官或校長等，才有能力負擔這種高級商品。巡查的月俸只有二十六圓，而一個月牛奶費就要六圓，薪俸更低的臺人絕不可能負擔得起。

這天，牛奶吉揹著竹簍來日警的宿舍區送貨，這邊都是新式的木製平房，為了避開濕氣和蚊蟲而架高，每戶還有前後院種著草皮，職等愈高的警察官能分派到愈大的房舍。送完了前面的大戶，他最後來到後面較小間的宿舍，這邊緊鄰著臺人的居所供基層警察使用，這區僅有的客戶新居德藏一家四口，就住在最後一間。

由於日臺聯姻迄今不受帝國政府承認，新居至今只能領取單身補助，這瓶牛奶對於他們來說是一筆不小的支出，但他為了兒女的營養充足不惜下了重金。賢淑的湯玉也省下傭人錢，不但自己包辦所有家事，還幫周遭的日人縫紉修改衣服作為貼補家用。

來應門的是湯玉，她親切的笑容總是讓牛奶吉印象深刻，今天卻看來有些煩惱。

「陳師父早。」

「夫人早，這是新鮮的牛奶。」牛奶吉額外關心問道：「有什麼需要幫忙的嗎？」

「這……」湯玉有些不好意思：「夫君一早出門太急，忘了帶飯盒了，但我又要趕衣服給松島夫人。」

「這小事啊，我正要往派出所的方向繼續送貨，可以順便幫妳帶去。」

「但夫君已換了工作地點，在比較偏市郊一些。」湯玉寫了詳細的地址給牛奶吉。

「沒問題，我送完貨回去也會經過。恭喜新居大人高升啊，我怎麼都沒聽到好消息？」

「沒有啦，也只是最近的事情，真的很不好意思，再麻煩陳師父了。」

牛奶吉領走飯盒，默默記下這些小道消息。自從抗日任務開始準備後，他總是特別機警，隨時記下在各處隨機獲得的情報。

「我看門口有一大袋蕃薯，是不是太重了？要幫妳抬進門嗎？」牛奶吉再問道。

「唉，這又是另一件事了。」平常湯玉沒什麼人能聊天，這時忍不住打開了話匣子：「是住附近的王家，他們準備要收成時剛好被徵召勞役，整片稻田只採收不到一成，家裡又沒存糧，還有幾個小孩要養。鄰里們已經盡量幫忙了，我想說這袋蕃薯能讓他們多撐一陣子。」

「夫人真是菩薩心腸。」

「但我被罵了回來，他們知道我嫁給日本人。開口就說我是漢奸，不收這種施捨，你看，這該怎麼辦，肚子都快餓死了，還管蕃薯誰送的。」

「夫人妳大人有大量，無辜被罵了還是替他們擔憂。」

「還是……陳師父願意幫忙送去嗎？就說是您聽到狀況來幫忙的吧！」

「這……這忙我當然樂意幫，只是怎麼能偷了這人情呢？」

「人命關天還管誰的好意，再麻煩您啦！」

在送完蕃薯和牛奶後，牛奶吉終於到了新居的新辦公處。這間外表看似廢棄工廠的地方，外頭未掛任何牌子，怎麼想都不太可能是日警上班的地點，引起了牛奶吉的好奇心。

牛奶吉本來想進入倉庫親自送便當給新居，順便看看裡頭狀況，卻被警衛嚴格地擋在外頭，好說歹說也無法成功。趁著有人運送一大車的文件過來，牛奶吉往屋內偷瞄了幾眼，就足夠讓他嚇得心驚膽跳。

他見到牆上掛著一整張臺灣地圖，上頭插著幾個不同顏色的錦旗，一旁還放著幾個人名木牌，上下都連著不同顏色的線，遠遠看去就像是蜘蛛網。且一旁堆得老高的報告已分門別類放好，竟然包含了全臺南北各個地區。

將飯盒交給警衛後牛奶吉被催促著離開，他必須趕緊回到庵內，把這些驚人的發現告訴蘇有志和余清芳。

當牛奶吉回到庵內，才發現眾人已在等他，旁邊還站著一位素未謀面的年輕人。這年輕人面容俊秀，身材精實，透著一股大將之風。

「陳師父跟你介紹一下，這位少年英雄是江憐，」蘇有志介紹道：「有件事可能要麻煩陳師父跑一趟。」

❖ ❖ ❖

「破狗仔！今年又要收十升米稅！是要我們吃什麼！」

「幹！去年還有颱風！怎麼可能繳得出來？」

「不繳又會被抓去派出所關，出來後還是要繳，怎麼做全家都是餓死！」

「他媽的！再這樣下去大家餓死算了！」

西來庵內，民眾互相發洩著對帝國的怨恨，雖仍不敢太大聲，但有個場所能讓大家聚集聊聊已能讓憤慨的心情稍微紓緩。在蘇有志的默許下，這裡逐漸成為凝聚大家抗日決心的地方，民眾還會安排輪流站崗，在外圍注意著是否有日警來盤查，或是有不熟悉的香客來捻香，都有暗號能互相提醒。

咻咻！咻咻咻！

兩短三長的口哨聲便是日警來探的暗號，所有人馬上提高警覺，聊天民眾趕緊切換話題。暗號一路從廟外傳到蘇有志耳裡，他走出後殿故作閒晃，準備迎接日警，整個轄區的警察他都打過照面了，心想應該只是例行的巡邏。

但沒想到，來的是他沒意料到的人。

龜山著急聯絡上了議員想要阻止新居的調職，議員卻推託因為高等警察事務所還未有實際的功績，很難使得上力留人。

「情報工作都需要時間，怎麼可能迅速有成績，現在好不容易有一些線索，只是還苦無證據，又要調走我的人手當中最有經驗的新居，這樣工作根本無法繼續！」龜山氣得在辦公室獨自踱步，著急地想找到法子。

「上次發現鄭利記跟外地的抗日勢力有些聯繫，一定跟西來庵有關係，我卻從未在臺南廳內的報告中讀到相關的信息。」龜山盡量讓自己冷靜，推敲著細節：「蘇有志必定早跟熟悉的日本警方打好關係，加上他心思慎密，恐怕整個轄區內的警察都收買了。」

龜山仔細翻閱西來庵的相關檔案，裡頭記錄了余清芳的到來造成轟動，以及這陣子西來庵的信徒不斷增加。龜山腦中突然有個念頭閃過讓他背脊涼了一陣：「新居，幫我調一下余清芳的紀錄！」

「這余清芳，確實有抗日背景。」新居很快就挖出了余清芳的案底，他曾加入嘉義廳鹽水港的宗教抗日團體，並因此被抓到加路蘭浮浪者收容所；因表現良好被准回歸鄉里，可全臺自由行動。

「可能是蘇有志籌畫抗日，找了一個乩童假借宗教吸引信徒，若真的跟羅俊串聯起來，這勢力不可小覷。」龜山一路推斷發現事態不妙。

「蘇頭家真的有可能抗日嗎？我跟他認識許多年了，他一向照顧底下的人，應該不會做這種會丟性命的事。」新居還是不太相信。

「這是我們現在唯一的希望，看來他們已經合作一年多了，或許能查到證據。」龜山嘆了口氣：「雖然沒太大把握還可能驚動他們，但現在時間緊迫，你找幾個弟兄跟我一起去搜西來庵，任何可疑的東西都勿放過。」

新居表情有些為難：「蘇頭家對我有恩，我還去搜索他的廟？……這……」。

「你不想被調職就跟我去賭一把，所有房間、地下室都不能放過。」龜山嚴厲地說道：「我會同步偵訊，避過油嘴滑舌的蘇有志直接質問余清芳，看我能否套出他們叛亂的計畫。只要我們兩邊有人成功，就能打斷他們的計畫，也就能找到說法讓你繼續留在這。」

龜山親自率隊來到西來庵，以例行巡查為由讓新居帶隊徹底搜索，並要求讓自己和余清芳獨處一室其餘人不得打擾。蘇有志再怎麼推託也沒用，只好乖乖照辦。

「余賢弟，這龜山警察官可不是一般角色，你可要小心回答，千萬不可露餡，我相信他還沒掌握實證，否則一定直接抓人，抗日大業全要倚靠你了。」蘇有志緊急警告余清芳。

「蘇頭家放心吧，」余清芳常與民眾接觸，自信心已提升不少：「王爺早已通知過有人來訪，不必太過擔心。」

余清芳冷靜地坐在龜山面前，看著龜山緩緩拿出公事包內的紙筆，彷彿正式做筆錄。

「余清芳先生對吧？我們要開始偵訊，接下來的程序請你好好配合。」龜山說著標準的臺灣話，臉上並無表情。

「要問什麼事？」

「先跟你解釋一下，義大利有個心理學家提出新論點，他說用心跳就能判斷一個人是否恐懼或害怕。」龜山微笑看著余清芳：「跟漢醫很像對吧，摸了脈搏就能知道全身的健康狀況。」

「你是想替我把脈？」余清芳不知道龜山葫蘆裡賣著什麼藥。
「是的。甚至我認為脈搏還能判斷一個人是否正在說謊，接下來的問題希望你能坦誠回答。」龜山左手一伸示意跟余清芳借右手。
余清芳沒想到還有這種偵訊方法，面對要求也只好照辦，原本不緊張的他心跳也開始加速。
龜山將手指壓在余清芳脈搏上，同時拿起筆準備開始問話：
「姓名？有字號嗎？」
「余清芳，字滄浪。」
「幾歲？」龜山從基本的問題問起。
「三十五。」
「現在住哪？」
「對面的福春碾米廠樓上。」龜山另一手快速抄寫著。
「你討厭日本人嗎？」龜山在熟悉了余清芳的脈搏後，突然轉換問題。
余清芳驚訝龜山毫不拐彎抹角，他也決定直來直往：「是，我痛恨日本人。」
「為什麼？」
「日本人只會壓榨臺人，把我們當次等公民，所有臺人心中都痛恨日本人。」
龜山點點頭，他持續測著脈搏，知道余清芳沒有說謊。
「王爺上身時，你能記得自己說過的話和做過的事嗎？」龜山審訊經驗充足，知道問題順序必須跳開邏輯，偶爾要讓人安心回答，再突然轉彎殺個措手不及。

「可以……」

「但你卻無法控制？」龜山事前有先詢問過新居有關乩童的知識，大概瞭解一些狀況。

「像自己的靈魂抽離了肉身，在遠處看著自己在說話。」

「上身的過程呢？有什麼感覺？」龜山用筆快速記錄下來。

「像是……隨著樂器和鼓聲漸漸放鬆自己……」從沒人問過余清芳這種事，他也不太會形容：「有點像快入睡前的感覺，接著放心把自己交給王爺。」

余清芳見龜山還在抄寫，繼續補充：「不過王爺下駕時就像從夢中驚醒，而且一醒來就吐，不論多久都無法習慣。」

「要是王爺號召信徒起義抗日，你該怎麼辦？」龜山見余清芳稍微放下心防，又馬上轉換話題追擊。

「如果日本帝國對臺人好，抗日會有人響應嗎？這是會丟性命的。」余清芳跟龜山四目相對數秒，仔細躊躇著如何回答：「再說，我只是個傳聲筒，無法控制王爺要傳達什麼意念。」

龜山知道余清芳沒有說謊，但也沒有正面回答問題，他決定轉為恐嚇余清芳：「我知道你參加過抗日團體，還曾當過日警被革職，你的犯罪動機充足，若這些話從你口中說出，我可以馬上以匪徒刑罰令的法條逮捕你。」

「王爺只是說出被你們壓榨的事實，把日人的惡行告上天庭，這樣也是犯罪？」余清芳聽到自己的過去紀錄被挖出突然有些緊張，細微的脈搏變化也馬上被龜山掌握。

「我完全不相信宗教，這都是無稽之談，包含你現在所面臨到的病症。」龜山知道余清芳有些動搖，現在他要從強硬態度轉為替他著想，試著透過減刑的條件打動他。

「病症？我可沒生病。」

「你腦中會聽到奇異的聲音，其實根本不是神明，只是你的大腦對訊息的判斷出了錯誤。這在全世界有非常多的案例，你的腦中意識分裂成另外一個人，而且還能時常切換。」龜山繼續解釋：「Schizophrenia，這個病名可以翻譯成**分裂的心智**。目前醫學還無法解釋原理和成因，但我相信遲早會有答案。你只是得了罕見的疾病，而不是幸運地得到神明恩寵。」

余清芳完全沒聽懂這從未有聞的論調，只覺得龜山的指控嚴重褻瀆了神明，不想理會這無禮的日本人。

「我能向裁判官陳述你的疾病，讓他知道這一切不是你能控制，刑罰也會減輕許多。」龜山繼續提高音量，希望能挽救一場災難並成功阻止新居被調職：「千萬莫被這聲音迷惑了，若不小心誤信，最後要扛責任的還是你自己。」

但突然，余清芳身體開始輕輕搖晃並打了哈欠，突然笑得詭異：「看來，王爺打算直接見你了。」

龜山近距離目睹了整個上身過程，心中震撼不已，這和他書中讀到的人格轉換狀況並不相同。他也明顯地感受到眼前的余清芳已經換了個人，身體的姿態、表情、脈搏、甚至連臉部的細微肌肉運動也完全不同。

「你心裡排斥著宗教，只看到壞的部份。」王爺改成流利的日文和龜山說話。

這次換龜山顯得有些緊張，也改用日語回答：「宗教是過時的東西，只是補足了之前科學無法解釋的破口而加以放大，用了一套無法證實的假說來哄騙人們，遲早會被科學和理性漸漸取代。」

王爺笑著：「要是這世間少了宗教，世界才會真的陷入混亂。人們誠心相信做好事會能上天庭，做壞事要下地獄，這社會才能有良知，不是所有事情都能用法律規定。如果大家都少了那把心中的尺，訂再多的罰則也無法彌補。」

龜山大聲回擊：「這我不相信！法律才是公正平等的尺，對所有人都平等適用，反觀宗教充滿了矛盾和歧視，根本不適用於所有人。在人類歷史上為了信仰發起了多少次戰爭？死了多少人？要是神真的存在，又怎麼會讓他虔誠的信徒受苦？又怎麼會放任信徒相互殘殺？」

「你在久賀島上遇到的事，可不能以偏概全。」王爺依然帶著微笑，老神在在地說道。

龜山嚇到鬆開壓著余清芳脈搏的手，整個人往後跳起。「你……你怎麼可能知道這件事？」在久賀島的悲劇龜山只藏在心底未跟任何人提過，此事也在他心中刻下很深的印記。

「人不受苦又怎麼會有信仰？又該如何定義受苦？是你認為的肉體受到戰爭或飢荒的折磨？還是心中的迷惘無法找到安定？人們知道為何而戰而心中富足，過得奢靡的人反而失去了信仰和目標。宗教或許是把雙面刃，但世上何者不是呢？」王爺反問著龜山，完全掌握了主導權。

龜山腦中被勾起過去駭人的回憶，加上眼前的王爺氣勢震懾住他，換成信心滿滿的他退卻了。眼前的王爺直盯著龜山，彷彿一切的祕密都被看透。

「你來得這麼緊急，是為了新居吧？」王爺露出微笑。

「他怎麼可能知道？」龜山再次被震懾，腦中飛快思考每一種可能，卻完全找不出答案。

「他的劫難才剛開始，未來還有更大的危險。」王爺嚴肅地說道：「要幫他很容易。對方的目標是你，只要你馬上辭職，勿再管這件事就行。」

「胡說八道！我怎麼可能放棄辛苦得來的調查結果，我就快查到你們的陰謀了，一定會親自逮捕你們！」龜山有些惱羞，大聲斥責著王爺。

「不如我說給你聽吧。」王爺就直接在龜山面前大膽預測了新居未來的命運。

龜山雖然壓根不相信，但這段話就這樣深植在他心中。他腦中一片混亂，怎麼樣也想不出有可能會發生這樣的狀況。

龜山思緒混亂地走出西來庵，跟原先自信滿滿走進庵內時判若兩人，新居見到他也搖搖頭表示搜查一無所獲。這次臨時的刺探失敗了，反而是龜山需要更多時間消化這些混雜的訊息。

❖ ❖ ❖

原本江憐盼能找余清芳親自上山請示，但蘇有志擔心余清芳名氣太響，若消失太久恐怕會引人懷疑，便改由麻煩牛奶吉跑這一趟。

牛奶吉也知道江憐的出現是天賜良機，若真如他所說，在山中擁有武力和軍團還對王爺有虔誠的信仰，正好就能補足他們最欠缺的一環。他要趁這次機會觀察這群人的理念和實力，判斷是否能成為抗日的夥伴。

牛奶吉隨江憐已在山區走了整整三天，前兩晚夜宿在沿途的人家，但到了第三晚附近已杳無人煙只能露宿野外。沿途經過許多隘口都有日警盤查，多虧江憐早已備妥假身份以及通行證才能一路順利通過。

長途跋涉對於牛奶吉是體力上的嚴苛考驗，且愈靠近目的地林徑愈是原始難行，要認清方向也十分困難。牛奶吉觀察到江憐會趁他休息時，沿路回頭掩蓋步行的痕跡，就怕被日警發現蹤跡，這謹慎的習慣必定是他們能潛藏如此久的原因。

好不容易抵達山中，江定趕緊上前迎接，恭敬地感謝牛奶吉百忙之中來一趟。牛奶吉稍作休息時，也藉機勘查江家軍的營寨。

整座營地占地廣大，人數上百大多正值壯年，所有人身材都十分結實精悍、勇武有力，這必須靠長時間的持續訓練才能有如此成果。且成員階級分明、分工明確，每個人都能嚴謹完成自己的任務。各方面條件都讓牛奶吉十分滿意，心中也認可了他們的實力。

加上牛奶吉還探到江定幾年前透過詐死騙過了日警，現在這批山中軍團對日警而言是不存在的幽靈。這是出其不意的最佳活棋，也更深化了牛奶吉對江家軍的信心。

隔天一早，牛奶吉便開始吩咐眾人做法會前的準備，備好敬神菜餚並擺妥神桌法器，將王爺神像請出後，牛奶吉拿出自己帶來的扶筆道具準備請示王爺。

「山上這群兄弟已跟我入山十幾個年頭，」江定恭敬地拿著香，虔誠地訴說著：「但近來日人陸續往山上開發，許多道路和村莊都被嚴密控制，物資愈來愈缺乏。現下支援東部戰線的警力紛紛回歸，我們日子只會愈來愈難，希望王爺能指點明燈，我們是否還該繼續藏匿於此山區？」

牛奶吉手中的筆開始在砂盤上移動，緩緩寫下「出」。

牛奶吉搖搖頭道：「王爺指示現在情況確實艱難，若繼續留著恐怕會有災厄，應大步踏出原地，開展一番新天地。」

江定豪氣地說：「江某最重視弟兄們的安危和溫飽，真有危險，或再困難，也必須改變！還請王爺開示之後方向。」

木筆再次移動，在砂盤上寫下「聚」。

牛奶吉順著解釋：「王爺指示，未來需找志同道合之人，合作才有機會，萬不可單打獨鬥。」

江定嘆了口氣，知道在王爺面前自己的心思無法隱藏，他跪下領命，請求王爺能帶領他們，走向正確的道路。

木筆再次移動，寫下「反」。

這字的意義再強烈明白不過，江定和牛奶吉都為之一震，明白了王爺的意思。

法會結束後，牛奶吉便向江定說明了之前王爺抗日的旨意，祂將登高一呼帶領眾人起義抗日，目前正廣招英雄好漢加入。

江定聽了如醍醐灌頂跪謝王爺指點，他長年皆有抗日的決心，卻礙於太難成功而猶豫不前。如今他心中重新燃起激動的火焰，壓抑多年的大志終於能放膽做了，當下起身向後頭弟兄宣布：「各位弟兄，王爺願意帶領我們對抗可惡的日本人，我們終於能像條好漢、大幹一場，不用再這樣躲躲藏藏過日子了！」

弟兄們聽得熱血沸騰，歡呼的吼聲響徹整座山谷。

❖ ❖ ❖

新居全家的行囊裝滿了牛車，從臺南市區緩緩拖到偏僻的南庄，龜山幫忙新居沿途跟車，讓他們有時間能先到新住所打掃一番。沿途經過了鄉村美好風光，陽光灑在滿滿稻田上隨風飄逸，跟府城內擁擠的感覺截然不同，也讓新居鬱悶的心情稍微紓緩些，他深呼吸了一口氣道：「在都市裡，每個人忙碌到好像被抹去自我一樣，在這些稍縱即逝的人、事、物當中，我被調離以後沒多久，也不會有人記得我吧？與其讓孩子在那種環境下長大，不如讓他們在偏鄉快樂奔跑地成長，希望德章和柳遺傳到湯玉，日後長得比我高大。」

龜山難得貧嘴地附和了一句：「希望兩個孩子成人後也長得像媽媽。」

到達目的地後，龜山幫忙將物品從牛車搬到室內，新居要搶也搶不過。

「就當作是我沒擋下這調職的贖罪吧。」龜山說道。

「不要在意，孩子們好像更喜歡這邊的環境，一整天都活蹦亂跳的，也是命運不錯的安排。」新居的大女兒柳和小兒子德章也都很乖來幫忙搬運物品，大家忙得不亦樂乎。

湯玉則在廚房忙進忙出，熟練地燒柴火煮飯炒菜，準備辦一桌豐盛的晚餐招待龜山。

「長官辛苦了，還麻煩您來幫忙，太不好意思了。」湯玉見到龜山充滿了感激：「還要特別感謝您幫忙申請到這麼漂亮又舒適的宿舍。」因為新居和湯玉的婚姻並未受到帝國批准，照理說是無法申請家庭宿舍的，龜山只是點點頭表示不足掛齒。

剛搬完車上最後一箱，新居說還剩最後一些東西需要到鎮上採買，女兒柳也吵著要跟。龜山便和德章坐在屋外休息聊天。

「德章很聽話呢，這麼小就幫這麼多忙。」龜山稱讚道。

「爸爸當警察很辛苦，幫忙是應該的，我以後也想當警察抓壞人。」

龜山摸摸他的頭：「你是個懂事的孩子，只要你認真學習一定也能考上警察。」

「我的國語成績很好哦！」德章說著流利的日文。

「你是和漢完美融合的代表，兩個族群要能自然融合，可能要好幾代人的時間才能完成。」

德章根本聽不懂，疑惑地看著龜山。

「抱歉我講太深了，」龜山自己笑了出來。「我們來踢球吧。」

湯玉準備了一整桌佳餚要款待客人，一整桶的半白米上頭鋪著金黃色蕃薯香氣四溢，還有肥瘦分明的鹹豬肉切盤、鹹魚搭配高麗菜乾、菜脯炒蛋、豆醬拌蘿蔔的醬菜以及用豆腐乳醃製的鳳梨，擺滿一整桌讓人食指大動。

經過一整天的辛勞，滿滿的菜餚是最好的慰藉，新居一家四口和龜山和樂融融吃著飯。

「我會再找機會把你調回來，先委屈你們在這生活一陣子了。」龜山看著這畫面，突然想起王爺借余清芳之口對新居做的不祥預言，心中有話卻停在嘴邊，不想破壞大家心情。

新居聽了揮揮手：「今天不談工作，要慶祝搬新家和開始新生活。」

「是啊，新居還特地拿出了他們老家釀的酒要跟您分享，別的地方喝不到哦。」湯玉說道。

「夫人，妳的國語進步真快，一定下了不少苦功吧。」龜山稱讚道。

「不得不啊，現在柳和德章都會糾正我的發音呢！」湯玉笑說。

「阿里家多，蘇米媽雖，一爹拉曬。」德章在一旁學著湯玉的口音，大家都笑到肚子痛。

三人喝了許多新居的自家釀酒，也聊起了往事。

「新居未來打算回日本嗎？還是想繼續待在臺灣？」龜山問道。

「熊本不適合我，而且我父親太囉嗦了，整天叫我去釀酒，還是在這逍遙自在。」

「是啊，尤其夫人手藝真是太棒了，要是回日本就很難再吃到了。」龜山開著玩笑也感謝湯玉的招待。

湯玉有些害羞：「見笑了，都只是家常菜。」

新居反問龜山：「那你什麼時候要娶個老婆？可以跟我一樣娶本島人啊，這樣就有人能陪湯玉聊天了。」

龜山笑著搖搖頭：「我還沒想成家呢。」

「我看你就嫁給帝國吧，看能不能幫帝國統一全世界。」新居開著龜山玩笑，也難得見到龜山的笑容。

大家就在這小木屋中，用歡笑聲當作彼此餞別的最好禮物。

部三

官逼民反：為自由民主起兵

12 結義

一九一五年・小滿・亭仔腳西來庵

三名黑衣男子身手矯捷地在黑暗的巷道中快速穿梭，巧妙地避開了提著大燈籠巡邏的日警。他們經過嚴格訓練，連腳步聲都能巧妙地隱藏，一路從府城外圍潛入市中心，終於來到了西來庵。

其中一名黑衣男子停下了腳步，抬頭挺胸端詳著已緊閉的大門。

「大帥，陳師父交代要繞側門。」另兩名黑衣人也跟著停下後輕聲說道。

江定抬手示意他明白，他拍拍衣袖虔誠地朝著庵內雙手合十參拜，行了三大禮後才繼續前進。

三人繞到後門，與守門人互相交換暗號門便打開，守門人領著他們來到側殿。庵內側殿不大卻擠了十餘人，便是王爺挑出的十義子，各個表情嚴肅看著來客。一旁還有通往地窖的樓梯，底下看來燈火通明。

「江大帥，一路奔波辛苦了，樓下有請。」帶頭的義子拱手請江定下樓，並示意兩位隨從在樓上稍等。

江定用眼神示意兩名小弟待著，自己便下樓去了。

地窖空間不大，只擺著一張桌子共坐三人，桌上奉著特地移駕的王爺神像並供著三柱線香。余清芳坐在主位，右側坐著一位老者並空著左側，牛奶吉站著歡迎江定到來。

「江大帥，勞煩您冒著風險跑一趟了。」牛奶吉熱情地與江定握手。

「陳師父客氣了，上次也勞煩您到營寨一趟令我茅塞頓開，江某信得過你。」江定簡單寒暄，隨即把目光轉到其他二位：「而且為了抗日大業，這點路程不算什麼。」

「這位是余清芳，五府王爺的乩身，也是這次抗日起義的元帥。」牛奶吉介紹著：「這位是羅俊，默默耕耘抗日已久，代表霧峰林家和中部的反抗勢力與會。」

三人起身互相禮貌性拱手後，便一齊坐下。

「我們之所以聚在此處，是因為一同受到王爺的指示和號召，要我們率領臺灣人民反抗日本帝國的暴政。」牛奶吉先行開場：「日本人逆天行事，對臺灣人和資源不斷剝削，惹得人神共怒，以致近年天災頻傳。王爺更進一步預示，將會有瘟疫盛行全臺，我們須做好萬全準備，在日軍最脆弱的時候串聯全臺抗日義士，一同起義趕走日本人。臺灣人的人數是日本狗的百倍有餘，應該是他們要懼怕我們！該換我們做自己的主人！」

江定微微一笑率先問道：「感謝陳師父激昂地開場，把大夥心聲講出來。但無冒犯之意，日軍雖人數不多但槍砲火力驚人，我們要如何得勝？再者，此處可有其他人有統領軍隊的經驗？」

余清芳清了清喉嚨，挺著胸說道：「王爺擁天上千萬神將仙兵，凡間信徒數十萬，一旦神力降臨傳播瘟疫給日軍，他們根本無法抵抗，到時我軍便能勢如破竹。」他講話特地從丹田發力，字句更顯得鏗鏘有力。

江定輕蔑一笑：「王爺雖能料事如神、傳播瘟疫，但打仗講的是戰法和軍火，比的是資源跟統領。想必在場各位都未曾在沙場上搏命過，才會相信光靠神力可以贏得戰爭。」

余清芳見到牛奶吉給他一個暗示，想起了牛奶吉事前特地叮嚀：「記住了，江定和羅俊必然都會想爭取發號施令的位置，但你要堅定王爺欽點你做元帥的任務，這立場絕不可退讓，因這是起義最重要的基礎。」

余清芳做好準備正要開口，江定卻繼續說道：「江某在山上有青壯兄弟百餘名，且每日勤練宋江陣演練作戰，也多次在劫貨時和日警直接交手。即便有如此豐富的經驗，部隊也難與日警匹敵。更何況將來義軍是一群臨時聚集來的烏合之眾，人數再多若缺乏訓練也是無用。」江定說話更是中氣十足，餘音仍在狹室內迴盪。

「看來江兄是小看了王爺的神力，」余清芳趁機將話接了下來：「短短一年時間，西來庵已經增加數千名信眾，也募得相當可觀的資金，這都是作為抗日大業的基礎。

我們都是受日本帝國壓榨的受害者，眾人目標一致卻總是如一盤散沙，日本狗很容易各個擊破。這次王爺願意透過乩身登高一呼，我們要把握天賜良機打贏戰爭。

關於戰爭，我們不論再如何招募、訓練，都很難敵過日本帝國的船堅砲利，但只要我們集中火力打響前幾戰的名號，點燃人們心中的希望之火成功串聯全臺後，再來只需要援軍的幫助即可成事。」余清芳頂著壓力將想法一口氣說完，見到牛奶吉微微點頭就安心許多，於是便把眼光轉向一旁安靜許久的羅俊。

羅俊白髮蒼蒼身材十分瘦弱，雙眼卻是炯炯有神，對日本的仇恨早已深深刻在他心中，他已等待這一刻許久：「眾人皆知晚清政權貪婪腐敗，才會在甲午之戰慘敗日本後將臺灣割讓，從此我失去了家庭和土地。這是老夫一輩子的痛，也時時刻刻提醒著我。」羅俊用力指著自己的左胸。

「如今清國已被推翻，我在對岸沉潛多年等待機會，並不斷聯繫有力人士，終於與孫中山先生見到面。他當面向我表達極力想收復臺灣的意願，不過礙於大陸才剛結束內戰，想與日本開戰卻師出無名他很難使得上力。但他承諾，只要臺灣人民先奮力一戰，展現出想擺脫日本狗的統治，他一定立刻出兵收復臺灣！」

江定認真聽了一輪兩人的想法，似乎真有這麼回事，語氣和緩了些：「這計畫若能順利進行看來是有機會，但中途仍有許多難關要處理，我們有幾分把握？」

羅俊補充：「霧峰林家家大業大，原本想尋求體制內的改變，花費大量心思成立的臺灣同化會三個月就被日本狗抄掉。林頭家才終於痛定思痛，找我聯絡各位義士共襄盛舉，各位可知林家一向與孫先生保持良好關係，這是人和。」

「加上對岸近來反日風潮極盛，主要因為日本無理占領青島，恨不得有個理由找日本鬼子算帳，這是天時。最後是地利，我們義軍軍營會設置於各地山區，易守難攻的地形絕對會讓日軍吃足苦頭。」

江定點點頭，他在山上待了許久對於國際脈動並不清楚，如今乍聽似乎頗有機會：「若是林家和孫先生有機會聯手，這仗或許還有機會，但這打響名號的第一戰還是要靠我們自己。」

「王爺預示會有大規模的瘟疫降臨，我們該做的是趕緊發送平安符到全臺各地，並開始要求信徒吃齋，以避開瘟疫的襲擊，」余清芳說道：「日軍在二十年前的征臺戰役中，病死的人比戰死的多了許多，我們該充分利用這點優勢。」

「吃齋？」江定一臉狐疑：「不吃肉哪有力氣打仗？」

「這是修行之道，王爺的法力無邊，但若是凡夫俗子未經修行，根本無福接受王爺的恩澤。」余清芳答道。

江定搖搖頭繼續問道：「那軍火呢？四腳仔管得這麼嚴，即便有資金恐怕也很難買到。」

牛奶吉出來解釋：「我們正在蒐集當時清兵倉皇逃跑時，留下的槍枝，全臺各地都有私藏一些，可供抗日使用。其他就要靠零星的偷渡，這方面就要請羅老幫忙牽線了。」

「不！清國的老舊槍砲根本無法打仗，日本狗的槍枝早就可以連發，我們還要塞彈，常會卡膛，根本無法稱為戰力，」江定嚴正抗議，表情凝重地說道：「兄弟們都是跟著我出生入死的硬漢，若這行動沒有十足的準備，我不會隨意加入，即便是王爺的旨意也一樣。」

牛奶吉見氣氛有些緊繃趕緊出來緩頰，把目光移向羅俊：「會有辦法的，而且羅老還有一奇招……」。

❖ ❖ ❖

羅俊百般小心從袖口間抽出一張符令，黃紙上畫有紅墨龍飛鳳舞，中央能識出「避彈」兩大字：「我這幾年周遊大陸，到處尋找妙法要對抗日人。避彈符屬於高等法術，幾乎已經失傳。如今終於尋得在世傳人，若能運用在大軍上，我們就不怕日本狗的火砲了。」

「避彈符？真有這種東西？」江定緊皺著眉頭滿臉疑惑：「子彈速度極快又致命，用符令如何避開？」

「說得再多，還不如請江大帥親自一試？」羅俊笑著問道。

羅俊拿出手槍和子彈並交給江定：「江大帥可檢查槍枝，並將其上膛。」

江定懷疑地看著牛奶吉和余清芳，只見他們老神在在，便無疑拿起檢查，確認這是一把正常的手槍。羅俊拿起符紙閉眼誠心禱告，並用油燈引火將其燃燒，邊唸著咒語邊在自己胸前化光。

羅俊雙眼依然閉著但動作已停止：「江大帥，請朝我胸前開槍。」

江定有些猶豫看向其他人，卻沒人阻止他的意思。他起身退後幾步，上膛後舉槍瞄準羅俊。

江定瞪大眼睛，看著眼前的羅俊，吸了一口氣：「失禮了。」

砰！

火槍順利運作發射，還有彈殼脫膛跳出，江定驚訝地看著眼前的羅俊，還真的毫髮無傷。

「目前我只先跟高僧求得幾帖避彈符，」羅俊吐了口氣緩緩說道：「之後再以誠意和決心相求，要有幾帖就有幾帖。」

江定摸著手中的槍枝，確實還有擊發後的餘溫，心中驚嚇不已：「這不是把戲，是真的法術啊！」他大喊著。

「這獨門把戲真是立了大功，從西洋傳來的道具果然厲害。」羅俊在心中喃喃自語，見眾人相信了這法術，感到十分欣喜，便趕緊將手中的其他子彈藏回衣袖，「雖然欺騙了在座所有人，但在這關鍵時刻，若能增加大家信心而完成復仇大業，那可真是太划算了。」

原來剛才江定仔細檢查的槍枝沒有問題，動過手腳的其實是子彈。彈頭本體是蠟做的，作工精細並塗上金屬漆，從外表完全看不出端倪，但只要手槍一擊發，膛內的高溫會將整顆彈頭瞬間融化，發射後只會彈出外表的彈殼，不會對自己造成傷害。

❖ ❖ ❖

「弟子江定叩見王爺。」江定跪在王爺神像面前，手拿著香誠心向王爺發著誓：「弟子與百餘名兄弟為反抗日本暴政，已躲藏山上多年。如今王爺願意帶領信眾起身反抗，弟子在此向王爺立誓，願義無反顧將日人逐出臺灣，粉身碎骨在所不惜！」

余清芳就坐在神像一旁，但江定完全沒看他一眼。

余清芳請江定起身：「江大帥一言九鼎，王爺必然十分欣慰。」

「不知何時王爺將上身降臨？我願再來一趟親自參拜請教。」

「我們正在籌備建醮大會，到時再通知江大帥。」牛奶吉答道。

眾人再次坐回桌前，江定說道：「開戰時情況瞬息萬變，軍隊只能有一個頭，才能順利率領眾人打敗敵軍。論經驗論麾下軍隊，我毛遂自薦作為領頭。」

余清芳搖搖頭說道：「王爺早已開示由我作為義軍元帥，才能凝聚信仰穩定軍心。」

牛奶吉在一旁也繼續補充：「義軍必然須由余弟掛帥，且由王爺上身指示戰略方向。但軍隊的臨場執行和人力調派，還必須仰賴江大帥。」

江定聽了點點頭，朝牛奶吉拱手表示贊同。

余清芳在一旁心裡不是滋味，認為江定沒把他放在眼裡，但為了大局只好先妥協：「起義成功後，我們將會建立大明慈悲國。到時封蘇兄為宰相，江兄為鎮國大將軍，羅兄為國師，並冊封土地財產。另外我們要重新建立土地制度，將日本人搜刮的財產全部歸還於民。」

牛奶吉和羅俊向余清芳深深一拜，江定則是朝著王爺的神像參拜。牛奶吉看出兩人稍有嫌隙，趕緊充當和事佬：「不如三位義士就在王爺面前義結金蘭吧。從此大家就在同一條船上，不分你我，共同抗敵！」

三人以年紀排行，羅俊為首、江定第二、余清芳老么；三人持香在王爺神像面前立下毒誓，誓言將日人驅趕離臺，死而後已。

13

調查

一九七〇年・金絕・臺南市中區頂打石街

位於民生路上的甘味堂已營業將近五十年，從日治時期這一街區，還被稱作頂打石街的時候就已經開店。只是剛開始做的是日式口味，後來接棒給正雄才轉型為西式麵包店。

架上販賣著多種糕點菓子都是今日新鮮製作，選用高級麵粉為原料搭配著各式口味，每種品項都讓人食指大動。店內販售的價格自然也不便宜，吸引著對品質要求的客人。

這天，才剛過中午正好是出爐時間，兩名身穿黑色大衣的高大男子走進店內。

「歡迎光臨！」正雄見到有客人來訪趕緊招呼，卻發現他們對糕點並無興趣，直直朝自己走來。

「調查局，」一名黑衣人掏出他的證件：「有些事要請教你，跟我到局裡走一趟。」

正雄嚇一大跳，調查局的可怕風聲他曾聽聞：「請問長官，是……是什麼事要勞煩到您？」

「少囉嗦，店關起來，馬上跟我走。」黑衣人嗓門很大，正雄只好照做。

正雄的太太聽到對話聲音趕緊跑出來，卻見到丈夫已被帶到門外，鐵門緩緩降下。她含著淚望著丈夫的背影，聽說許多人被黑衣人帶走後就沒再回來，天知道這會不會是兩人的最後一面。

想到這，她雙腿一軟，兩行眼淚滑了下來，拚命思索著該如何是好。

❖ ❖ ❖

正雄被關在一間狹小昏暗的房間，已經許久都沒人來問候，期間只給了白饅頭讓他裹腹。房間四周是鐵灰色的水泥，全封死沒有窗戶，只有一道上鎖的暗綠色鐵門隔絕他與外面世界的連結。

終於有腳步聲走來，鐵門應聲開啟。

一名戴眼鏡的男子拿著筆記本坐到正雄對面：「我姓廖，接下來的問題請你好好回答，可別說謊，否則你會吃不完兜著走。」

「探員啊，這一定搞錯了，我只是個老實的生意人做做糕點，調查局怎麼找上我？」正雄雖然心中緊張，還是硬擠出笑容想打圓場，希望只是誤會一場。

廖探員大約五十歲左右身材瘦矮，他表情僵硬地看了正雄一眼，便翻著自己的筆記本。

「你們最近常在西來庵深夜聚眾？」正雄嚇了一跳，心想難道是要調查庵內的事？

「我們家常去西來庵參拜，都只是求個平安，是最近這幾週王爺吩咐要去……」正雄一五一十地將祖父託夢並封神的事告訴廖探員，他知道最好先實話實說。

「這麼晚還聚集這麼多人，有什麼好討論的？」

「長官，我們不是討論，是我們懇求王爺告知祖父生前的事蹟，又因為問事都到很晚，才變成是半夜在聽故事。」正雄急忙解釋著：「我們也沒有聚眾啊，那些鄰居都是自己來湊熱鬧的，也不能平白無故趕人家走。」

「你們討論的這個事件涉及煽動叛亂，我們有必要調查清楚。」廖探員面無表情地說道。

「叛亂？什麼叛亂啦……大人，絕對沒有這種事。」正雄聽到這兩個字嚇得魂飛魄散，這帽子一被扣下去可沒完沒了：「那已經是很久以前、日治時期的事情了，是在對抗日本帝國暴政的故事啊！」

廖探員眼睛一亮，看著正雄：「看吧，你這就是在影射國民政府是暴政，想要激起民眾反抗國民政府？」

「不是啊大人，這真的天差地遠，您行行好，別亂栽贓我啊。」正雄心想不妙，只好捲起舌頭學對方的腔調和用語，盼對方多些同情。心中暗想：「這探員在套他的話，恐怕說愈多愈危險。」

「你說的王爺，就是廟裡的乩童水伯嗎？」廖探員推了推眼鏡。

「是……」正雄不願再多透露什麼。

「所以那些故事，都是水伯說的，你們只是聽眾？」廖探員再追問。

「慘了，這樣會不會害到水伯？」正雄心中暗叫不妙，卻也不敢說謊，一時語塞。

「你們這樣很麻煩啊，要是每個人都傳播不同的思想，政府要怎麼辦事？國家要怎麼運作？我們的職責就是抓出這些異端份子，讓社會更安定。」廖探員觀察到正雄的慌張表情並繼續說道：「我知道你只是一時誤聽了不該聽的故事，只要你好好配合、跟我說實話，很快就會沒事的。」

正雄緊張地吞了口水，這事起於祖父的封神，絕不能牽扯到水伯，他決定繼續沉默。

廖探員雙眼繼續盯著正雄要給他壓力，時間彷彿凝結一般，密閉的空氣讓人感到窒息。

「看來你是不願意配合。」廖探員把筆記本收回：「我們會繼續調查，煽動叛亂罪若屬實，你可能就再也回不了家，自己好好想想吧。」說完他便轉身離開，再次將鐵門鎖上。

❖　❖　❖

正雄的太太十分徬徨，只能焦急地到處求援，看能否有機會救正雄出來。但許多人聽到調查局都避之唯恐不及，或只能嘆著氣說實在無能為力並投以同情的眼神。這時她突然想到一名人選，雖然只有一面之緣，但她也只能試試看。

正雄的父親茂生則在家中，要其他人都暫勿出門，以免又被莫名抓走。

鈴！鈴鈴！

突然間門鈴大響，原本就很緊繃的一家人瞬間全部跳起，害怕地互看對方不知如何是好。年邁的茂生要大家勿動作，獨自拄著拐杖緩緩走到門口開門。

對方連招呼都沒打，便粗魯地把門推開，一口氣衝進來好幾人：「分開進行，給我徹底的搜！」帶頭的人操著很重的鄉音喊著。所有人便飛快解散，開始魯莽地在正雄家中翻箱倒櫃，引起正雄一家人尖叫連連。

「這……你們是誰？」茂生錯愕地大喊著：「怎麼就這樣闖入我家？」

帶頭的人又矮又胖，眼睛瞇成一條線不耐煩地解釋道：「我是調查局的分隊長，我們來蒐集物證，麻煩配合。」

「調查局？就是你們帶走正雄，他到底犯了什麼罪？他現在人在哪？」茂生毫無懼色地問道。

「我沒必要跟你多解釋，請你回去坐好免得受傷。」分隊長語帶威脅，說完直接走掉，開始監督搜證的進度。

正雄一家人只能害怕地窩在餐桌旁，看著他們拉出每個抽屜、翻著每個櫃子，將所有物品倒出散落一地，連床墊也都整座掀起，不放過任何一個細節，大家都發抖著祈禱這場惡夢能早點結束。

「小李，怎麼樣？找到東西沒？」分隊長找到正在房內搜查的隊員小李問道。

「報告……只有這些，請您看看。」小李小心地交給分隊長一個小黑布袋。

分隊長打開細看，裡面只有幾件簡單的首飾和戒指，還有一疊不太厚的紙鈔：「就這樣？真的都仔細蒐過了？」

「真的沒漏了。會不會他們把珍貴的東西都鎖在銀行保險箱？」小李問道。

「這我早就先調查過了，沒登記保險箱才會特地來搜家裡。」分隊長臉色不太好看。

「分隊長，會不會情報有誤啊？說不定他們財產根本不多？我看他們生活用品都很普通。」

「笨蛋，有錢人哪讓你看得出來。」分隊長碎唸著：「根據線人的回報，他們上一輩可不簡單啊，應該不會錯。」

「是那位老先生的父親嗎？聽說就是他要被封神才有這一連串事件。」

「呿，這種荒謬的說法不用相信。重點是，之前是由他發起募資建廟，憑一介草民，還真的讓他募到了土地和款項重建了西來庵，這可是一筆不小的金額啊。」分隊長推了眼鏡：「背後一定有人在幫他，又或是他本身就很有錢，不然怎麼可能捨得花這麼多錢蓋廟。」

「原來是這樣，所以分隊長才會想來搜搜看？」

「還不只這樣，他更早之前參與了抗日事件，當時一大堆人被處死，況且日本人寧願錯殺也不可能放過一個，他卻只關個幾年就順利出獄，直覺告訴我，這人背後別有玄機。」分隊長繼續說道：「我們幹這行的，領這種死薪水，只要被我們搜到一頭肥羊，下半輩子就不愁吃穿了。」分隊長眉開眼笑的同時，肥厚的雙下巴也止不住地抖動。

「分隊長英明，成功後也別忘了拉抬小弟啊。」小李奉承地笑著一邊摸著頭：「不過家裡就真的只搜到這樣，要先扣起來嗎？」

「放心吧，到時候大家都能分一杯羹的。這種垃圾就別收了，這次沒賭對再換下一個就好，準備收隊。」分隊長嘆了口氣：「回去跟訊問員說，如果沒套出什麼話，就放他走吧。」

正當調查局人員要離開時，正雄的妻子剛好帶著救兵回家，正是前一陣子在西來庵碰過面的蘇議員和他的三位助理。正雄妻子見到家裡變得如此凌亂，趕緊衝進去跟家人相擁，邊哭邊確認所有人都沒事。

「我是臺南市蘇議員，這是怎麼回事？請出示你們的證件。」議員質問道。

「蘇議員，是我們調查局在搜證，應該跟您沒關係吧？」分隊長囂張地拿出證件給議員看。

「搜證？那你們帶走哪些證據？至少要有個清單吧。」蘇議員毫無懼色，說話十分大聲：「我可是有管道能請你們局長幫忙關切的。」

「你們要搜證我們管不住，但我們有權監督過程是否合法，以及……你們是否有私藏物品？」一旁的助理補充道。

分隊長表情十分憤怒，卻也知道蘇議員和局長確實有私交，他十分不屑地說道：「沒搜到證，兩手空空正要收隊。」

「你們辛苦了，請讓我們幾位助理確認一下隨身物品，再讓各位離開。」助理很熟練地說道，並擺出陣勢擋住門口。

分隊長搖搖頭，只好乖乖聽話接受檢查，並暗中慶幸剛才沒拿走飾品。

「回去再麻煩確認一下，如果正雄是清白的就早點放人出來吧。」蘇議員在讓他們離開前還不忘提醒。

分隊長回頭瞪了一眼憤憤然地離開，留下屋內的滿目瘡痍，還有被嚇破膽的一家人。

14 露餡

一九〇四年・立秋・日本長崎市五島町

溫熱又潮濕的海風打在龜山的臉上，眼前洋流由層疊起伏的山巒之間奔出日本海的壯觀景色，讓他心曠神怡：「是海啊……好久沒看到大海了……」。

「龜山，這幾天有什麼計畫嗎？」突然一個熟悉的聲音在耳邊傳來，是伯父在問他話。

「明天會跟松井去久賀島一趟，他接到那邊有人報案要去看看，剩下時間還能順道潛個水。」龜山開心地說著。

「這邊海岸線真的不錯，好好享受這段時光吧，你接著就要去德意志了，恐怕沒好日子過了。」伯父搭著龜山肩膀笑著說道：「不過待會莫忘了警察本分，先忙完才能去休閒啊。」

「遵命，」龜山開玩笑地朝伯父敬個禮：「托您在這工作的福，我才有機會來這放鬆！這邊真的跟東京完全不同，很適合度假，真羨慕伯父。」

「臭小子，我可是要負責整個長崎縣的治安呢，不是來度假的。這邊地形太複雜，離島又多，管理起來很頭痛啊。」伯父敲了龜山的腦袋。

位於長崎半島西方外海五島中的久賀島，是座住民不過百人的島嶼。強勁的海浪不斷沖蝕著四周的礁岸，激起了一道又一道白澄澄的浪花。今日又濕又悶，岸上刮著強勁的海風，有大量海鳥在空中盤旋，準備追捕海平面下的獵物。

「龜山，你再往下踏一步看看，底下有塊石頭很平。」礁岸上有兩名年輕人，裸著上身正在研究著如何從礁岸往下爬。

「踩到了，那隻狗有移動嗎？」龜山在礁岩中攀爬視線常被遮蔽，需要在上面的松井幫忙指路。

「沒有，我猜牠受傷了沒辦法動，應該是摔下去被岩壁刮傷的。」這處的礁岩十分尖銳，一不小心就會被劃出傷口。

龜山和松井兩人原本在礁岩上探險，卻意外聽見野狗的哀號聲才循著聲音找到這。龜山小心翼翼往下爬，終於在下方找到牠，野狗水汪汪的眼睛盯著龜山，並發出微弱的叫聲請求幫助。龜山仔細撥開被血液染紅的毛髮，發現牠後腳和腹部都有頗深的割傷，他趕緊撕下衣服幫牠止血。

龜山嘗試著將牠抱起，抬頭一看，卻被眼前的景象震懾住：「松井，你也下來看看吧，這裡好特別……我從沒看過這種地方。」

抱著受傷野狗的龜山和松井呆站在巨大的海蝕洞中已十分鐘之有，兩人都被眼前的景象震驚而久久說不出話。海蝕洞底部受長期沖刷形成一處大平臺，呈扇形狀面向洞穴內部，底部的岩壁上掛著一個木製的十字架，一束陽光就從洞頂的岩縫射在其上。兩旁岩壁上依稀可見一幅老舊的畫像，上頭已斑駁掉色，人物的姿態像是聖母抱著聖子的淒美場景。

「這……難道這是天主教的教堂？怎麼會在這麼偏遠的位置？」龜山難以相信眼前所見。

松井突然想起了一段往事：「我父親曾說過，這島上有許多隱密的天主徒非法存在了數百年，這可能是其中一處祕密基地。」松井緊張地吞了吞口水：「我們趕快走吧，父親有交代，若是不小心撞見了，要趕快安靜離開，否則可能惹禍上身。」

「好，那我們快回頭吧。」龜山也擔心著野狗傷勢，加緊腳步離開。

「這臺階落差很大，我先推你上去，你安置好牠再拉我上去。」松井對龜山說道。說完松井便用盡全力，費了一番功夫才把龜山推上臺階，手也不小心被岩石劃破傷口正滲著血。

「等我把牠安置好再回來拉你上來。」龜山先要找個平坦的地方不讓牠再受傷害。

而在底下的松井渾然不知，一股殺氣正快速逼近他。

「因父及子及聖神之名，請賜予我力量，使我能做光明之子，求祢在祢的國裡紀念我……」一名男子口中唸唸有詞，腳步也愈來愈接近：「求祢接受這兩名迷途羔羊的靈魂，帶領他們走向正確的道路，祢忠心的牧羊人也很快抵達天國……」。

啊！

龜山把野狗放置好準備回去找松井，卻突然聽到他慘叫一聲。

龜山趕緊跑回去，眼前的景象卻讓他震懾。

那名男子將松井壓制在地，匕首已經插入他的胸膛，還一邊大喊著：「仁慈的天父啊！請赦免我的罪吧！」

叩叩叩！

「龜山警視，超急件電報！」

急躁的敲門聲將龜山從不願想起的痛苦回憶中拉回現實，他被嚇得冷汗直流，又突然一陣偏頭痛襲來，讓他難以招架。

「說吧，什麼事？」龜山痛苦地摸著頭問道。

傳令官表情難過，遞給龜山一份電報。

「龜山理平太長官，昨日於岡山縣病逝了……」。

龜山晴天霹靂，無法接受聽到的事實。

❖　❖　❖

這天湯玉正在河邊洗著全家的衣服，旁邊一群臺人婦女也提著衣服朝這走來。

「哎呀，就是她啊，那個新來的日警夫人。」

「喲，是個蕃人美女，難怪能勾引日本狗，跟我們這些賤民就是不一樣。」

「還裝模作樣在這洗什麼衣服，不是都找傭人嗎？難道是賭錯老公了？眼光真差啊。」

「我看是做作吧，想擺得一副自己可憐的樣子，我可不吃這套。」

湯玉聽不見她們竊竊私語，但從她們的訕笑聲和輕視的眼神，她可以確定是在嘲笑自己，也猜得到內容有多難聽。從市區搬到郊區後，湯玉切身感受到臺人對日人的敵意增加許多，可能是因為城內比較多做生意的人，需要跟日本人打好關係，而鄉下則免了跟日人客套，且更直接面對土地和稅收等問題。

而不只是臺人，連日人也瞧不起她，同樣身為警察太太的日本人紛紛訕笑湯玉是妓女，只是用外表勾引了新居，根本不配跟她們一起生活。

在這人生地不熟的區域，她也只能默默吞忍，搬來三個多月，她除了家人沒再跟其他人說過話。湯玉用力搓洗著衣服讓自己不被影響，但還是愈想愈不甘心。

「我又沒做過對不起臺人的事，身上也流著臺人的血，新居也常為了臺人到處奔波，到底為什麼要這樣對我？」湯玉衣服愈洗愈用力，不小心把德章的衣服洗破了。

「媽媽！」德章突然從遠處跑來，身上都沾滿了泥土，表情有些委屈。

「德章，怎麼了？你不是該在學校讀書嗎？發生什麼事了？」湯玉著急地問道。

「剛……剛才在學校，一群同學圍著我罵，說我是小雜種，喊著我不該來這裡，該去公學校上課……」德章委屈地說著：「他們還推我打我，我就趕快跑，還有幾個人一路追出學校，是那個叔叔幫了我。」

湯玉隨著德章的手指望了過去，卻意外見到她再熟悉不過的身影，那人戴著斗笠遮住臉，背後還揹個竹簍。

「阿塔伊・阿庫亞那？」

「哈哈哈，」陳岱大笑著：「我還想說這小子的大眼睛看起來很眼熟，果然是遺傳媽媽的。」

「媽媽，你們認識？」德章驚訝地問道。

湯玉點了點頭，卻也不知道怎麼解釋。

「是這位叔叔制止，那些人才停手。」德章繼續說道。

「那就好，真是感謝你，我們在這好像很不受歡迎。」湯玉向陳岱道謝。

「我可沒做什麼，妳先聽他講完吧。」陳岱得意地笑著。

「叔叔叫我不能逃，現在逃了他們改天還會繼續欺負我。叔叔叫我要勇敢，跟他們打一架！」德章嘴角露出笑容，繼續說著：「然後我就打贏了！一個打四個！他們逃得好快！」

湯玉哭笑不得，也只能搖搖頭：「所以衣服又髒又破了，你怕我罵你，是嗎？」德章點點頭。

「你就在這自己把衣服洗一洗吧，等會一起回家。」湯玉把德章支開，有些難為情地看著陳岱。

「你……出來了？怎麼會來到這？」

「嗯，出來一陣子了。」陳岱說得一派輕鬆自然：「我現在是**郵便夫**，因工作常會經過這，沒想到這麼巧遇到妳。」事實上他早已觀察湯玉一家許久，才終於遇到難得的良機可以自然地接近湯玉：「你們也從市區搬來了？是先生調職了？」

「唉，夫君被一些事情波及，調來這裡好不適應……」這次情況相反，換成湯玉用族語滔滔不絕地，像上次陳岱對她傾訴那樣，把最近的苦悶一洩而出。

「這區域的農地都被日本會社強行低價收走了，加上這邊太偏僻，日警幹盡壞事也沒人管，當地人當然恨透了他們。」陳岱說道：「來到這邊的日本人打從心裡看不起我們這些窮人，尤其是那個王八蛋吉田。」

「對，就連派出所的所長也因為他的背景，一路容忍他的惡行。」湯玉十分憤慨：「還好夫君有龜山警視幫忙，當初調職時已有升官不用受制於吉田，否則一定被他欺壓到死。」

「每次來這都會聽到大家在抱怨，吉田這傢伙良心根本被狗啃，他把被調職的怒氣都發在無辜的農民身上。大家都吃不飽了還要擠出保護費給他，許多婦人也被他蹂躪……全庄的人恨不得一刀砍死他。」

「這種無良的警察本該淘汰，竟然還能作威作福，我到這才能感受到臺人所說的暴政是什麼意思，以前我還以為帝國統治下的臺灣一直在進步……」湯玉嘆了口氣，對自己的無知感到無奈。

「臺灣就是一塊新土地，在日本撐不下去的混帳就會來這邊找機會。只要跟對人，過得可比在日本爽多了，很少像新居大人這麼辛苦的。」

「唉，夫君一來就被要求負責調查山區的武裝匪賊，這差事從來沒人搞得定。村民凶悍加上山上路途遙遠，每天回到家都累得不成人樣，我跟他語言又不太通順，常常各說各話。」

「他會被調來都是算計好的，當然是把最爛的職位給他。」

湯玉一口氣把心底話說完心情舒坦多了，才突然發現眼前的陳岱已經滄桑了許多，不再是當年那個青春活力的小夥子了。兩人四目相望，湯玉趕緊把頭別開。

「你……會常經過這嗎？」

「這要看信件狀況，不過我跟附近人家愈來愈熟，有一戶張阿賽就在前面。他人很好，我帶妳去認識認識，以後也好有個照應。」

湯玉有些猶豫，過往的經驗讓她太不舒服。

「大家只是不瞭解妳而已，認識就沒問題了。」樂天的陳岱繼續勸說，湯玉才點頭。

❖　❖　❖

一九一五年・小滿後一日・亭仔腳西來庵

這天是農曆四月初十，是五府王爺中的二帝爺應靈公鍾士秀聖誕，西來庵籌備已久的巡狩大會也在今日隆重舉辦。西來庵前的廣場熱鬧非凡，往年就十分盛大的活動，這兩年再加上余清芳的到來，信眾更是擠得人山人海。

日警也知道這次活動盛大，派出許多人力到場維持秩序，龜山也吩咐在場警察幫忙注意是否有可疑份子混入其中。

庵內從一早不斷有信眾前來參拜，香爐每隔一陣就發爐，需要不斷有人用火剷清理爐內的空間，後面的信眾才能再補上香火。外頭的金爐也一刻不得閒，大火不斷吞噬著信徒購買的紙錢，庵內外都瀰漫著裊裊香煙，好不熱鬧。

庵外光是擺放供品的桌子就連開了五十餘張，廟前演著布袋戲，一旁還找來舞龍舞獅助陣，就是要吸引更多人的目光。

準備遶境的隊伍也紛紛集合，由八家將打頭陣，人偶充扮的七爺八爺神像跟在其後。隊伍中間是一艘大型王船由鐵絲和紙紮製成，色彩繽紛細節講究，上頭裝飾著許多天兵神將舉著兵器護衛著王船。隊伍後頭還有錦旗隊預備，要替王爺開道。

眾人就緒後，余清芳身穿金黃聖衣雙眼蒙著紅布，坐在十人大轎上風光出場，信眾紛紛跪拜在地。這次遶境預計要繞整個府城一圈，王爺要替所到之處的信眾清除瘟疫和厄運，並把災厄全數封印到王船上。遶境路線會在海邊結束，所有信眾聚集在此舉行燒送王船儀式，讓所有的災厄都化解遠離，為這一年圓滿祈福。

在蘇有志的安排之下，這次活動辦得盛大熱鬧，也吸引更多的信徒挹注香油錢給西來庵。本來就熱賣的平安符更趁此機會被大力推銷，周邊還賣起祈福的蠟燭，只要寫上姓名並貼在燭杯上，便可擺在王爺神像旁祈求庇佑，離得愈近價格愈高。

遶境隊伍要出發前，所有人員集合在廟埕團拜，由蘇有志帶領鄭利記、牛奶吉和義子們參拜祈福，義子現已增至五十餘人，還有百餘名捐款大戶持著上等粗香排列在後。蘇有志大聲宣讀為民消災祈福文，待王爺一聲令下隊伍便開始遶境。

遶境路途遙遠，但上千名信眾不辭辛勞，全程跟著隊伍，許多行動不便的老人家，撐著枴杖也要跟著王爺走完整段路程。路線沿途的居民更是一早就在家門跪著等候王爺經過，祈求王爺能將全家一整年的厄運帶走。

途中王爺幾次親自下轎走入民眾家中作法，並留下平安符要他們化洗，受庇佑的人家更是痛哭流涕，感謝王爺的大恩大德。

結束遶境時天色已黑，庵內還準備了平安麵犒賞辛苦的信眾。一整天的活動下來，大夥的身體疲累，心靈卻是富足的，大家都相信未來一整年能風調雨順、一切平安。

最後的壓軸煙火，繽紛的色彩綻放在夜空上，大夥看得如癡如醉。蘇有志為了這一天精心策劃了數月，如今能圓滿結束令他十分欣慰，他只希望一切努力都能成功募得更多的有志之士以及資金，並暗中祈禱蘇東海等人這次到中國能順利跟對岸勢力聯絡上。

在絢麗的煙火旁，夜空上突然間一道明亮的流星掃過，引起一陣驚呼。

「好大一顆掃把星，一定是日本人要倒大楣了！」信徒小聲地喊，止不住自己的笑意。

「不知道是好是壞，但絕對是有大事要發生了。」一旁民眾補充道。

「蘇頭家！出事了！」這時牛奶吉緊張地跑來蘇有志身旁耳語：「蘇東海一行人，兩天前搭船時，在基隆港被日警逮捕了！」

❖ ❖ ❖

一九一五年・小満前一日・臺南廳直轄永仁區仁和里牛稠仔庄高等警察事務所

龜山的胃從一早就在翻騰，自從上個月得知龜山長官因病去世，自己卻因公務無法奔喪，心中鬱悶不已。加上新任總督安東貞美甫上任，各單位都繃緊神經，負責情報工作的龜山更是壓力極大。

偏偏最近數名臺人隔著黑水溝與對岸往來密切，彷彿能嗅到風雨欲來的不安感。好不容易建立起的情報網能提供最新資訊，但少了得力助手新居，自己處理起來也有些吃力。

龜山腦中無法歇息，已有數週無法安心入眠。

今日辦公室內異常忙碌，從臺灣各地送來的資料成山成堆，大多數已經分類歸檔，但每天不斷有又新又雜的資訊送來，根本來不及分析。唯有被龜山列為極重要的兩條線順序最優先。其一是由彰化賴淵國帶頭，常與山中反叛勢力和宗教人士聯絡。當地日警也在密切觀察，並詳細記錄每次見面的人物、地點和日期，最近兩週有逐漸頻繁的趨勢。

上月更發現與臺南余清芳以及羅俊互相通信甚是可疑。尤其羅俊跟賴淵國還有遠房親戚關係，絕對要特別小心。

另一條線索是淡水的蘇東海和張重三，兩人以宗教交流為名互相掩護往返對岸共五次，一趟就是一個月左右，還會攜帶大筆金錢。

「照他們之前去對岸的頻率來看，最近應該又快要出發。」龜山召集所有警察說明著：「發電報到相關派出所，要他們隨時回報狀況，一律用最急件傳遞。」

果然沒過多久，一名年輕巡查急敲門入內：「報告！張重三、蘇東海和林元三人，已在淡水搭上大仁丸要前往對岸！出發前還從淡水寄出信件要給賴淵國，內容已攔截在這。」

信件早被龜山布線攔截，內容透過電報直傳臺南，龜山趕緊開信閱讀。

「這兩條線布了這麼久，終於接在一起，有了這封信就罪證確鑿。」龜山讀著信，心中更是篤定，調查了這麼久總算露出馬腳了：「大仁丸還會在基隆港停靠一站，趕緊派人將他們逮捕！」

龜山來回踱步，知道這幾個月的辛勞就看這次行動：「同時也派人將彰化賴淵國一行人逮捕，不可讓他們有串供的機會！」

「是！」警察們趕緊分頭做事，只剩佐佐木巡查還留在原地看著龜山。

「佐佐木，怎麼了？」

「報告……今日有一封祕密電報，是新居長官從南庄派出所發來的，上頭寫著只限您本人閱讀。」

「哦？」自從新居搬家後兩人各自十分忙碌已許久未聯繫，龜山趕緊開信閱讀。

只見龜山眉頭緊皺，愈讀表情愈不對勁：「豈有此理！混帳東西！」

年輕的佐佐木巡查見到龜山暴怒，不知該作何反應。

「先幫我準備好車票，我要親自審問張重三等人。」龜山命令道：「新居警部很有可能會持續給我重要的密報，一切由你親自接手保管，等我回來再交給我，不能讓其他人見到，知道嗎？」

佐佐木在新居離開後變成龜山的左右手，他點點頭，見到龜山如此慎重也讓他十分擔心。

15 緝捕

一九一五年・芒種・亭仔腳西來庵

清晨的西來庵十分安靜，今日尚未有香客出現，與昨日熱鬧整天的巡狩法會相差甚大。蘇有志昨日已十分疲累，又聽到蘇東海被捕的消息讓他徹夜未眠，煩惱著接下來的行動該如何是好。

余清芳跟牛奶吉在天還未亮也到庵內集合，大家的憂愁和疲憊都寫在臉上。

「唉，蘇東海他們必然正在被訊問，我想日本狗遲早會找到這來，到時候就前功盡棄了。」牛奶吉說道。

三人你看我，我看你，沒人有十足把握該如何是好。

「我們其實沒有跟蘇東海直接接觸，都是交由羅俊聯絡。」蘇有志先開口：「我不認為他們會那麼快找到這來。」

「但上次龜山那傢伙已經來親自搜過一趟，他應該已發現線索，甚至還派人盯著我們。」

余清芳十分緊張：「而且他們認定有嫌疑就會先抓人，寧可錯抓也不放過。這樣我們的大業還沒開始就結束了……一定要馬上行動！」

「我瞭解龜山會依法行事，但不會亂抓人。上次他來庵內搜查過，也沒後續動作，還讓我們辦了法會。」蘇有志回道：「重點是我們現在起義根本尚未到位，軍火糧食都還不足，王爺預示的瘟疫也還沒降臨，現在倉促起義，恐怕只會白白犧牲。」

「我們不是要馬上開戰，可以先號召信徒們撤退到山上營寨躲避查緝。現在有存糧可以撐一陣子，那邊易守難攻，我們再想計畫。」余清芳說道。

「一旦撤到山中，日警察覺便會封山，到時候物資只會愈來愈少，獲勝機率就愈來愈小。」蘇有志分析著狀況：「只要蘇東海能守口如瓶，我們就能繼續經營西來庵。像昨天辦完法會吸引了更多新信徒，待資源更加充沛才足夠支撐我們的行動。再說了，我們一到山上資訊就更難傳遞，羅俊他們首當其衝，應該先行躲藏很難聯絡上，起義就更難串連了……」。

「武器和物資永遠沒有到位的一天，我們需要的是王爺的指示，有了神諭勝過擁有千萬砲火。我們只要打響第一砲，不只是羅俊，各地的臺人都會一齊響應抗日！」余清芳眼神堅定，堅持自己的想法：「若是能現在得到王爺的神諭就好了，但昨日王爺上身時間太長，這幾日恐怕已無法再起乩。」

蘇有志回應：「這事牽涉太廣，信徒們隨你上山後，他們的家人怎麼辦？不僅少了家中經濟支柱，還會被日警騷擾盤查，是會有斷糧危險的，這樣貿然出擊太不負責任了。」

「沒辦法顧全所有細節，我們必須以大局為重，我相信王爺也會做出相同的判斷。」余清芳不願退讓。

「現在不是爭執的時候，我們必須團結才能成事，」牛奶吉趕緊出來緩頰：「王爺就算無法降臨，也有簡單的方法能得到神諭。」

牛奶吉拿出兩對木筊，看著二人：「你們都向王爺解釋自己的看法，並各擲三筊，該怎麼行動由王爺判定。」

兩人同意後跪在王爺神像前，由牛奶吉在一旁操法，燒香誦經將兩人的話語傳到天庭。蘇有志和余清芳分別低語向王爺解釋自己的看法，並同時擲筊。

皆為聖筊。

再擲，皆為聖筊。

三擲，還是一樣。

三人互看，不確定王爺怎麼會一併認同這兩種截然不同的做法。

牛奶吉捧著木筊：「敢問王爺，難道王爺希望兵分二路？由余清芳領軍上山，蘇有志留守庵內？」

牛奶吉擲筊，又是連三聖筊表示認同。

蘇有志表情疑惑無法理解王爺的決定，心中想著不是大家一起撤退就是一起留守。若是大部份的人撤離肯定會引起日警懷疑，讓留下來的人只能被抓，這樣豈不是自投羅網？

「既然這是王爺的旨意，我們就照辦吧！看來王爺也認為是時候了！」余清芳眼中燃起了鬥志：「明日我就帶著義子們一同上山，也將物資運到營寨，我們看狀況隨時出擊。」

「好，那我趕緊派人先通知江大帥，好讓他們準備接應。」牛奶吉說道。

蘇有志還在思索著王爺的決定，不確定祂的旨意有何用意。

「蘇頭家，我陪你留下吧。」牛奶吉知道蘇有志有些擔憂：「我們都只是在處理庵內的事務，余兄私底下的策畫我們一概不知，日本人不會對我們怎樣的。」

「是啊，蘇兄，」余清芳補充道：「策劃和採買的每筆紀錄，上頭壓的都是我的名字，你不需太過擔心。你等我們幾天，我們必定從山上一路殺回來，把你們通通救出來。王爺絕對是要我們來個裡應外合！」

蘇有志點點頭吐了口氣，握住余清芳和牛奶吉的手：「兩位不用擔心我，我早把個人生死置之度外，王爺一定有最好的安排，是我太多慮了。賢弟你們上山後一切務必小心，抗日大業就靠你們了，我們成功後再一同暢飲、喝個三天三夜！」

「一言為定！」三人相擁鼓勵，心中卻不確定是否還能再見到對方。

❖ ❖ ❖

這兩天，蘇有志急忙將起義相關的帳目和名冊通通丟入金爐燒毀，要趕在日警來搜索前趕緊處理乾淨，壓迫的氣氛讓他坐立難安。而信眾不清楚狀況，依然熱絡前來上香，只知道余清芳辦完法會後需要休養一陣子才沒出現在庵內。

「最後一波物資已從牧場出發送往山上，」鄭利記剛回到庵內，心情也十分緊張地問道：「蘇兄有聽到日警那邊有動作嗎？」

「還沒有風聲，我們只能等了……。」蘇有志冒著冷汗地回答。

「陸續離開了這麼多人，遲早會被日警發現的。」鄭利記皺著眉頭。

「嗯，我們必須準備好說詞，日警可能隨時會來。」蘇有志道：「我們須與清芳劃清界線，說他藉著有通靈神力、能替民眾問事，香油錢要跟庵內五五分帳，他私有的那份財產我們無權過問。另外平時我們也都有各自事業，對廟中的事務不清楚，更不用提他私下跟信眾的計畫了。」

「庵內的大量糧食採買就說是為了賑災的準備，其他採買物品則是王爺下的旨，我們從未過問。」鄭利記拿出早已準備好的假帳本交給蘇有志：「祈禱蘇東海沒有供出太多細節，我們只能盡人事聽天命了。」

「但是，王爺到底要我們留在這裡做什麼？要是知道的話，我們能做更多準備……」鄭利記心中有些迷惘。

「賢弟，王爺只要我留下，其實你可以跟著他們上山。」

「這裡收尾的事很繁雜，物資要運到山上也需要很多手續，你一個人忙不過來的。」鄭利記心中早已決定跟蘇有志共進退，他毫無懼色地說道：「我不是怕被抓，只是也想理解王爺的意思……」。

「其實我也不太明白……」蘇有志搖搖頭：「但王爺一定有祂的計畫，我們留在這一定會有用處的。王爺一開始就提過所有帳冊和抗日活動我都不能參與，或許也跟這有關吧……」。

「只能相信王爺了……」鄭利記有些無奈：「不過那些離開上山的義軍所留下的家人必定會受到日警無盡的盤問和壓迫。」

「不必擔心，這段期間我有安排一些照應。」蘇有志說道。

「蘇兄有何妙計？」

「前幾日巡狩法會賣出平安符的款項，有一部份這兩天才陸續收款，我都先交給了牛奶吉。」

「高招！」鄭利記馬上理解：「自從余兄到來後，牛奶吉便未擔任庵內要角，應該不會被日警懷疑才是。」

「再加上全臺南的高官都買他的牛奶，他應該還能自由穿梭在市區。」蘇有志繼續解釋道：「這次法會辦得成功，募到相當可觀的資金，只可惜無法換成他們最需要的火力。但剩餘的若要改為救濟這些義士們的家屬，也夠撐一陣子了，希望連偏鄉山區的義士們也能照顧到。」

「蘇兄想得真是周到，利用牛奶吉送貨做掩護來發送物資給家屬，」鄭利記頻頻點頭：「他絕對是最好的人選。」

「正是，若我們真的不幸被關押，牛奶吉還可以透過我在獄中安排的眼線繼續提供情報給我們。」

「這樣布局非常完整，讓蘇兄操煩了。」鄭利記心中十分佩服。

突然，十幾名日警突然闖入庵內開始搜索並大喊：「所有人立刻都到廟埕集合！」香客都大吃一驚也只能配合行事，蘇有志跟鄭利記互看了一眼，也乖乖跟上。

「日本狗竟然來得這麼快！難道蘇東海真的全供出來了？」蘇有志心中暗叫不妙。

「余清芳、蘇有志、鄭利記三人出列。」日警大聲唸道。

「我倆在這，余清芳這幾日不在庵內。」蘇鄭二人配合出列。
「西來庵涉嫌煽動叛亂，奉命逮捕你們。」日警上前將兩人綑綁。
「其他信徒也全部帶走，回去一一訊問。」
一時之間，西來庵被緊急查封，還在裡頭的所有人都被一網打盡。

❖　❖　❖

「報告大帥，探子回報余清芳一群人再兩個時辰到，帶著許多武器和食糧，我們已派人協助搬運物資。」
「怎麼行動這麼慢？不是早該到了嗎？」
「報告大帥，隊伍內不少人是仕紳階級，面對連日山路體力有些吃不消，隊伍速度快不起來。」
「多了這群人可要馬上加緊訓練，否則只是徒增一堆拖油瓶。」江定板著臉說道。
此時的余清芳正領著一大群信徒緩步在山區前行，見到近百人願意跟隨他揭竿起義，他心中十分感動，畢竟要拋下家室追隨王爺的指示需要很大的勇氣。
他們攜帶的物品很多，有最重要偷渡和蒐集來的槍砲，當時都用棺材封好藏在庵內才沒被日警發現，還有許多蘇有志早已備好的的食糧，另外還將一整車的法器帶來，像是余清芳的聖衣、分靈後的王爺神像、香爐及旗幟等等。

許多人連日爬坡累壞了，隊伍只好走走停停。
「剩最後一段路就抵達營寨了，各位再撐著點。」帶路的人喊著。
「慢著，大夥先歇會！」余清芳突然喊道，眾人也停下腳步：「我們這麼多天跋涉的樣子太狼狽。大夥拿出法器旗幟來，我也換上法衣，要讓山上的弟兄們見識王爺的威嚴。」大夥休息後精神一振，比照法會出巡時的陣仗風光出場。
余清芳清楚記得江定在西來庵時對於自己地位並不尊重，他必須讓江定的弟兄也對自己心服口服，這場起義才能順利進行。
江定率領弟兄們親自迎接隊伍，眾人見到陣仗如此之大也嘖嘖稱奇：「終於見到賢弟，王爺總算應允要行動了。」江定再見到後頭的物資豐沛，笑著歡迎義軍團聚。
「江大帥，我等奉王爺之命率領義軍們到此，要以此塊福地作為根據，準備反攻日本帝國。」余清芳看著四周都是陡峭的山勢只有此處特別平坦，不禁讚歎說道：「這塊平坦之地藏在山林之中，真是易守難攻的寶地啊。」
「剖牛湖腹地廣大，除了能容納新弟兄，也適合團練戰略，可以作為新來弟兄的訓練場地。後面這群便是跟著江某出生入死的弟兄們。」所有弟兄在江定後頭朝著余清芳拱手致意，眼中盡是仰慕之情。
「各位弟兄久仰了，我乃五府王爺欽點之乩身，也是抗日的元帥，要多靠各位弟兄一起努力了。」余清芳氣勢非凡，成功吸引所有人目光：「身後這群都是王爺虔誠的信徒，大家拋家棄子來到這，就是準備英勇起義，為了美好的未來一同打拚！」

江定見到弟兄們對余清芳報以期待的眼神反而有些不是滋味，認為他只是乩身且毫無作戰經驗，無須過於重視。

一旁的軍師知道江定的想法，趕緊打圓場說道：「歡迎各位，新弟兄走了這麼遠都累了吧！右手邊這幾間陋室讓各位好好休息，養足了體力才有辦法殺敵。」

大夥緊接著合作卸下辛苦運來的物資，彼此也互相寒暄認識。原本在山上的弟兄許久未見這麼多新朋友，新加入的信徒也從未在山上紮過營，且彼此都有共同的敵人，氣氛一下就熱絡起來。

身體疲累的余清芳看到這副景象，心中也安定許多，他相信王爺在冥冥之中隨時都在幫助著他。

❖ ❖ ❖

湯玉獨自跪坐在門口已經許久，望著外頭黑壓壓的一片心中萬分焦急：「都已經快半夜了還沒回家，什麼事這麼忙？會不會出事了？」

終於，熟悉的腳步聲漸漸靠近，湯玉趕緊打開門迎接，只看到新居全身都是泥塵，拖著疲憊的腳步緩緩走進家中，手腳還有幾道新劃傷的血痕。

「我回來了。」新居臉色十分難看，語氣中也帶著憤怒。

湯玉趕緊幫他褪下全身衣物，厚重的汗臭味悶了一整天令人難受：「辛苦了，洗澡水我熱好了，先去梳洗吧。」

新居洗好澡精神恢復一些，湯玉也熱好飯菜讓他補充體力。

「今天怎麼啦？發生什麼事了這麼晚回來？」湯玉問道。

「看來要忙好一陣子了……」新居邊說邊把一大口白飯塞進嘴巴，迫不及待要將一整天的苦水吐出：「龜山那邊動員區域的所有警察，開始大緝捕所有跟西來庵有關的人。」

「西來庵？不就是蘇頭家的那間廟嗎？」湯玉十分震驚。

「對，蘇頭家和鄭利計已經被逮捕了，但還有許多人逃到附近山區，就要靠我們去追查，今天走了超遠的山路，但完全沒找到人……」。

「蘇頭家還好嗎？他們犯了什麼罪？」

「龜山說他們涉嫌策動叛亂……其實他已經懷疑很久了，從我被調職前就開始，這次恐怕是找到了證據才會出手。」。

「叛亂……那不是重罪嗎？會被判死刑嗎？」湯玉十分擔心蘇頭家。

「聽龜山說主事者是余清芳，很有可能就躲在這片山區。他們還跟臺北和中部勢力有所聯繫，幸好有即時逮到人並逼問出更多同夥，」新居很快把整碗飯扒完，緩了口氣繼續說：「今天在彰化剛逮到一個叫羅俊的，七十幾歲了還非常頑強，被逮捕時還咬斷一名警察的手指。」

湯玉知道余清芳是後來才加入的王爺乩童，聽說很靈驗但沒去找過他：「蘇頭家是明事理的人，應該不會這麼衝動才是啊……」。

「蘇有志是西來庵的負責人，現在當然要先調查，如果沒參與應該很快會被釋放。相信龜山的能力吧，這算是他成立高等警察事務所以來最大的行動了。」

「夫君也辛苦了，山這麼大一座要怎麼找到余清芳？」

「這群人蠻厲害的，有計畫性的同時撤到山中，還假造許多松下會社的通行證，連同物資和食糧也一起運到山上。加上這邊村民根本不願透露任何消息，我看還要忙一陣子，明天也要一早就出門。」

「夫君早點休息吧。」

但真正讓新居憤怒的事還沒說到，他還不想休息繼續抱怨道：「最可惡是吉田這傢伙，趁這機會開始濫用權力抓人，把之前不願意額外給他好處的人，都用參與叛亂的理由把他們關起來，逼他們私下給保護費才放人。還好這事由我全權負責，沒證據的我都先全放回去。都已經夠忙了還要處理這些鳥事，這群混帳根本是來搗亂的。」

新居情緒激動日語愈講愈快，湯玉其實大多都聽不太懂，只能默默守在一旁，並適時地投以贊同的眼神。

「不只這個，我還陸續查到他們長期貪汙分贓的證據……我都祕密傳給龜山，希望之後可以處理掉這群混帳。」新居終於說完，大口喝乾一整杯茶。

「對了，我最近都會很晚回來，外面現在風聲很緊，妳出門要特別小心。像妳常去的張家，阿賽似乎也跟著叛亂份子上山了……」新居紓緩情緒後，再放慢語速叮嚀湯玉。

「阿賽上山了？」湯玉大叫一聲：「那他的家人怎麼辦？張嫂身體不太好，還有三個小孩，家裡收入都靠阿賽啊。」

「他們家避不了要被時常盤查，可能還會被限制外出，我盡量照應他們，但如果屬實，恐怕我也幫不上忙了。」

「夫君，或許阿賽是衝動了點，但他的家人是無辜的，要是……」。

「這我都知道，」新居打斷了湯玉：「但現在情況特殊，妳也要盡量避嫌，勿再去找他們，要是被誤會很難處理……」新居撐不住疲累打了個哈欠。

湯玉心中很難受，收拾完東西後躺在臥榻上徹夜難眠，腦中盡浮現一些可怕的畫面。

16 宣戰

一九一五年・小暑前兩日・噍吧哖支廳內新化區南庄刣牛湖

余清芳和江定領軍站在將臺上，數百名義士集合於刣牛湖廣場，上身赤裸頭上綁著紅布，準備開始隆重的祭旗儀式。

將臺面朝南方，上方插著三支旗幟：中旗，藍底黃虎為幟，中間繡著朱紅「明」字，即是大明慈悲國旗；左旗，紅底鑲黃邊，一圈金環繞著粗黑「余」字，是余清芳元帥旗；右旗，黑底鑲黃邊，一圈金環繞著赤色「江」字，便是江定大帥軍旗。

余清芳穿著金黃聖衣威風凜凜地面對義軍，身後放著長方神案，左有香爐，右有七星寶劍，中間便是五府王爺的分靈神像，更後方列著許多把新舊型步槍和帶鞘大砍刀。

江定把數百人編列為二十隊，並由自己信任的弟兄擔任隊長，所有人一字整齊排開氣勢十分驚人，炎炎夏日也讓眾人情緒沸騰不斷躁動著。

辰時一到，擔任宣令官的軍師大聲宣布儀式開始，鼓鑼聲一齊敲響。余清芳代表眾人上香並朝王爺跪拜：「祈求王爺保佑，讓大明慈悲國起義成功，趕走無良日本帝國，解救苦難的臺灣人民。」

臺下也同時發放符令，並由軍師解釋道：「起義期間每人發放一只避彈符，這是羅俊同志特地向中國高僧求來，數量有限十分珍貴。每個人寫上姓名後將其繫於腰間，並從現在開始茹素修行，便能成功擋住日本鬼子的槍砲。」

「這麼神奇的符令！我們就不用怕日本鬼子啦！」所有人一齊歡呼。

「王爺在上，弟子誠心立誓。」余清芳接著舉起寶劍指向眾人，宣令官領著眾人發毒誓：「弟子願行王爺旨意，於凡間斬殺無良，驅趕日狗！為成大局，弟子置生死於度外，絕不忤逆天意、背叛兄弟、營圖私利！若有違之，願受天打雷劈之罰，並墜入十八層地獄。」眾人跟著一齊拜倒，大夥心中都十分澎湃。

余清芳接著將七星刀傳給江定，江定以刀鋒劃破雞隻喉嚨，並把雞血灑在「明」字國旗上，完成了祭旗儀式。

余清芳起身面向大家，炙熱的陽光直射在身上，跟他火熱的心相互照映。他深吸一口氣，氣入丹田後緩緩說道：「我們臺灣人歷經了紅毛人統治，強加予我們洋鬼子文化，只為了打造他們貿易的中繼站。到了清廷時期，變成滿州韃虜跟那老遠的皇帝控制著我們，最後還把我們割讓給日本狗，到現在都過著奴隸般的生活。我們從來都無法為自己發聲，更從來沒辦法自己當家做主。」

余清芳的話傳到每個人的心中，大家都戚戚然頓時一陣寂靜。

「外人才不管我們死活，把我們的土地亂伐濫墾，把我們的人生玩弄於股掌之間，他們視我們為螻蟻、為玩物。我們善良的百姓們，就甘心被壓榨嗎？甘心被欺負嗎？」

「不甘心！」

「他媽的死日本鬼子！不甘心！」

「不甘心！到底憑什麼！」

臺下反應熱烈，紛紛吼出自己的肺腑之聲。

「如今王爺慈悲，不忍看到大家受苦，更受不了日本狗逆天行道，決心帶領各位起義！王爺授權於我在此正式宣布**大明慈悲國**成立。」余清芳舉起大旗揮舞並喊著：「從此之後，我們擁有自己的土地，做自己的主人！」

「王爺萬歲！替天行道！」

「這是一場神聖之戰！我們要捍衛我們的尊嚴！捍衛我們的信仰！捍衛我們的土地！」

江定和余清芳舉起酒杯：「敬各位弟兄！」兩人一乾而盡。

「神聖之戰！捍衛尊嚴！捍衛土地！」整個廣場殺氣騰騰，大夥的士氣激昂，喊聲震耳欲聾。

看著臺下激昂一片，余清芳知道這群人的生死已交在自己手上，臺灣的未來也是。

❖ ❖ ❖

「你要我調派人力大規模封山？有沒有搞錯？安東貞美總督大人才剛上任就出事？」內田

非常憤怒，瞪著眼前的龜山。

內田將龜山的伯父趕回日本後，自己便獨攬警視總長和民政長官的職位，加上總督才甫上任，他幾乎掌握了島內最重要的權力，連新總督都必須敬他三分。

龜山經過盤查得知事態嚴重，趕緊親自去向內田報告，即便他打從心裡厭惡內田，但也需向他請求支援：「我們一路追查西來庵和彰化賴家的關係，已掌握數名主謀並逮捕到案，這原本是一起串聯北中南的反抗活動，如今反抗勢力僅剩虎頭山區需要圍山。但是西來庵的余清芳與一票死忠信徒已逃入山區，人數有上百人。」

內田原本坐著，聽到趕緊站起：「上百人？他們有武器嗎？」

「我們懷疑他們和山中叛賊江定聯手，就是前年襲擊多次樟腦運輸隊的首腦，他們確實擁有舊式火槍也有作戰的經驗。另一方面余清芳私下儲備不少食糧和物資，恐怕也都已搬入山中。」

「豈有此理！」內田生氣拍了桌子破口大罵，隨即數落龜山：「你們的能力就只有這樣嗎？拖這麼久到現在才發現？還讓人都跑了！這是你的失職！」

「報告長官，這票人行蹤十分小心，我們辛苦追蹤了一年有餘才終於看清整個計畫牽涉的勢力，等他們一露出破綻我們就馬上全數逮捕。」龜山耐著性子解釋：「只是山區居民大多對警方配合度低，加上林徑十分複雜隱密，已多次派出搜索隊未果，才需要長官支援。我需要四百名警力支援兩週，從各方向進逼徹底消滅當地勢力。」

「混帳！犯錯還找一堆理由！」內田再把音量提高：「你不是留學讀書嗎？腦袋不是很好嗎？出了事就來要人幫忙，現在各地警力都很吃緊無法調派。當地已有足夠警力，你自己想辦法收拾。」內田心中盤算著山上的百餘人還不足以對帝國造成威脅，但若能讓龜山扛下出事的責任，就能再處理掉一個眼中釘，於是他不打算幫忙。

龜山看著內田跋扈的嘴臉，心中怒氣難抑。就是這傢伙屠殺蕃人，就是這傢伙把伯父趕回德島，就是這傢伙惡意調走新居要讓自己難堪，現在還被他指著自己鼻子罵，心中實在很不是滋味。

「原始的辦案資料都是由當地警力提供，但他們早已貪腐許久，長期私下逼民眾繳納額外的保護費。」龜山強忍著怒氣繼續解釋：「諷刺的是，這些無辜村民額外還能繳出來的錢就是由山賊所資助，因此當地的居民只會更加保護山賊，甚至幫他們湮滅證據、誤導警察方向，警方也就更難查到。」這些情報都是新居被調職之後暗中蒐集並偷偷傳送給他的，龜山認為內田絕對知情，並推斷就是他暗中包庇了這群劣警。

龜山的音量愈來愈大：「甚至在那群警察眼中，江定早已被擊斃許多年。是我們交叉比對了臉部的畫像和特徵才找到了線索，不然到今日還無法識破他的詐死。」

「混帳東西！你說這些話可有證據？」內田大聲訓斥道，內心卻十分訝異龜山竟能掌握這麼多細節，驚覺情報工作握在他手上還是太危險。

「究責的事可以之後再一併呈報，但抗日事件較為緊急，若不幸擴大可能會有人員犧牲。」龜山知道事情的輕重緩急，便先將私人恩怨擺在一邊：「總之這事件也跟警察本署息息相關，希望長官能派人支援。」

「哼，兩百名警力就給你一週。」內田聽得出龜山語帶威脅便勉強答應：「你要是沒抓到人，總督怪罪下來責任就你自己扛，把官辭了滾回日本吧。」

龜山鐵著臉領命，頭也不回地走了。

❖ ❖ ❖

湯玉整理家中多餘的食物，用黃麻袋裝了一大包放在門口，再帶著新居要她收好的木令牌才能順利在外自由行動。雖然新居要她不要出門，但她實在無法坐視不管外頭受苦的人們，尤其是最近剛結識的幾戶人家鐵定快斷糧，湯玉決定帶著食物去暗中救濟。

「都準備好了嗎？」湯玉才剛出門就聽到熟悉的聲音，是陳岱推著車來到門口，上頭還有五大包黃麻袋裝著滿滿救援的食糧。

「天啊，你哪來這麼多東西？」湯玉知道自己無法搬運太多食物，才請陳岱來幫忙，但沒想到他還帶來更多食物。

「我自有方法蒐集，先走吧，今天有好幾個地方要去呢！」陳岱帶的物資其實是牛奶吉託他來分發給山區的義軍家屬的，也就是蘇有志私下準備的救濟物資。

山區村落間原本來來往往的人群如今都已消失，大批日警來到當地支援封山，到處都有巡查站崗並嚴格限制來往者的身份和目的，就是不讓民眾有機會跟反賊聯絡。湯玉和陳岱兩人戴著斗笠低調地上路，幸好他們各自有警察的木令牌和郵袋，順利避開了沿路的盤查。

湯玉到了張家門口敲門，阿賽的妻子表情驚恐地只敢開一小縫，深怕是日警又來找他們麻煩。阿賽妻子見到是湯玉鬆了一口氣，慌張探了四周無人，才要她趕快進門，陳岱遞給她一大袋食物便先離開繼續送貨去。

阿賽妻給了湯玉一個深深地擁抱，兩行眼淚也流了下來。湯玉輕撫著她的背部並看著阿賽一家人各個瘦骨如柴，心裡十分不捨。

「太感謝妳了，阿賽……阿賽他只是一時衝動被騙上山了……」。

「大家……都辛苦了，」湯玉也不知道該如何安慰他們：「你們要照顧好自己，阿賽回來也要見到你們平安健康的。」

「謝謝……謝謝……要不是妳送食物來，我們一家真的會餓死，現在這樣根本沒人敢靠近我們，就怕被日警誣賴。」

「這事有這麼嚴重？」

「日警全都繃緊神經挨家挨戶徹底搜索，什麼事都可以誣賴。現在出去砍柴或農務也會被懷疑是加入反賊，家裡的除草刀和醃了一桶的醬菜也被懷疑是抗日的武器或準備，」阿賽妻愈講愈無力：「大家生活已經夠苦了，現在還無法出門幹活，連活著都有問題……」。

湯玉一時語塞，只能再抱抱她。

「天上的神明啊，觀世音菩薩、佛祖、媽祖娘娘、王爺、濟公師父啊，您們有沒有看見我們在凡間受苦難啊……是不是我們做錯了什麼事情要被懲罰啊？求求您們幫幫我們啊！」

看著阿賽妻無奈地哭喊，湯玉能瞭解她的痛，要是哪天新居失蹤了，她必然也無法承受：「放心吧，我答應一定會持續送食物來的，但你們也要努力照顧好自己，等到阿賽回來的那天。」

面對數百名日警從虎頭山四周的封山搜索，義軍只能坐困山中並提高警覺注意日警的探察，而山區的生活條件自然不比市區，信徒們的熱血逐漸被磨耗而開始躁動，甚至有人開始懷疑上山的決定。加上余清芳聽聞蘇有志等人已遭逮捕，心急之下決定去找江定。

❖ ❖ ❖

「日本人封山已經第七天了，現在外界物資完全運不進來，要是他們繼續封下去怎麼辦？王爺不是要我們上山枯等的。」余清芳對著江定問道。

有豐富作戰經驗的江定見到余清芳沉不住氣，搖搖頭說道：「元帥稍安勿躁，不要忘了現在日警是要來抓你們的，原本咱們弟兄在這躲著得好好地，可沒被封山。」

余清芳有點惱羞，決定不搭理這番話：「人都來了，我們不打算迎擊是要永遠做縮頭烏龜嗎？上次祭旗完兄弟澎湃的氣勢都被悶壞了。」

江定表情變得嚴肅，也將嗓門拉高：「新來的弟兄什麼都不會，現在上戰場也只是砲灰。當下最重要是加緊訓練，才不會因經驗不足而慌張，盼元帥也能冷靜行事。」

一旁的軍師也點頭分析：「大帥所言極是，現在日警人數眾多我們絕不能跟他正面衝突。敵方不可能維持這樣的警力太久，加上附近居民也都痛恨他們，不會讓他們找到來這的路。我們的優勢在於移動快速且無法預測，等他們回到正常崗位鬆懈後，才是我們最好的出擊時機。」

「我們真的什麼事都不能做嗎？」余清芳問道：「上週收到蘇頭家已被逮捕的消息，再來就音訊全無，我很擔心他們……」。

「現下這幾天消息都被封鎖沒人敢上山傳信，或許可安排人手下山刺探情報，順帶看看敵方狀況如何。」江定點點頭。

這時江憐毫不猶豫踏出隊伍：「父帥，孩兒願做先鋒！給我身手矯健五人便能避開日本軍警，探得情報。」

「憐兒驍勇善戰這麼多年從未讓我失望過，人手你自己挑吧！」江定臉上滿是驕傲，江憐的領導能力也早就獲到弟兄們的認可，從沒人質疑過。

「拿符紙與香來！」余清芳喚著信徒：「我要親自幫江憐少帥祈福除厄！」余清芳緊閉著雙眼口中唸唸有詞，手持點燃的符紙將江憐全身劃過一遍，祈求王爺能保佑任務順利。

17 出擊

一九一五年・小暑・臺南廳直轄永仁區桶盤淺庄陳家牧場

西來庵遭圍捕後，牛奶吉確實被日警抓去問話，但也如蘇有志所預料很快就被釋放。他的生意未受影響，只是送貨沿途多了些檢查的哨口，大家也早已熟悉不會對他盤查，可以順利完成蘇有志交代在市內敨濟的行動。

「怎麼這麼晚才回來？」牛奶吉繞了一大圈才回到牧場，而陳岱已在裡頭等候許久。

「推著一大堆貨東跑西跑好累，我的腰痛又復發了，快來幫忙裝貨。」牛奶吉喚著陳岱。

「這邊存糧這麼多，是要發到什麼時候？」陳岱邊搬邊問。

「這事沒這麼快結束，趁現在府城還沒封鎖趕緊發。」牛奶吉拿了毛巾擦擦汗並喝了一大口水：「山區那邊居民狀況如何？」

「我跟湯玉發送了不少戶，那裡情況比這邊嚴重多了，隨時會有斷炊的危險。」

「你今天再運一車上山吧。日警的狀況呢？」

「只知道大批日警還在搜山，閒雜人等都不能隨意移動，管得可嚴了。」

牛奶吉把最後一袋食物推給陳岱，輕輕一笑：「那你跟湯玉，相處得如何？」

「她很擔心附近的新朋友，對於能及時幫助他們很開心。」陳岱突然被問笑得靦腆：「看她開心我就開心。」

「你們也是幫了義軍大忙，讓他們不會有所牽掛。」

「你知道的，我對抗日沒興趣。」陳岱將最後一袋糧食搬上牛車，開始用麻繩固定準備出發。

自從余清芳等人上山後牛奶吉就經常做夢，夢境總是跟義軍相關，就像真實看見義軍上山後的情況。已經許久未直接被王爺上身的他，王爺那清澈的聲音再次出現在他腦海中，有時會直接將指示傳達給他，醒來後他還會特地透過擲筊再三確認，就怕自己誤會了王爺的意思。

而有些指示必須靠陳岱幫忙，牛奶吉便向陳岱開口：「最近王爺有給我一些指示，起義這事近日內恐怕會有鉅變，要請你幫忙跑一趟。」

「恩人你儘管說吧，我照做就是。」陳岱爽快地答應了。

牛奶吉說道：「十六日午時，你到河表湖派出所附近走走，自會有人領著你。」陳岱點點頭，默記在心中後便推著木車離開了。

❖ ❖ ❖

一九一五年・小暑後六日・噍吧哖支廳內新化區南庄刣牛湖

「憐兒出發已過五天，以他們的腳程應該要回來了。」江定踱著步擔心會發生意外。

「大帥不必擔心，江憐身手矯健，定能順利完成任務。」軍師似乎能讀到江定的心思。

江定還有另一個擔憂：「新夥伴訓練得如何？」

軍師搖搖頭：「大多人連架都沒打過，現在比畫比畫還可以。等真正上了戰場、見到鮮血四溢的場面，恐怕還是一群拖油瓶。」

「開戰前務必要讓他們體會手刃敵人的感覺，幫我吩咐分隊長，若逮到日本人後可不要讓他們死得太輕鬆，要讓新夥伴試試身手。」江定表情變得凝重，似乎已能預見將來混戰的場景。

「報！偵查隊即將回營！」探子飛奔而來。

「好！我來親自迎接憐兒！」江定轉身就走，他開心地沒見到探子表情有異，只有一旁的軍師注意到。

江定來到營寨外迎接，卻只見到五人垂頭喪氣地回來，不見江憐身影，他們在見到江定後，都趕緊將眼神撇開。

「憐兒呢？」突然江定心一沉：「他還在後頭嗎？受傷了嗎？」

那五人你看我，我看你，沒人敢回答。

「說話啊！」江定一聲怒吼。

「報……報告主帥……」阿華支支吾吾：「我們回程時在北寮庄發現落單日狗，少帥堅持要切斷電話線並偷襲日警，結果發現有埋伏……大夥跟日本人拚了命……少帥英勇殺死一隻日狗……但……但也被射中四槍……少帥……當場就沒氣了……屍首也來不及救回……」。

江定眼睛瞪得老大，額冒青筋，氣血攻心，正打算破口大罵，眼前突然一陣黑。

「大帥！聽得到嗎？有沒有哪裡不舒服？」江定漸漸恢復意識，軍師趕緊遞杯熱茶給江定，余清芳和其他人站在後頭，氣氛十分凝重。

江定喘了喘氣，腦中回憶起得知噩耗的片段，胸口又傳來一陣悶痛。

「大帥，需要請大夫來？」軍師著急地問道。

「我沒事……」江定揉著胸口，緩緩調節著呼吸緩和情緒。

所有人看著他，也不知道該說什麼，眾人就在營帳中一片靜默。

「我本為世家後代……」江定坐起身來，強忍著情緒緩緩說道：「家境不錯，過著舒適的日子，住著寬敞的大宅跟鄰里相處甚睦。我還當過區長，幫地方解決了不少糾紛，憐兒說白點，是含著金湯匙出生的……」。

所有人都知道江定正承受著椎心之痛，便安靜地聽著他娓娓道來。

「之後我帶著憐兒在山中長大，環境如此惡劣，他從不喊苦，還盡全力達到我的嚴格要求……為父我從沒讓他享受過，他還這麼年輕……」江定回憶湧上心頭，一時哽咽語塞。

「一切都是多年前那個王八張棰司惹出的事……」軍師悲痛地跪下在地，語氣滿是悲憤：「那個漢奸仗勢欺人，見家妹美色起了淫念，利用公務支開我與家人想趁機汙辱家妹，幸好大帥正好經過，替天除害殺了那混帳，卻也開始了逃亡之路……這一切都是我害的……」。

「唉，要怪就怪日本狗吧……」江定嘆了口氣扶起軍師，緩緩喝下熱茶紓緩情緒。

「大帥請節哀，」余清芳插上話安慰：「望大帥能化悲憤為力量，大夥一同為江少俠報仇！殺個日本人措手不及！」

軍師也趕緊補充道：「稟報大帥，偵查隊回報日人已取消封山，且大批支援警力也撤退崗位，只剩下小部份人改從後倔仔山西南方緩步進入，現在正是我們出擊的大好時機。」

江定自己知道身為領袖必須趕緊收起情緒，仍須以大局為重。如今憾事已無法挽回，他心裡暗中立下誓約，定要手刃日狗以祭憐兒在天之靈。

江定點點頭奮力拍桌站起：「要各位弟兄準備好！現在是反攻的時刻！一定要替憐兒報仇！」

就在此時，一旁的余清芳突然抖動身軀，並跌坐在椅子上開始搖頭晃腦。

「是王爺！王爺要駕到啦！」周圍的信徒興奮異常，趕緊張羅法器和聖衣，其餘人在余清芳周圍跪下準備恭迎王爺上身。

「江定聽命。」王爺上身後緩緩說道。

這是江定初次親眼見到王爺上身，盯著整個過程看到出神，一被點名馬上率領弟兄誠心朝王爺跪拜：「江某拜見王爺。」

「江憐英勇無畏，本府將納入麾下照料，爾等無必擔心，僅需專注於起義。」

江定聽到王爺會照護憐兒便卸下了心中的罣礙，兩行眼淚落了下來：「感激王爺厚恩！」

王爺接著一手拿著燃香，一手掐指計算，並走到一幅廣大的地圖前，上頭標記著各個派出所的位置。

王爺將香點壓在大坵園派出所上，棉布馬上被燒出焦黑圓點。

「明日巳時，派十人圍攻此處。」王爺吩咐著，軍師在一旁趕緊記錄。

王爺再將香點到蚊仔只派出所：「後日亥時，再派二十人圍攻此處。」

就這樣，王爺一連明確指示了進攻五處派出所的位置和時間後，隨即抽離乩身。

「感謝王爺指點！」軍師大喊道：「兄弟們！有了王爺的神諭，該是我們大展身手的時刻了！讓我們用日本狗的鮮血祭拜江憐的英魂！」

弟兄們大聲吶喊，要將不滿和怒氣發在日本人身上。

❖ ❖ ❖

日警翻遍西來庵沒找到參與叛亂的名單，便濫捕了在場所有的香客。此外還利用庵內曾經捐贈香油錢的名單來抓人訊問，就是不願放過任何一絲線索。

臺南監獄占地不大，現在裡頭更是人滿為患，本來生活環境就很差，如今更是雪上加霜。犯人們沒有足夠空間可以躺臥，食物也供給不足，必須用搶的才能吃到，還要跟自己的排泄物關在同個空間中。

日警陸續審問所有被關的人，不斷威脅著他們要把全家人都抓來，並同時擺著認罪狀與其他人的名單，受不了的人只要簽下認罪並圈出其他三名同夥就可從輕判刑，但要是不認罪又提不出清白證據的人，就要被繼續關著。除了要忍受惡劣的環境外，還時常被日警無端毆打怒罵，無辜的信徒們幾乎快被逼到崩潰。不過大多人都是無辜遭殃，即使被逼也問不到什麼資訊。

蘇有志則是因為龜山交待要親自審問而被關在獨立牢房裡，環境相對舒適許多。蘇有志身體沒受到折磨，但心理上的折騰讓他很難受，許多信徒他都熟識，連天的哀嚎和哭喊他都聽在耳裡，空氣中帶著糜敗的惡臭也令人無法安定。

蘇有志望著手中的饅頭，只能雙手合十祈求王爺能保佑祂的信徒們。

他一口咬下，卻咬到了一張紙條。

❖ ❖ ❖

一九一五年・小暑後九日・噍吧哖支廳內新化區南庄河表湖[13]

一行十人隊伍終於走出林徑，他們身上都帶著兵器，不過大多是農務用，像是鐮刀、鋤頭，甚至連菜刀也有。隊伍由江定麾下的大將李元帶隊，目標是要在王爺的指定時辰偷襲河表湖派出所。

他們從前一日中午出發，一路翻山越嶺只在夜間稍作休息，日出後繼續趕路，如今他們已離目標不遠。隊伍中大多是新加入的信徒，經過幾週的臨時訓練，首次出擊大家心中既緊張又興奮。

「怎麼會挑大白天偷襲？不是很容易被發現嗎？怎麼不趁半夜來？」李元照著王爺的指示帶兵出發，心中卻還是擔心。

「王爺算過的好時辰必然有祂的道理在，我們一定能成功的。」一旁的信徒阿三胸有成足地說道：「只是我們凡人沒辦法想通而已，這我有太多次經驗了，王爺最後一定都是對的。」

李元聽了搖搖頭：「打仗憑的是真本事，這樣毫無根據的出擊，賠上的還是我們的性命啊。」

「報告隊長，前面就沒遮蔽物了。」領路的人打了暗號要大夥停下腳步。

「給我地圖。」阿三從背袋中取出地圖遞給李元。

「派出所就在前方不遠處，先派兩名前鋒去觀察，其他人找掩護躲好。記得千萬不要露出馬腳，連平民也要注意，我們不知道誰是奸細。」李元小聲交代道：「通常白天都會有日狗站崗，務必謹慎，誰要去？」

這時在大街上，也有一人在相同時間來到了河表湖派出所，他揹著竹簍好奇地東張西望，這人便是聽從牛奶吉的指示來到這的陳岱。

「這附近村庄我很少來，也沒認識的人，還真不知道要幫什麼忙？」陳岱摸不著頭緒，只能先在派出所附近晃晃，他觀察到裡頭日警只有三名，其他人應該是被分派去巡山了。

這時，他又見到派出所旁的樹叢裡，有兩名男子正緊張地探頭探腦，動作笨拙又僵硬。這兩人朝了陳岱看了一眼又馬上心虛地把眼神撇開，一看就知道有問題。

陳岱決定繼續窺探，等到離開視線後再回頭監視他們的一舉一動。

那兩人確認四下無人後，比了手勢要後頭的人跟上，接著往派出所繼續前進，他們已經亮出刀子。隨後的草叢中冒出更多人頭，緊張地盯著兩名先鋒的動靜。

「他們要偷襲派出所？難道他們就是義軍？」陳岱心裡猜測：「但這身手不太熟練啊，一定會被發現。難道王爺是希望我能幫助他們？」

陳岱快步向前換個位置，讓自己跟義軍和派出所形成三角關係，好隨時觀察並上前行動。

陳岱見兩名前鋒已經到了派出所外牆，抬頭望見裡頭警察不多，便再比出手勢要其餘弟兄趕緊跟上。但從他們的角度看不見有一名警察已經起身，正要朝後門走去。

照這態勢，剩下的義軍馬上就會曝光。

「要是他們沒辦法第一時間做掉那名警察，讓他成功求救報信，裡面兩名警察應該都有佩槍，到時候就很難處理了。」陳岱心中思索著該如何介入：「那群義軍中帶頭的看來是練家子，身材精壯身手應該不錯。但其他人都很外行，還都拿著破爛武器，這要怎麼殺敵？」陳岱握著腰間銳利的匕首，壓低身子隨時準備出擊。

帶頭的李元順著暗號衝出草叢，才踏出三步馬上就見到一名日警正走出後門，正要轉頭發現他們。他一個手勢，要所有人馬上臥倒在地並尋找掩護，但情況緊急，後頭的跟班都沒跟上狀況，愣在原地被警察直接看見。

「你們是誰？在派出所幹嘛？」那名警察看他們手拿著武器便放聲大吼，並準備拔槍。

這時做先鋒的阿三阿四剛好躲在旁邊，見事跡已經曝露，決定要跟日警火拚。阿三先跳起先抓住日警要拔槍的手，阿四拿著鐮刀就往日警肚子捅去。

日警完全沒想到身旁還有人埋伏，只見到鐮刀已經有半支插進自己肚子內，鮮血馬上染紅了制服，另一手又被壓制只能放聲大叫。

裡頭的兩名警察前一刻聽見有人靠近派出所早已呈備戰狀態，現在馬上拔槍衝出派出所，要擊斃眼前的敵人。

躲在一旁的李元看到日警衝出支援，他馬上一個翻身就到日警身旁，握著手中的大刀提氣一揮，直接一刀砍下日警的人頭。

但就在這一瞬間，他聽見了手槍上膛的聲音，另外一名日警已經舉槍瞄準著自己的頭。那日警表情十分慌張但眼神堅決，瞬間就要扣下板機。

李元在這一刻已經知道自己將要陣亡，他閉上眼睛準備領死時，卻只聽到一聲悶響，手槍並未擊發。

我還活著。

李元睜開眼睛，是陳岱突然出現在日警身後，俐落地用匕首劃破了日警的喉嚨，瞬間鮮血狂噴，並且一個彎腰將日警摔倒在地。

他一氣呵成沒有任何多餘動作，瞬間解除了危機。

「敢問英雄大名？李元救命之恩，感激不盡。」李元用衣服擦掉臉上的日警血跡，雙手抱拳向陳岱致意。

「我是陳岱，你們可是王爺的義軍？」

李元驚訝地看著陳岱，日警四濺的血竟然沒一滴濺在他身上：「正是，大俠身手了得，若願意加入義軍行列，絕對是如虎添翼！」

「我對抗日沒有興趣，你身手也很棒，但其他人，還需要多多訓練。」陳岱看著其他人全都嚇到腿軟坐在原地，只有兩名前鋒還壓制著腹部中刀的日警。

「這是他們第一次出任務……確實還需要磨練。」李元搖搖頭。

「派出所內應該有一些武器可以拿走，你們動作盡快吧，我擔心其他日警很快就回來了。」陳岱擦了擦匕首，收回皮製的刀鞘中。

「再次感謝大俠拔刀相助，在下沒齒難忘。」李元再朝陳岱致意並目送他離開。

「把日狗拉起，壓在牆上。」李元命令道：「其餘的人，一人一刀了結他的性命，這是大帥給你們的功課。」

那名日警口中被塞入破麻布，根本喊不出聲也無力掙扎，只能看著好幾雙眼睛盯著自己，他眼淚不斷流出，希望義軍們能饒他一命。

義軍們看著手無寸鐵的日警，憐憫心作祟下，握在手的刀子捅不下去。

「做什麼！」李元朝著他們怒吼：「剛才若非有人幫忙，很可能死的是我們，你以為他們會憐憫我們嗎？」

李元見他們仍不敢動作繼續大罵：「平常他們怎麼欺負你們，忘了嗎？女人怎麼被他們蹂躪的？」李元激動地說：「要是連這刀下去的決心都沒有，你們就回家吧，不要回營寨了。」

義軍們你看我，我看你，知道李元說的有道理，便照著命令，輪流一刀刀地結束日警的性命。

13本節描寫之「河表湖派出所遭襲事件」，按史料記載發生日期為一九一五年七月十一日，為劇情發展需求加以改編，延後至七月十七日，特此註記。

18 目標

一九一五年・大暑・臺南廳直轄永仁區仁和里牛稠仔庄高等警察事務所

太陽早已下山，但龜山仍在辦公室，對於為期一週的封山行動失敗而苦惱著。虎頭山的地形超乎想像地複雜，叛軍除了擅長掩埋足跡外還會製造假路徑，讓日警浪費更多資源而疲於奔命。即便日警已經鎖定並逐步縮小範圍，但一週的時間仍不足以讓他們找到叛軍的本營。

明明已經成功包圍叛軍卻被逼著要收兵，龜山對於內田總是限縮他的資源感到十分無力，這時又急又快的腳步聲接近讓他提起戒心。

「報告龜山警視！叛軍有動作了！他們今早陸續襲擊多處派出所！」佐佐木巡查跑來回報消息。

「什麼？我們才剛撤就有動作？快說！」龜山一邊拿出虎頭山附近地圖攤開，上頭已經標註之前封山搜索的區域。

「大坵園派出所，巡查服部莊五郎及其家眷等六人遭殺害……」。

「蚊仔只派出所，巡查部長澤照太郎等共四人遭殺害……」。
「河表湖派出所，巡查佐竹伊勢吾等三人遭殺害……」。
「小林警察駐在所，巡查麻生美歲遭殺害……」。
「所有人皆被殘忍殺害，全身上下刀痕累累……現場十分駭人……且派出所內槍械武器與物資皆被叛賊劫走……」。

龜山全身發抖，驚恐地將地點一個個標記在地圖上，沒料到事情轉變如此之快。

「這幾個地點都相距頗遠，」龜山冒著冷汗邊看地圖說道：「也不是很特殊的戰略位置，怎麼會突然挑選這些地點攻擊？」

「這幾處派出所有個共同點……就是昨日都正好輪值要繼續搜山……」佐佐木說道：「所以派出所留守人員甚少，讓對方有人數優勢。再加上叛賊事先切斷電話線，讓他們無法求救……等到其他警員回來後發現慘狀才趕緊通報……」。

「他們怎麼可能知道我們的輪值表？還專挑小型派出所攻擊。」龜山推斷後說道：「恐怕是先以搜刮槍械為主，他們可能隨時會再進攻！」

「叛賊又來了！最新電報！」又一名警察趕緊衝入。

「還有？」

「甲仙埔支廳傍晚也遭襲擊，本島人巡查補三人、內地人巡查及其家眷等六人皆遭殺害，帶頭的江定還……還在屍身留下信物挑釁……」。

「什麼信物？」

「西來庵的平安符……」警察繼續說：「當地警察回報，派出所遭襲後各地民眾紛紛響應加入叛軍，甚至還提供物資和食物跟叛賊一同上山……」。

龜山氣得重捶桌子：「之前我特別訂的搜山輪值規矩，有如實照辦嗎？」

佐佐木趕緊回答：「報告，一切都照長官的吩咐進行：搜山行動的輪值都是前兩日才抽籤決定，而且只有被排到的派出所知道。除非所有派出所都有內應……還要想辦法在兩天內將情報送到山中，再加上他們從深山出發路程也很遠，時間點對不起來。」

龜山自己心裡明白，就算有內應也難如登天，心中冒出一個念頭：「難道……真有神力相助？」

龜山又想起和余清芳在西來庵的談話，彷彿祂真能看見一般人看不見的事……龜山趕緊把雜念撇開，將注意力拉回到地圖，必須先解決燃眉之急。

「傳達命令，各派出所即刻起停止搜山。」龜山說道：「對方對於山路太過熟悉，我們再深入也只會踏入敵軍的圈套，先做好防備要緊。」

「將叛賊攻擊手段傳給各派出所，要各單位嚴陣以待，就怕他們再突襲。另外要求單位安排演習，也要保護好警察的家屬，先做好避難場所的安排。」龜山給的命令十分精準，大夥趕緊去發送情報。

「看來這事鬧大了……」龜山搖搖頭說：「我要再北上一趟。」

「內田長官恐怕會罵得更難聽……」佐佐木巡查臉色難看地說道。

「這次要直接去見總督了，」龜山表情凝重：「不過出發前，我要先去找蘇有志。」

❖　❖　❖

「那時候日警突然衝出來，我嚇到差點挫屎！」阿四坐在營寨的營火旁，說著偷襲派出所的經歷給大家聽，大家擠來擠去搶著聽故事足足圍了五圈之多：「阿三也在我旁邊，他反應超快！直接跳上去抓住日狗的手！」

「太刺激了吧？這樣就制伏了嗎？」一旁的人鼓譟著還想聽後續。

「當然沒有，那日警很有力馬上就要掙脫。這時我大叫一聲，就用手上的鐮刀直接往他肚子砍下去！」

阿四做了誇張的動作跳起，並揮動他的手臂：「那傢伙鮮血狂噴，直接放棄掙扎昏死了。」

「兄弟好身手啊！一刀就制伏那王八蛋！」

「一刀捅進日狗身體的快感真的無法形容，一開始有點害怕，但想到他們怎麼欺負我們的，就一口氣多給他幾刀，痛快得很！」阿四表情十分得意，享受著英雄般的歡呼。

有參與突襲的義軍你一言我一句，紛紛把當下遇到的狀況加油添醋，編織成數場充滿神蹟的精采故事。眾人無不讚歎王爺的神機妙算，心中對於起義充滿了信心，也讓替祂代言的余清芳聲勢不斷攀高，無人不敬佩仰賴其通靈能力。

而另一頭，阿三在突襲後心情則是十分沮喪，私底下向余清芳尋求開示：「元帥……我從來沒傷害過人，連架都沒打過……但昨天竟然殺了人……我整晚都在做惡夢，夢到那日警回來找我報仇……」。

余清芳早已預想到會有這種狀況並做好準備，他拍拍阿三的肩膀，要他抬頭望著自己雙眼：「阿三不必擔心，這次行動是遵從王爺意旨，你是替天行道，不但無罪還有功德。」余清芳的語氣十分篤定：「日本狗作惡多端，下地獄還會再接受審判和酷刑，這一刀根本不算什麼，你不必放在心上。」余清芳拿出符紙，點燃後在阿三頭上化解。

「聽元帥這麼說我就放心了！感謝王爺！感謝元帥！」阿三感謝余清芳：「感恩王爺讓我們行動有如神助！還趁這次機會吸收了更多義士！」

「義士到處都有！這次起義我們就是正義的一方，更重要的是王爺對於信眾的庇護，這次行動我軍完全無人傷亡，必定還能吸引更多民眾加入！」

余清芳見到阿三釋懷地離開十分欣慰，是他自己的力量幫助了迷惘的信眾，加上這次偷襲完全成功，也讓他的心態起了一些改變。

「江大帥凱旋歸來啦！」探子開心地跑回營寨回報。

大夥聽到消息興奮地集結準備迎接江定，他們也是這次突擊的五支隊伍中最晚回來的。余清芳故意走到最前方，氣定神閒地準備迎接大捷的消息，也想得到江定的肯定和尊重。

江定帶頭步出叢林，臉上卻沒有笑容也沒停下腳步，更駭人的是，他手上還提著一顆日警的人頭。那人頭頸部的血已流乾，表情猙獰，凍結在他生命消失的那一剎那。江定氣勢之強，所經之處全部人都紛紛讓道，他一路往營寨後方走去。
弟兄們一路跟隨，心裡都明白江定要去哪裡。
江憐的石碑就立在營寨後方，每天都有弟兄獻上鮮花和美酒緬懷這位英勇又和善的好弟兄。江定將日警的人頭放在石碑前，喚人把酒拿來並淋在石碑上。
「憐兒，為父的親手幫你報仇了。」江定情緒激動地低語著：「不只是我，拜把的弟兄們也全數告捷，我們今天痛宰了日本狗！你在九泉之下，可以安心啦……」。
江定把酒大口喝下肚，轉身敬各位弟兄：「弟兄們！辛苦啦！打了場漂亮勝仗！」
「萬歲！萬歲！」
「這次行動，我們成功宰殺了二十六條日狗！」江定大聲宣布，大家陷入狂喜，瘋狂地吼叫著。
「不只如此，我們從各個派出所搜刮了十數支長槍、六把手槍和近百發子彈！更重要的是，我們號召了更多的弟兄加入！熱情的民眾還提供食物和物資支援我們！我們就是正義之師，靠我們來收復臺灣！」
「正義之師！收復臺灣！」大家興奮地喊著。
江定接著高舉拳頭，眾人瞬間安靜。
「這次行動大捷，全要歸功於王爺的神算。」
一旁久候的余清芳聽到江定提到王爺，知道自己是行動不可或缺的因素，他再次移到前方準備接受弟兄們的喝采。

江定卻突然宣布：「全體朝向王爺神像，行三叩首禮。」所有人也跟著動作，面朝遠方的王爺神像行跪拜大禮，完全忽視余清芳的存在。

余清芳愣在原處，心中滿是失落甚至有些憤怒：「我才是王爺特地指派的元帥，也是得到王爺旨意的唯一途徑，到底要怎麼樣江定才會尊重我？願意追隨我和王爺的腳步帶著大軍繼續打勝仗？」余清芳心中問著：「王爺請指導我該怎麼做，求您給我指示，讓我能展現您的力量和神威……」。

就在此時，他再次感應到王爺要上身，那股全身的無力感再次傳來，腳也開始不聽使喚踩著七星步。

「是王爺！王爺又要降臨了！」信徒見余清芳有起駕動作後興奮地叫著，並趕緊取出法器準備。

所有人也驚呼，經過上次的神算之後，大夥更屏息以待王爺的神諭。

「給本府一把香。」王爺上身完成後，語氣清冷地說道。祂再次緩緩走向營寨內掛在牆上的地圖，跪地的江定也率領眾人趕緊起身跟上。

地圖上留下許多上次燒焦的黑點，無規則地散布在山區附近。王爺掐指運算，在地形間反覆思索。

最後，王爺捻著香頭，全數壓在同一點上。

江定趕緊過來看，轉身大喊：「南庄派出所！」

王爺正色宣布：「八月二日正午，全軍進攻！」

所有人歡聲雷動，一齊跪謝王爺。

❖ ❖ ❖

「我帶人去圍山一週，不只沒捉到人，還讓二十幾名日警被叛軍殺害。」龜山有些生氣，在蘇有志的單人牢房中獨自訊問著他。龜山本能性地拿了手帕摀住口鼻想遮擋監獄內難以忍受的氣味：「叛軍的基地到底在哪？人數有多少？武器彈藥有多少？重點是你們有什麼計畫？」

「我不知道什麼叛軍，」蘇有志照著串供說法回答：「我只負責處理廟裡的事，像是籌辦建醮法會那些。余清芳私底下做了什麼事我都不知情，也不知道他們跑去哪了。」

「你當我是笨蛋嗎？」龜山語氣更不開心了：「你們一整年的聯繫活動都在我們掌握之中。現在中部和北部的勢力已被瓦解了，光憑現在這些人就想推翻帝國？不要異想天開了，問題只是能撐多久而已。」

蘇有志知道龜山說的是事實，眼神不敢對到他，避而不答。

「現在事情已經鬧大，我正準備向總督報告，如果你能提供情報，我還能跟總督說情；要是我毫無進展去找他，他很可能會出動軍隊，到時候上山的那群人絕對凶多吉少。」龜山直瞪著蘇有志：「我知道你是聰明人，不需要我多解釋。現在辦案還是我全權掌權，如果你現在願意透露資訊或勸降叛軍，我能保證所有人都受到公平的審判；要是換成內田率領軍隊出動，你們一定死傷慘重。」

蘇有志沉默半晌才終於開口：「你相信神嗎？這個計畫是王爺的神諭，我們只能遵從。」

蘇有志表情凝重不願再透露更多。

「我當然不信。」龜山斬釘截鐵回答：「你們現在做的事，只會讓臺灣情況變得更糟，我完全不能認同。」

「臺灣人有很強烈的信仰，是你無法理解的。」蘇有志說道：「現在大家的日子都過得很苦，只要帝國繼續壓榨人民，王爺和余清芳替天行道的號召力仍舊強大。」

「替天行道？神明叫你們去送死，你們就乖乖去？」龜山問道：「現在事態已經嚴重到驚動總督了，內田絕對會主張強力的武力鎮壓和大舉的濫捕濫殺，到時候會有更多無辜的受害者。我可以理解臺灣人的痛苦和不滿，但此刻是最好的收手機會，你們達到抗爭的效果，也能少流點血，這才是雙贏的局面啊。」

此時的蘇有志心中波濤洶湧，畢竟龜山的字字句句都說中到潛藏在內心深處的憂慮。目前的狀況對起義完全不利，不但有可能犧牲更多人的性命，甚至持續進攻，有可能達到反效果，讓總督府對臺統治更加強硬。

蘇有志幾乎就快被龜山說服了，但長年以來對王爺的信仰支撐他，想著山上的同夥們都還在努力，此刻絕不能放棄。他要知道自己待在這裡的原因，並且全力完成王爺的旨意。

「王爺的眼界和神力不是凡人能理解的。我誠心相信王爺會為臺灣人做出最好的決定；就像祂要求我留在庵內，被你們逮捕一樣。」蘇有志強作鎮定地說道。

「是王爺要你留在庵內被抓的？」龜山十分驚訝。「難道連我在這審問蘇有志，都在祂的算計當中？」龜山仍然無法理解。

「祂到底想做什麼？」兩人心中的疑問一致，卻也都無法獲得解答。

❖ ❖ ❖

德章和柳到警局與新居會面，準備參加南庄派出所針對叛軍偷襲的演練，要讓大家知道敵軍來襲時該如何避難。新居看著時間已愈來愈近，緊張地到處張望，整個派出所的警察和家屬將近三十人都已到齊，就只缺湯玉一人。

「母親剛說有急事要出去一趟，吩咐我先帶著德章趕緊來派出所，她說她等會就到。」柳小聲地說道。

「她是不是又拖著一堆黃麻袋出去？」新居搖搖頭用氣聲問道。

「父親，您怎麼知道？」德章驚訝地問道，柳則露出責怪的眼神看著德章。

「我當然知道，你們的母親心最軟了。最近管制得太嚴格大家確實都不太好過，但她這樣亂跑……自己的安危還是要顧啊，要是半路遇到叛賊怎麼辦？」新居十分擔心。

鈴！鈴！鈴！

突然之間警鈴大作，有警察跑來大喊：「演習開始！叛賊來偷襲了！同仁到前方集合應敵，家屬往後集中躲到倉庫！」

所有人紛紛起身開始動作，大家排隊且秩序優良地照著指示各自避難。新居見湯玉還沒來只好作罷，將孩子們託給派出所內的年輕工友黃先生照顧，自己則到前線防禦敵人。

這是龜山下令的行動之一，包含所有派出所要清點火藥庫存、囤放乾糧和飲水、並要求家屬演練到派出所集合等等。就是為了因應派出所被偷襲時，能隨時做好長期抗戰的準備。

很快地，所有家屬都到派出所後方的倉庫集合完畢，警察也將槍械上了膛，準備好迎敵。

「叛賊在行動時都會先將電話線砍斷，讓我們無法求救。」年紀已長的所長慢慢向大家解釋：「所以只要鈴聲一響，我們就會派出近藤同仁，趕緊出發，請求支援。」

年輕的近藤巡查帶著輕裝，便急速衝出派出所。

「到最近的派出所單程需要一小時的路程，加上召集人員並趕來，我們需要撐過三小時。」所長繼續解釋道。

「呿！」吉田在一旁表情不屑：「那群白癡根本只是運氣好，才仗著人數優勢偷襲成功，那種突擊隊不到十個人，我三兩下就可以解決他們，根本不用怕。」

碰！

突然近藤巡查又匆忙地衝回派出所，木門被他重擊在牆上發出巨大聲響，所有人都向他。他氣喘吁吁地喊著：「叛軍真的來了！不是演習！」

「報告，叛軍隊伍拉得很長，目測恐怕有五百人！」觀察員也一起跑來向所長回報：「叛軍由江定和余清芳親自率隊，武器大多以刀械為主，也有不少槍械。」

「各位！這不是演習！是真的大軍來襲了！近藤，你馬上朝反方向求援！我們會死守派出所等援兵過來！」但所長心裡明白，換個方向要多兩倍的時間，加上敵軍人數眾多，必須要靠大家的意志力死撐了。

「人數不是重點，這群賤民就是要給他們點教訓才會乖乖聽話！」吉田笑得猙獰，似乎對即將到來的對戰感到興奮，開始使喚年輕警察架設障礙：「你們幾個，去用桌椅把入口擋住只留一道出入口，他們進來一個殺一個！」

新居聽到如此多叛賊前來進攻，又看到吉田胸有成竹地發號施令，擔心一場血戰恐怕難以避免。他心中冷汗直流，不知能否成功守住，也掛念著湯玉在外是否平安。

讓全家能平安全身而退才是他的首要目標，他必須思考如何才能保住家人的安危。

19 慘案

一九一五年・立秋前六日・噍吧哖支廳內新化區南庄派出所

義軍由余清芳和江定親自率隊出征，兩人坐在大轎上俯瞰全軍，大軍整齊劃一地行進著，所有人都將上衣脫去坦露胸脯並在頭上綁著紅巾，腰間掛著兵器和避彈符，看上去十分壯觀。

義軍們一進到南庄，便開始吹奏嗩吶和敲擊鑼鈸，後頭還有軍旗飄揚，大軍浩浩蕩蕩，氣勢磅礴。

「元帥、大帥，探子回報。」軍師來到余江二人身旁說道：「南庄日警和家屬已全數集合躲在派出所內。他們將入口設置障礙，要進攻恐要花些力氣。另外，雖然電話線已截斷，但他們已派出人員到鄰近派出所求援，人沒攔截到。」

「這些狗子動作挺快的嘛，至少我們先卡死這個方向，他們要找援兵必須繞遠路。」江定謹慎地說道：「先派一隊人包圍派出所四周，看看是否有突破點或後門，就算沒攻破也要守著，不能再讓人跑了。」

余清芳派了嗓門最大的信徒沿途對著南庄四周民眾喊話，除了數落日本帝國的罪行，也要藉王爺名號號召更多的有志之士加入，一同對抗暴政。

一些村民已聽過義軍們成功偷襲各處派出所的消息，早已決定要加入，紛紛拿出傢伙進入行列要跟派出所決一死戰；有些村民則是給予食物和物資表示支持，要他們替天行道；也有些村民怕事後遭到報復，將門窗緊閉裝作不在屋內。

大軍很快走到派出所前並將它團團包圍。「弟兄們，本將需要一群勇士率先攻入派出所！」江定起身大聲宣布道：「讓他們見識王爺的神力，和我們必勝的決心，成功攻破必有重賞！」

義軍經過上次的偷襲成功氣勢正在最高點，許多人已手刃過敵軍現在天不怕地不怕，大夥搶著要衝進去擊斃日警，很快就募到五十名先鋒勇將。

江定心裡知道日警火力強大，第一批衝進去的人無疑九死一生，這是必須承擔的犧牲，目的是要造成裡頭人員更大的壓迫，導致他們放棄抵抗而投降。江定心中讚歎著王爺的大膽出擊，並心裡盤算著要多俘虜幾名日人，用來換得更多的軍火和食物延長戰線。

「敵軍很有可能已設下埋伏，裡頭狀況也無法得知，待會若有機會就衝鋒向前打亂他們的布陣並奮力殺敵；若對方火力強大，先以破壞他們的防禦為主。」江定對著自願者耳提面命：「王爺天賜良機讓我們能包圍整個派出所，祂必定會保佑你們！成功殺敵一人賞金五十、活捉一人賞金百圓！」

先鋒隊聽到士氣大振，將心中的激昂大聲喊出。

派出所內的日警用桌椅擋住了所有門窗，唯一出入口就是大門，裡頭光線昏暗，看不清楚狀況和敵人的布陣。

「日狗去死吧！」先鋒部隊提著鋤頭和菜刀一無反顧地從大門衝進。

砰！砰！砰！

連續的槍聲不斷傳來，衝在前面的義軍很快便中槍倒下，鮮血噴濺在後頭的弟兄臉上，哀嚎和尖叫聲不斷。這景象激起了義軍的熱血，仗著人數優勢繼續往前衝刺。即便死傷慘重，他們已離日警愈來愈接近。後頭才進門的義軍也趕緊把一旁的桌椅拆卸，擴大了進攻的空間，讓更多人能衝入。

雙方短兵相接，短短十公尺的距離已經倒下數十名義軍，日警的新式步槍火力強大，加上距離極近，幾乎是槍槍命中。被擊斃的義軍倒臥在地還持續滲出血水，肌肉都還抽搐著，場面十分駭人。

其中一名日警提起刺槍往前要刺殺敵軍，卻被多人圍攻，雙腳各被砍了一刀後被活拖出派出所。而奮勇殺入的義軍只剩不到十人平安撤出，其餘都倒臥在派出所內已無動靜。空氣中瀰漫著煙硝味和血腥味，是一股野性宰殺的氛圍，雙方都為了生存而戰。

義軍死傷慘重，其餘弟兄在外頭看得膽戰心驚，拿著農具對決槍械，火力的差距之大讓他們十分震撼。前一刻站在身邊熱血加入先鋒隊的弟兄，如今已經躺在地上變成一具具屍首，讓原本喧囂吵雜的大軍稍微安靜下來。

❖❖❖

「八月二日正午，南庄派出所將有危險，需要你跑一趟。」幾天前，陳岱得到牛奶吉的指示要來到此處，他也順道約了湯玉一早先去發送物資。

湯玉當天才知道派出所要演習，礙於已和陳岱約好，只好先讓孩子過去。沒想到才剛發送完物資，就聽到南庄派出所遭叛軍包圍的消息。

「怎麼辦？新居和孩子們還在派出所內……」湯玉心急如焚：「我們趕快過去一趟吧！」

「妳是日警家屬，現在過去只會被抓來當俘虜，反而造成新居困擾，還是我去吧。」陳岱說道：「妳先躲在阿賽家，我怕叛軍連家屬也不會放過，這邊比較安全……」。

「求求你幫忙了，希望他們能平安回來……」湯玉之前就聽過叛軍偷襲的狠毒程度，許多警察屍首都身中多刀，她滿腦子盡是駭人的畫面。

陳岱安慰湯玉後就趕緊離開，奔往派出所。

❖❖❖

後方的江定聽完戰報，點點頭很滿意第一批的攻擊，隨即發令道：「待會再號召一波人馬繼續攻擊，要造成壓力逼他們投降。」

余清芳在一旁聽到這麼多人陣亡，表情十分凝重，尤其先鋒部隊大多是他帶上山的信徒：「第一批五十名勇將只剩不到十人，反觀日警才俘虜一人，我方死傷太過慘重。」余清芳搖搖頭不忍英勇捐軀的弟兄：「戰略要以降低弟兄傷亡為主，趕緊派出精銳部隊結束這場衝突。」

「這是戰爭，」江定冷冷回道：「本來就有傷亡，現在直接硬碰硬，只會讓雙方都損失慘重，不划算。」

「我們已經握有絕對的優勢，上千人包圍二十人的派出所，現在需要的是像上次的大獲全勝，才能繼續說服大家加入義軍。」余清芳反問：「若每次都像這樣死傷慘重，誰還敢加入我們？」

「臨時加入一堆未受過訓練的農民沒有幫助，還要多分糧食給他們，不如現在俘虜日警，去換槍械彈藥對戰線更有幫助，在戰場上火力才是一切。」江定講話愈來愈大聲，對於自己命令被質疑感到不滿：「請元帥勿因無知干預，戰事現場由我做主。」

「武器再怎麼多，沒人操作也是沒用。」余清芳也十分不滿地大聲回道：「我們最大的優勢是信仰和人數，我們要做的是激起臺灣每個民眾的反抗意志，讓這場戰火能蔓延到全島，才是最終的獲勝之道。你再派人去做無謂的犧牲，大家都看在眼底。」

「我要去前線看看，元帥在此休息吧。」江定不再理會余清芳，逕自往前線走去。

前線指揮官在先鋒部隊順利移開障礙後，馬上照計畫派出火槍手透過窗戶瞄準裡頭的動靜，進一步限縮日警在裡頭能移動的範圍，接著他把目光移到了剛才激戰中被砍傷拖出的日警身上。

那日警表情慌張，已被五花大綁壓制在地，腿上被砍的傷口還留著血。還正值壯年的他才剛來臺灣未滿一年，現在四周被不懷好意地的叛軍盯著他看，嚇到尿濕了褲子，擔心自己即將沒命。

「幹，抓到這隻活狗要怎樣？把他宰了嗎？」

「先扁一頓再說啊，平常不是很囂張？」

「先把他立起來，讓裡面的人看得清楚。」前線指揮官交代道：「盡量讓他哀嚎大叫，裡頭的人才會怕。」

後頭義軍搬來一座木樁，並將哭喊著救命的日警綁在其上呈大字狀，就矗立在派出所門口。

「你叫什麼名字？」指揮官問人質。

「久……久家菊藏……」日警哭著回答。

「來吧，住在這裡的居民，你們被日狗欺負夠久了吧。」大夥紛紛讓道，讓附近的居民來到這邊：「現在可以把怨恨發洩在他身上了。」

「操他媽的，他就是王八蛋吉田旁邊的跟班，平常嘴臉很囂張，我幹！」居民認出他來，直接出了好幾拳招呼在他腹部。

「幹，就是你！上次在我家扁了我好幾拳，看我怎麼還你！」這人用膝蓋突擊了久家。

「我女兒……被你這死混帳……幹！」這人直接舉了菜刀，往他已經受傷的腳再用力砍去。其他人也沒閒著，用各種武器狠狠地招呼在這個曾經欺凌過他們的日警身上。

「拜託！求你們停止了！我錯了……我不想死！……同仁們救救我啊……我……我快撐不下去了……求…求求你們了……」憤怒的民眾不顧久家的求饒，拿著棍棒朝他頭用力一揮，久家當場失去意識，昏了過去。

「他……他該不會死了吧？」最後動手的民眾嚇傻了，在發洩完憤怒後趕緊把沾上許多血的木棍丟掉，驚恐地看著久家。

一旁民眾也逐漸冷靜，對於眼前的慘狀無法視而不見，也紛紛鬆開原本緊握的拳頭。久家已經體無完膚，全身多處瘀血和傷口，像是洩了氣的皮球全身癱軟。

原本情緒沸騰的叛軍也有些愣住，在戰場上殺敵是一回事，但凌虐一名已經無力反抗的人質是另一回事……。

❖ ❖ ❖

久家在發出最後一聲慘叫後便再無聲息，但他的哀嚎聲已經傳進派出內每個人耳內，像萬把針刺在他們心頭上。派出所內的氣氛被恐懼淹沒，心情根本無法平靜，個個擔心自己就是下一個。

「長官……我們……要不要去救久家？」

「混帳東西！當然救！這群低等賤民竟敢這麼囂張，是時候讓這些愚蠢的傢伙見識日本帝國精神！」吉田瞪大雙眼，回頭向大家喊話：「我們待會一鼓作氣殺出去，那些賤民根本孬種沒膽，只要被我們殺出一條血路，他們馬上就被嚇得鳥獸散。」吉田眼神十分堅定，對死亡毫不畏懼。

新居剛才在慌亂中射殺了幾名叛軍，現在仍心有餘悸。他偷偷往外一看，窗外還有滿滿的人，從他的角度根本看不見人群尾端，而且剛才的第一波先鋒都沒持槍，他心裡知道菁英部隊根本還沒出動。

「湯玉到底在哪？……孩子們還躲在後頭……萬一我們失守了，恐怕……」可怕的畫面在新居腦中來回穿梭，讓他根本無法專注。

所長也躲在角落兩眼空洞，嚇到已經失去了領導能力。原本下個月就要退休回日本的他，絕對沒料到此時離死亡如此接近。現場實際在指揮大家的就是吉田，而他眼中充滿了殺氣，似乎還渴望著更多的殺戮以滿足自己的快感。

「要是真的讓吉田帶隊衝出去血戰，我方跟叛軍人數實在相差太大，獲勝機率恐怕不高，」新居心裡暗叫不妙，他必須想辦法讓衝突降低：「而且就算我們能成功殺出血路逃離，叛軍絕對也不會放過後頭無辜的家屬。」

新居見到吉田躍躍欲試，久家恐怕也撐不久，他動作必須快，腦袋飛快地轉著：「派出所全是木造且已被團團包圍，若敵軍目的只是要殺光所有人，其實用火攻最快……但為什麼他們還要持續派人衝進來？」新居剖析著：「難道他們指揮官想活捉我們？或許未來能交換物資對他們更有利，我要趕快利用這點！」

新居決定馬上行動，他的雙手舉高槍械並緩緩起身，眼睛盯著窗外的狙擊手，表示自己並無惡意。「請停止你們對久家的行為！」新居大喊。

狙擊手看新居把槍緩緩放在地上，便沒在第一時間對他攻擊。外頭的叛軍也被他這麼一喊吸引，紛紛停下了動作。

「現在殺人對你們沒有好處的！」新居繼續喊道：「你們這場突襲已經成功，我們願意投降當俘虜，讓你們換得更多的資源繼續抗爭。二十幾名日警和家屬，可以讓你們談到很好的條件。但要是你們現在殺了日警，帝國政府之後必然會大動作報復，對大家都沒好處。」

叛軍你看我，我看你，頓時有些愣住，就連派出所內的警察也十分驚訝新居突然的舉動。

「那是新居大人，他很常幫忙大家！我願意相信他。」率先喊聲的便是剛趕到的陳岱，他知道新居是為了要救孩子放手一搏，決定要出聲幫助他。

「對，他是最近才調來的，跟裡頭其他的禽獸不一樣。」站在前頭的當地居民也跟著說道。

「不只他，他太太也很常幫助大家，常給大家食物和幫助。」

「可以相信他，他是難得的好人！之前被吉田濫抓，就是他放我出來。」群眾中有許多人都知道新居的為人紛紛為他發聲。加上大夥已經將怒氣發洩在久家身上，恢復冷靜後都覺得新居說得有道理。

「正合我意。」一道宏亮的聲音傳來，正是江定來到了前線。義軍們趕緊讓開道路，讓江定來到最前面，直接面對新居：「你是誰？能代表整個派出所嗎？」

「我……我是新居。」新居稍微回頭看了幾位同仁，每個人臉上都是驚恐和害怕，也不知道新居的決定是對是錯：「只要你答應能保護我們的安全，不為難、虐待我們，我們就能全數投降。」

「識時務者為英雄，你們先把槍枝全部集中拋出，再依序緩緩走出，我保證不為難你們。」江定給出了他的承諾。

砰！

一聲槍響嚇壞了所有人，新居的胸口破了個洞，鮮血逐漸滲出渲染了他的上衣。新居表情震驚摸著胸口，雙腿一癱倒下。在他身後有人拿著冒著煙硝的手槍指著他，無情地再開了第二槍，這人便是吉田。

「沒用的日本叛徒，玷汙了日本帝國的榮耀！」吉田大喊著邊繼續開著槍，趁著眾人分心的時刻又射殺了幾名義軍。

義軍們見同伴遭偷襲，憤怒之下拿起傢伙衝進派出所要替弟兄報仇。因為受過吉田欺辱的人實在太多，大家前仆後繼，不顧槍林彈雨也要往前衝刺。刀鋒很快砍進吉田的肩膀，接著手臂、腰間、左大腿，最後是在胸前捅進了一把刺刀，終於讓這惡人就地正法。

義軍奮力殺了吉田後，仍然受制於日警的強大火力，許多人紛紛中彈陣亡，大夥只好再次退出派出所。

陳岱則趁亂衝進去派出所內，將新居拖出戰場，新居吐著鮮血抓住陳岱的手，另一手指著派出所裡面，眼睛睜得老大：「孩……孩子！」

「閉嘴……撐住啊！出來就安全了！」但新居已撐不住，當場斷了氣。

❖ ❖ ❖

不主張正面衝突的余清芳在後頭見到前線再次亂成一團，聽見雙方又互開了好幾槍，他十分生氣吼著：「江定在前線到底下了什麼命令？又死了多少信眾？」

「元帥啊，真的不能再讓江定繼續胡亂來了，有多少信徒能繼續讓他犧牲？王爺也會為此震怒的！」一旁信徒紛紛義憤填膺地表達不滿：「而且他都把自己的人手留到最後，放沒經驗的信徒去當靶子，太無恥了！」

「是啊，這莽漢根本沒把您放在眼裡，王爺怎麼可能忍心讓信眾這樣白白犧牲？懇請元帥趕緊下令制止江定。」

信徒們的話深深打中余清芳的心，但他知道手握兵符的江定不會聽他的，心中焦急萬分：「我無法感應到王爺魂靈是否在附近，但這件事須盡快決定，否則王爺的威信就要掃地。」

余清芳決定賭一把。

他將雙眼閉上，自己控制身體輕輕搖晃，並讓雙腳踩出熟悉的七星步。

「是王爺！王爺要上身了！」一旁的信徒早已看過許多次，趕緊大喊著一邊準備法器。

這消息一路傳得飛快，許多信徒都滿心期盼王爺進一步的指示，江定聽聞也趕緊衝回大轎，跪拜請示王爺。

余清芳偷偷睜開眼睛看到江定已跪在面前，便低聲說道：「今日對陣不宜久戰！應避免我軍持續傷亡，江定聽命！」

江定聽著王爺的指示，總覺得話語間和之前有些不太一樣，偷偷觀察余清芳，卻發現他眼睛正偷瞄兩旁。江定心中雖有疑竇，仍大聲喊道：「江定在此聽旨。」

「全面改為火攻！派出所內不留活路！」余清芳大聲宣布。

雖和自己的戰略完全相反，江定也不敢違抗：「遵旨！」

❖ ❖ ❖

陳岱聽到義軍要轉為火攻，他趁著義軍還在準備的時間趕緊去尋找德章和柳。他跑到派出所後門附近探尋，派出所後方的義軍相對少了許多，但仍有二、三十人奉江定的命令，拿著傢伙圍著後門，不讓裡頭的人有機會逃出，帶頭的正是李元。

陳岱透過窗戶的縫隙往內看，大多都是日警眷屬躲在後方，也都用家具擋住窗戶，就怕有人衝入攻擊。陳岱不斷尋找各種角度，終於被他看見了德章和柳躲在側邊的窗戶旁，兩人抱在一起大哭，恐怕是見到了新居的狀況。

「德章！」陳岱拍著窗戶大喊，德章馬上抬頭注意到陳岱，但同時也引來了義軍的關注。

「喂！」義軍對著陳岱大叫：「你是誰？在這邊幹嘛？」

「裡頭有臺灣人的孩子，不能錯殺啊！」陳岱趕緊解釋道。

「呿，會躲在這不是日本狗，就是日本狗的走狗！上頭有令，一個都不能放。」義軍說完一群人拿著傢伙靠近，想把陳岱架走。

「李元呢？把他叫來，我認識他。」那些義軍才不管他，三兩下就把陳岱架走。

「還敢叫我們隊長來，當然是把你拖去找他。」

陳岱被架走，趕緊回頭朝著派出所大喊：「德章和柳，趕快往後門移動，我去救你們！」

「怎麼是你！快放開陳大俠。」李元見到陳岱被架來驚訝地喊道。

「裡面有無辜的臺灣孩子，我要救他們出來！」陳岱喊道。

「這……你說裡面有臺灣人的孩子？你認識他們？」李元表情有些難為情：「但軍令就是不能放，我愛莫能助。」李元將頭別過去。

「他們就要放火了！再不救人就來不及了！」陳岱激動地喊道，心中浮現剛才新居過世前的眼神，還有想像到之後湯玉悲痛的神情，他絕不能放棄。

「聽我說，上次我在河表湖救了你們，是因為王爺的旨意要我去那邊幫你們。」陳岱緊張地向李元解釋：「而今天，也是王爺旨意要我來這，要解救裡頭無辜的臺灣孩子，你一定要幫幫我！」

陳岱看著李元心有些軟，盯著他的雙眼說道：「求你了，看在上次救你一命的份上，從此我倆不相欠。」

李元只好點頭答應。

義軍幫忙踹開了不甚堅固的後門，只放了德章和柳出來，其他日警家屬放聲尖叫，卻也不敢衝出。

「陳叔叔……爸爸他……」德章一衝出馬上緊抱著陳岱，眼中充滿了恐懼，話哽在喉嚨出不來。

「沒事了孩子們，我們快走吧。」陳岱奮力抱起孩子，帶著兩人離開。

沒過多久，余清芳一聲令下，義軍們紛紛朝派出所丟擲點燃的汽油瓶，木造的建築很快就陷入火海，裡頭的尖叫聲配著木頭燃燒時發出的聲響，外頭的義軍看得士氣高昂不斷叫囂著。有幾名裡頭的人受不了火焰的高溫衝出，也很快成了槍下亡魂，其餘的人很快便被火焰吞噬，跟整棟建築一起成了灰燼。

余清芳在信徒簇擁下登上了一旁的屋頂，他就站在熊熊火焰旁，熾白的焰色籠罩在他身旁，如同王爺顯靈一般閃耀著神聖的光輝。

他高舉雙手大喊：「趕出日本狗！建立大明帝國！」

所有民眾見到這場景，紛紛跪倒參拜。

「是神蹟啊！是神蹟讓日本狗又輸了！」

「王爺真的顯靈啦！」

信徒們痛哭流涕，陷入無比激動的情緒當中。

部四

徘徊不去的專制幽魂

20 救援

一九七〇年・立冬・臺南市中區南門路巷內司法院調查局調查站

正雄從惡夢中嚇醒，那燒毀派出所的熊熊火焰似乎還炙著他的皮膚，義軍們發狂般的喊聲彷彿也還震著他的耳膜。這一次，正雄不再是聽王爺降駕後的轉述歷史，而是在夢中宛如親身經歷整個過程，義軍們那股渴望擺脫帝國政府的決心讓正雄震撼無比。

不過醒來後，正雄還是被關在狹窄的詢問室內，只能躺在冷硬木床上稍作休息，一整夜下來，他的腰背已十分痠痛，需要起身走走。昨日那名特務詢問完就再也沒人來過，只有在固定時間會有收送飯菜。

正雄回想起夢境中的祖父牛奶吉，感到對他十分陌生。

祖父生前從來不提此事，只知道臺灣光復後，他對於重建西來庵盡心盡力，不惜把家裡積蓄都投入就是要完成心願，這股堅毅不放棄的韌性是他對祖父最深刻的印象。正雄從沒想過個性溫和的祖父竟曾勇敢地參與如此重大的事件，更沒想到祖父能通靈的特殊體質還能在關鍵歷史事件中扮演重要的角色。

正雄想起昨晚他剛被抓進來時根本不知道狀況，心中滿是恐懼和憤怒，更不知道何時才能回家，那種無助感像泥沼深淵將他困住，想奮力掙脫卻愈陷愈深。一介平民要獨自面對極權的專制政府，心中只有無盡的絕望。

而如今，在見到祖父勇敢對抗帝國強權的起義，正雄想到若此事換作發生在祖父身上，他必定不會退縮。正雄原本心中的不安頓時放下許多，反而有種更貼近祖父的感覺，一股勇氣油然而生。

突然間腳步聲愈來愈靠近，接著是開鎖的聲音。

「陳正雄，你可以回家了。」

❖ ❖ ❖

正雄還搞不清楚狀況，直到真正步出了審問所，被溫暖的陽光照到後，他才有種重獲自由的感覺。他見到水伯正被一群人包圍著聊著天，才知道原來他也被抓來訊問了，而來替他們接風的便是蘇議員，還有庵內的信徒和街坊鄰居也一起來了。

蘇議員見到正雄趕緊上前與正雄握手：「陳先生，辛苦你受到冤屈了，在裡頭還好嗎？局裡的人有虐待你嗎？」

見正雄還沒反應過來，水伯在一旁趕緊補充道：「正雄要好好感激議員啊，是議員花了一番功夫才把我們救出來的。」

正雄還一頭霧水，便順著水伯的意對著議員點頭道謝。

「不敢不敢，是您夫人勇敢地到處求援才找到我這來，雖然調查局不容易介入，總算還是還你們清白了。」蘇議員說道：「我跟你們說啊，現在時代變了，議員是人民選出來的，就是要為人民服務。不是我的力量救你們出來，這是人民的力量！」

蘇議員的霸氣言論讓所有人聽得爽快，大家都多少聽過調查局的可怕，想到以後不用再擔心了紛紛大聲歡呼：「蘇議員仗義行事！為人民喉舌啊！」

蘇議員揮揮手向大家致意，並要正雄趕緊回家休息：「快回家吧，家人們都很擔心你。」正雄再次點頭致意後便趕緊回家了。

❖ ❖ ❖

正雄回到家中，太太馬上衝來緊緊抱住他，孩子們也相擁而泣。

「唉，我都快擔心死了，你沒事吧？」太太開心地流著眼淚問道

「沒事，只是問了我一些話，沒問題就讓我出來了。」正雄看到家裡亂糟糟的樣子也十分驚訝：「他們連家裡都來搜過了？」

妻子點點頭，眼淚還是止不住，心裡受到太大的驚嚇：「我們就低調做生意就好，不要再去惹其他事了，還是……甚至我們連店也不要開了？還是搬家吧？我怕被他們盯上了……」。

正雄看到太太眼淚十分不捨，差點心軟答應。但他隨即想到當年祖父見到家人又何嘗不是

這樣的心情。

正雄心中感觸良多，要拋家棄子在外反抗暴政需要多大的勇氣和犧牲。要是生活過得下去，誰會願意做這種蠢事；但若沒人起身反抗，一切都不會改變，只會被變本加厲地欺壓下去。

正雄只是拍拍家人的肩膀，笑著說沒事了。

正雄隔日再特地到西來庵關心水伯，這件封神的事竟然牽扯這麼多人讓他心中很過意不去。

「議員說這是調查局亂栽贓人的手法，可能後來發現我們沒什麼錢就算了，反正王爺會保佑我們的。」水伯只是笑笑地說他沒放在心中。

「水伯，倒是我昨夜被關押，睡夢中見到好真實的夢啊。」正雄趁此機會將他的夢境跟水伯說了一遍，所有的細節他都還記在腦中，最後就止在南庄大火。

「看來是王爺直接將故事託夢給你了。」水伯摸著他的鬍鬚躊躇著：「這件事……我不確定調查局會不會繼續盯著，如果你家人會擔心……還是我們低調點，封神儀式私下處理就好？」

正雄搖搖頭：「水伯，經過這次我才理解祖父如此勇敢對抗暴政，現在我只是碰到這種小事又怎麼能退縮呢？」

水伯輕輕微笑著點頭：「相信王爺也不會讓步。」

正雄望著王爺神像說道：「這個故事被塵封這麼久，也不知道這塊土地上還有多少英雄事蹟沒被發現？」正雄轉頭看著水伯：「如果水伯也願意，我建議把祖父的封神儀式辦得愈熱鬧愈好！並將這英勇起義的故事告訴大家，希望能拋磚引玉，讓更多英雄的故事被知道。」

水伯點點頭向正雄投以贊同的眼光，他心中也是這麼想的。

「剛好如議員所說，現在時代在轉變了，」正雄更堅定了決心：「我們不能再被欺壓了，要勇敢地站出來，挑戰威權爭取我們的權利。」

21 前夕

一九一五年・立秋前四日・噍吧哖支廳內新化區南庄刣牛湖

義軍凱旋回到基地正恣意狂歡慶祝著，這場南庄的壓倒性勝利讓響應加入義軍的民眾暴增了千餘人，原先空闊的營寨腹地現在變得擁擠，許多人忙著搭建臨時小屋讓新夥伴能歇息。

余清芳回來後成為所有人的英雄，身邊總是圍繞著許多信徒。那日他假傳王爺聖旨，成功創造了屬於自己的時刻，也鞏固自己在義軍無可撼動的崇高地位。見到這場面也讓他心中更加堅信若當天王爺在場，也會做出相同的決定。

「這幾次勝仗都靠元帥求助於王爺才能得到珍貴的情報，讓我們能大獲全勝！」信徒們士氣高昂，語帶驕傲地大聲歡呼。

「對啊，南庄一役剛開始死了好多弟兄我還以為慘了，幸好後來王爺親自降臨，從此再也沒傷過一名弟兄，也順利把狗子們全滅了，這不是神蹟是什麼！」

「是啊，那江大帥……派了太多人去餵子彈了，沒多少弟兄可以犧牲啊……」有人降低音量地抱怨道。

「大帥作戰經驗豐富，有他自己的戰略，只是……人再厲害也比不過天算。」圍觀的群眾也有許多是原本的江家軍，如今也已對余清芳十分折服。

「各位弟兄放心吧，王爺慈悲，理解各位弟兄挺身而出的勇氣，祂絕對會盡力保住每位弟兄的性命。」余清芳說道：「現在義軍戰勝的消息已經傳遍了各地，民眾都在摩拳擦掌準備起身反抗，我們要繼續展示王爺的神威，讓更多人加入義軍的行列！」義軍們一陣歡呼，對於下一場戰役感到興奮又期待。

這時，余清芳突然感受到一陣無力，他趕緊吩咐信徒準備上身。信徒們搬出法器開始儀式並吸引了所有弟兄的圍觀，大家都想再次親自見證王爺的神諭。

余清芳十分興奮並手持線香跟著鑼鼓搖頭晃腦，但這次過了好一陣子王爺卻未上身，他心中有些忐忑：「奇怪，王爺靈體就在身邊，怎麼就是無法上身？」

余清芳再試了一陣子還是無法起乩，滿身大汗的他感到有些徬徨。

「一定是王爺太忙碌了，現在可能有更重要的事需要處理。」一旁的信徒幫忙解釋。

「對啊，也有可能是元帥前幾天大戰耗掉太多體力，需要休息一陣子。」余清芳聽了信眾話只好先做休息，有些尷尬地先行作罷。

隔日，余清芳又感受到王爺的魂靈在身邊徘迴，他再次吩咐信徒們展開儀式。余清芳卻仍坐在椅子上遲遲無法讓王爺上身，他微微睜開眼睛看著周圍，滿滿的信徒靠攏在他身邊，所有人都雙手合十期待著王爺帶領他們繼續打勝仗。

「怎麼會這樣呢？王爺是否不同意我上次的決定？」余清芳從沒遇過這種狀況開始慌了，

他想到江定輕視自己的樣子，腦中又浮現信徒們發現他無法上身後的失望表情。且如今抗日大業就快成功，說什麼也不能放棄。

他決定故技重施，再次跳起乩舞假裝上身。

信眾見狀歡聲雷動，直接將地圖擺在他面前，江定等人聽聞消息也過來集合。余清芳照著之前王爺的方式：同樣手抓著一大把香。只是這次，是他自己必須決定插在哪邊。

余清芳舉起線香心中卻仍在猶豫，畢竟自己對戰略和地形都不熟悉，而這些遲疑的表情和動作都被江定看進眼裡。

余清芳知道不能再拖，便直接打定主意，將線香全數插下同一個地點，所有人擠破頭都想看下個目標是哪。

「噍吧哖支廳！」軍師大喊。

所有人一片譁然。

之前的進攻都是鎖定派出所或是更小型的巡邏哨，而這次的目標是整個地區最大的警察部門，日警數量和火力跟之前完全不同，要攻破的難度自然高上許多。

「八月六日！全員出擊！」余清芳自己大聲喊道，所有信徒也跟著吶喊，要跟著王爺繼續出征擊垮日本鬼子。

❖　❖　❖

一九一五年・立秋前三日・大加蚋堡臺北城內西門街北側總督府辦公室

臺灣新任總督安東貞美表情嚴肅地聽完龜山的報告，嘆口氣問道：「對方怎麼會有這麼多軍力？為何未第一時間封山剿匪？」

新總督的冷靜讓龜山印象深刻，對比先前內田的立即暴怒有著天壤之別，心中佩服著不愧是見過大風大浪的陸軍大將。他繼續解釋道：「報告總督，先前已調派各地警隊封山，只是期間太短加上山路複雜崎嶇，對方又時常更換營寨實在難以捉摸。」

新任總督希望能更瞭解案情，繼續問道：「要能號召這麼多民眾起義，他們必定對帝國政府怨恨已深，我們事後要好好檢討……高等警察還有什麼資訊？我要知道事情的緣由。」

「叛軍以府城的西來庵王爺信仰為中心，帶頭的余清芳是名乩童，號稱可以替神明發言來吸引信眾。」龜山聽到總督願意探討叛亂背後的原因十分欣慰，便趕緊答道：「高等警察長時間追蹤各地的抗日事件，在事發前也成功逮捕若干同夥。但沒料到的是，叛軍竟然成功和山區武裝份子江定合作，才會造成現在難以收拾的局面。」

總督搖搖頭道：「聽信乩童的號召豈不是跟支那的義和團一樣愚蠢？這事後須好好檢討，一定是教育政策出了問題。」

「報告總督，」一旁的內田開口說道：「這群叛賊就是在挑釁帝國政府，現在周圍的警察機關和內地人都人心惶惶怕遭到暴民攻擊。我提議馬上出動軍隊鎮壓保衛人們的安全，絕不能讓叛亂再擴大。」
龜山最擔心的來了，他知道總督就算再怎麼開明，也不可能容許叛軍繼續殘殺日人，只能看著總督點頭答應由內田帶頭進行軍事行動。
「這事確實高等警察有疏失，我願辭去職位負責。」龜山無力地說道，他知道叛軍面對軍隊強大的火力絕對會死傷慘重，現在無論再做什麼也無濟於事。加上他已經好久沒休息，收到好友新居的噩耗更讓他身心俱疲而萌生退意。
「現在不是你離開的時候，」總督正色地回道：「我看過你的報告，情報蒐集整理地很詳盡，成功在事前瓦解他們跟中、北部串連的行動，這事還要你繼續幫忙盯著。」龜山不敢相信地看著總督，發生這麼嚴重的事件他竟然願意認同自己的工作。
「非常時期要用非常手段，鎮壓叛軍全權由內田負責，我不要再聽到傷害繼續擴大的消息，用任何方法都要抓到他們，不計任何代價。」總督繼續命令道：「龜山你就繼續蒐集情報，一有消息就通知內田。」
「遵命！」兩人同時應道。
「這件事必須趕緊平定，絕不能讓天皇擔心。」總督正色地說道。

❖　❖　❖

一名男子全身赤裸被倒吊著，他整顆頭已經因為血液倒流而脹紅，身上滿滿都是被棍棒毆打的瘀青。這人便是鄭利記，他正奮力讓自己維持呼吸，維持最後一絲活著的希望。

監獄裡刑房的鐵門大鎖轉開，兩名日警拖著下一個人進來，那人渾身屎尿味全身猛烈顫抖著，雙眼已經無神，知道自己接下來的下場會多悽慘。日警們把鄭利計粗暴地放下，吊起下一位倒楣鬼。

鎮壓行動全權由內田負責後，不論任何手段都要得到供詞，日警的拷問手法便愈來愈激烈，毒打、水刑、烙刑、倒吊什麼都來，彷彿是要替殉職的日警報仇。獄警們毫不手軟，犯人常常被日警拖出去就再也沒回牢房了。

整個空氣都瀰漫著血腥味，哀嚎和尖叫更是穿透了厚重的牆門，絕望和死亡在監獄迅速蔓延著。

監獄的另一端，蘇有志仍然獨自關押著且在龜山的保護下未受酷刑。他雖沒受到肉體上的折磨，但內心的煎熬讓他更加痛苦。許多無辜的信徒他都熟識，只是因為常來庵內拜拜就被抓來折磨。他瞭解起義必然會有許多傷亡，但真實面對的震撼還是令人難以接受。他已經好幾天沒睡，身心都處於極限疲憊的狀態。

牛奶吉之前捎來的消息提到南庄派出所大捷，義軍成功燒死日警數十人。蘇有志抵不住內心的激動，在雙方火力差距如此懸殊的狀況，能有這樣的捷報已是奇蹟。但他狂喜之餘也冒著冷汗，知道真正的考驗現在才要開始……。

「羅俊已經被捕，少了中、北部的聯繫人難以聯繫，帝國政府必然會先壓住叛亂的消息，一般民眾根本無法得知，這樣就無法串連全臺攻勢。況且日方一定會派出軍隊鎮壓，目前還孤軍奮戰的義軍還需要更多奇蹟才夠……」。

但這奇蹟的希望似乎更加渺茫……。

「光是一間派出所出事，日方就對這麼多人折磨刑求，要是之後更大規模衝突，就會有更多無辜的人被捲入甚至賠上性命……當中許多人都是王爺的信徒啊……這真的是王爺想見到的嗎？王爺忍心見到百姓承受這些苦難嗎？」

從蘇有志的牢房每天都可以見到一具具屍體被搬出，常常全身都被折磨得不成人樣，滿身烙痕血跡斑斑。良心的折磨不斷啃蝕著他的信仰，他只能雙膝跪地再次祈求王爺保佑義軍繼續得勝，也祈求王爺傾聽這些無辜信徒的哭喊。

❖ ❖ ❖

「報告大帥，余元帥宣布進攻消息後，現在繼續廣發著避彈符。大夥興奮地都搶著要領，尤其是那群新來的迫不及待要去殺敵了。」軍師表情相當無奈，回到營帳獨自向江定報告。

江定心中仍然十分懊惱，覺得天賜的良機被完全糟蹋，南庄一役根本沒得到任何好處還激怒了帝國政府，大軍又只能被動地躲回山上。加上回營寨後又看到余清芳因為這短暫而毫無意義的勝利被大家拱為英雄，連自己的許多弟兄都跟著起鬨，心裡很不是滋味。

軍師搖搖頭說道：「唉……驕兵必敗，他們現在以為日本人只有這點本領，根本連訓練都懶了，只會繼續吹噓前一場的勝利……」。

「原本可以用俘虜換更多武器的，現在換來一堆不會打仗的要幹嘛，」江定愈想愈氣：「但王爺竟然下詔要繼續主動出擊，難道噍吧哖支廳真有弱點？」江定心中仍然難以定奪。

「我認為，」軍師先看了四周確定無人，才壓低嗓音怕被旁人聽到：「余清芳從南庄派出所要轉為火攻開始，上身的模樣似乎有點古怪，但我還說不上為何。」

「軍師觀察入微，其實我也有同感，難道他敢假傳王爺聖旨？」江定心中的擔憂更加擴大：「那軍師有何建議，難道只能跟著余清芳這樣亂打？」

「大帥不必緊張，目前這群烏合之眾信心過剩，真以為日本人這麼好打，就讓他們相信的神力保佑他們出擊吧。」軍師說道：「我們則須注意保留主力的弟兄，盡量先把大家留在後頭。下一場戰役若無奇蹟發生恐怕面臨大敗，我們更該做的是穩固原本的基礎。」

江定低頭沉思，開口又問道：「這我也想過，但少了這些新血，我們豈不是又回到原點？」

「現在出去硬碰硬，絕對死路一條，」軍師解釋道：「而如今大帥已是王爺認證的正義之師，往後我們都能舉著這個大旗廣召弟兄。留得青山在，不怕沒柴燒。」

「日本人現在正在調動大軍前來山區，就等著我們忍不住出擊，隨時可趕來支援，打得我們落花流水，軍隊和之前的警察可是天壤之別。」江定分析著，心中也已做出決定。

「大帥仍可把握王爺天賜良機，全力進攻噍吧哖支廳，若真有神力相助，我們便順水推舟創造奇蹟；但若是讓日狗僥倖熬到援軍前來，我們就要有快速撤退的覺悟。」

「好，麻煩軍師傳達訊息給所有江家軍，一切祕密進行。」

22 大戰

「龜山！你怎麼了？說話啊！」龜山突然發覺自己坐在一間簡陋的警局中，伯父緊張地在他面前大聲喊著。

他摸不著頭緒，卻看到一旁躺著松井冷冰冰的屍體，胸前數處又深又長的刀傷，染紅了整片白衣衫，而坐在訊問桌前的老人，緊握著嚴重變形的雙手，皮膚上整片燒傷的疤痕，自顧自像著了魔一般地重複唸著：「天主……求祢看在我們的主基督救世受難的功勞憐憫我啊……阿們。」

龜山瞬間繃緊神經，回到那個他不願面對的回憶。

「我……我們只是要去救那條受傷的狗，沒想到在回來的途中被人襲擊，他……他對松井捅了好幾刀。」可怕的畫面又浮現在龜山腦袋。

「這你剛都說過了，人就在這，我是問你，還有沒有什麼話要問他？」伯父指著一旁的老人。

「就是你，化成灰我都認得……」龜山握著拳頭，心中的怒氣再度暴漲：「我們根本不認識你，為什麼要攻擊我們？」

那人完全不理會龜山。

伯父看這狀況也無法再問下去，先吩咐警察把犯人收押並蒐集物證，留下龜山和自己獨處一陣子。

「夥伴在自己面前殉職的畫面，我是一輩子都忘不了，那場景是會不斷在你腦海重現。」伯父坐在龜山旁邊，緩緩地道說。龜山不敢置信地看著伯父問道：「伯父也有夥伴殉職過？」

「嗯，當時我也還年輕……在一場搶匪的追逐戰中誤入對方的陷阱，他也在我面前被捅了好幾刀……」伯父看著前方，努力不讓自己再陷入那段往事。

「從沒聽伯父提過……」。

「當時我也很想報仇，但必須要冷靜。」

「可是到底為什麼？我想知道原因……」龜山搖搖頭問道：「我們根本不認識他，他為什麼要這樣隨意殺人？」

「雖然他不肯開口……但我有查到一些線索，」龜山伯父說道：「回到案發的地點，那裡是處隱匿天主徒的聖殿。我推測他怕你們發現後去舉報才痛下毒手。」

「隱匿天主徒？聖殿？我們確實無意間發現那處海蝕洞……很像一座教堂……但這樣就要殺人？」龜山還是無法理解：「我在東京也有認識一些天主教徒，根本不會這樣。」

「唉，這是歷史的罪孽……」龜山伯父緩緩說道：「這一帶自古就有很多隱匿的天主教徒，他們相當虔誠，甚至可以一路追溯到戰國時代……從當年豐臣秀吉發布宗教禁令開始，這群最早接觸到天主教的漁民便始終不願放棄信仰，就算一路被迫害打壓，他們還是用了各種方法，一直延續到了現代。」

龜山從沒聽過這些歷史事件：「這樣延續了好幾世紀？」

「嗯，他們信仰非常堅定。而在取消禁令的前幾年，久賀島曾發生一起政府迫害天主教徒的慘案……當時警方大舉搜捕五島的隱匿基督徒。而這名嫌犯，就是當年的受害者之一，你看他的雙手都因嚴重燒燙燒而變形，背上還有烙痕，就是當年受警察刑求導致的；另外還有四十二名信徒因為被迫關在一間狹窄的房間內，因推擠而不幸身亡，其中也包含他的家人，」伯父繼續解釋道：「所以他們對警方和政府一向十分警戒並心存敵意就怕憾事再次重演，恐怕是你們的制服讓他更加激動。」

「但現在禁令都解除了啊！」龜山還是不懂，氣到眼淚都快流下來：「就算禁令還在，憑什麼這樣就可以殺人？宗教是這樣鼓勵人作惡的嗎？要不是我已經爬上高處，說不定連我都一起被殺了！」龜山意識到宗教對人的影響力相當強大，可以執著地守護好幾個世紀，也可以為此而殺人。

「這裡不是大城市，時代和政令的變化速度在這裡十分緩慢，他們大多只是顧好自己生計的漁民，沒有也無法接受新訊息。」龜山伯父說道：「我推測這個教派的信徒，長年封閉早已自成一格，與外界教廷斷開了聯繫，再加上之前的慘案讓他們愈走愈偏激，才會發生這種意外。」

龜山氣得奮力敲打桌子，流著眼淚向伯父說道：「伯父，我們一定要藉這機會逮捕這教派的所有信徒！否則以後一定還會出事！我們……我們只是路過就慘遭殺害，這太不公平了！」

伯父搖搖頭站起身來，輕輕抱著龜山：「姪兒，你現在被仇恨沖昏了頭，說話失去了理智。你先好好休息吧，後續的事情我會處理。」

龜山只感到呼吸困難，一陣黑暗吞噬了他。

龜山再次從噩夢中驚醒。

近日來查緝叛軍的龐大工作量已讓他身心俱疲，前一天又接到好友新居的身亡消息，沉重的壓力已讓他喘不過氣，噩夢也將他心中埋藏許久的可怕回憶再次拉出，繼續侵蝕著他那殘破不堪的心靈。

❖ ❖ ❖

「抱歉，是我沒保護好新居。」龜山從總督府回到臺南後，馬上趕來新居家中，當著湯玉的面深深一鞠躬。

湯玉一身素衣，面容十分憔悴雙眼早已哭腫。她也只能搖搖頭，瞬間眼眶內又是滿滿淚水。

「這一連串的事件竟然最後波及到新居，要是我能想辦法把他調回來就好了。」龜山心中滿是悔恨自責說道，失去同伴的傷心和絕望感跟當年相同再次籠罩著他。

「新居……他一直都很感激你……」湯玉邊說邊掉眼淚：「但自從被調來這邊之後，日子真的好難過……我們全家都是。我想上次聽到新居的笑聲，就是跟你吃飯的時候了。」湯玉想到往事，情緒再次潰堤。

「這群叛軍濫殺無辜，連手無寸鐵的家屬們也殺，實在太過野蠻。我一定會把他們抓捕到案，還給新居一個交代。」龜山拿出手帕給湯玉，氣憤地說道。

「父親不是被叛軍殺的，是那個吉田！」一旁的德章也哭著大喊：「他……他……開槍射殺了父親！」德章腦中再次浮現父親倒下的畫面，話便說不下去。

「德章，你說的是真的嗎？報告上不是這樣寫的！」龜山非常驚訝，同時閃過一陣回憶。

「不如我說給你聽吧。」時間回到幾週前龜山搜查西來庵內，王爺氣定神閒地坐在龜山面前準備大膽預測新居的命運，神情有十分把握。

「什麼命運？」原本掌握偵訊主動權的龜山現在已經有些退縮，王爺先是挖出了他過去黑暗的回憶，現在又要挑戰預言未來。

「若你堅持辦案，新居最終會死於日本警察槍下。」王爺說道：「而當預言成真後，希望你能慎重考慮與我合作。」

龜山當時認為這是胡言亂語，怎麼想都覺得這個情境不可能會發生。直到現在，德章在一旁的大聲吶喊再次將他拉回現實。

「陳叔叔！母親又發作了！請你來幫幫忙！」德章著急地朝屋內喊著。湯玉的呼吸突然變得非常急促，似乎快喘不過氣，她眼睛睜大看著龜山痛苦地說不出話。

龜山沒想到竟是陳岱從廚房走出，兩人快速對上了眼。

「唉，不要再讓她想起這些事了，她現在還無法承受。」陳岱捧著一碗黑色的湯藥，跪在湯玉身旁緩緩地餵她喝下，眼中盡是不捨。湯玉喝下後馬上紓緩許多，體力似乎有些耗盡，陳岱拿來被褥讓她躺下休息。

餵完藥後陳岱示意龜山到屋外說，也將孩子趕出房間，留下湯玉獨自在房內休息。

「原來新居，差點就成功了……最後竟然是栽在自己人手上。」龜山聽完陳岱敘述當天的情況，心中還在震驚著王爺的預測竟然成真了。

「當時江定也希望他們投降，新居就快控制住場面了，要是沒吉田那個瘋子，或許現在場面不會這麼緊張。」陳岱說道。

「江定也希望俘虜人質？那最後怎麼還會放火？」龜山不解地問道。

「是王爺突然上身，說祂不願再看到大夥犧牲才改用火攻……」。

「又是王爺……　難道非要殺得你死我活，雙方理智都被仇恨淹沒才罷休嗎？」龜山聽到又更加氣憤，心中也冒出許多疑問：「祂成功預測了新居的悲劇，說想跟我談合作？但又繼續製造對立……到底想做什麼，這算哪門子的神靈呢？」

這時屋內突然傳來連續好幾聲碰撞聲，龜山擔心湯玉出事趕緊起身卻被陳岱阻止，要他靜靜地勿干預。龜山透過紙窗看到湯玉全身激烈地翻騰著，有時撞到地板或牆壁發出聲音，幸好有被褥隔著才不至於受傷，但龜山心中滿是疑惑。

過了一陣子，湯玉的動作緩緩停下，卻開始說起話來。

「夫君，我好想你啊，柳和德章也好想你……」湯玉輕輕地說道。

只剩下湯玉細細的啜泣聲，似乎在聽著回應。

「我沒辦法不哭啊……少了你生活要怎麼繼續下去？日本人瞧不起我們，臺灣人也不要我們……」。

龜山隔著紙窗，見到湯玉的身影已經坐起，獨自啜泣著。

「對不起，早知道我就聽你的話，一起到派出所演習，至少可以跟你一起共赴黃泉……」湯玉撫摸著前方，彷彿有人在她面前一樣。

「我心裡好痛……我恨那些臺人攻擊派出所，好恨吉田對你開了槍……也恨我自己這時間還跑出去沒跟你在一起……」。

放心吧……孩子們交給我吧，我一定會努力帶大……我會讓他們知道你有多厲害，要他們向你看齊。」湯玉的身體逐漸放鬆像被安撫似的，還發出輕輕的笑聲。她又再次躺下，像是睡著了沒再出聲。

龜山懷疑地看著陳岱：「這怎麼回事？怎麼……湯玉看起來在跟別人對話？而且聽起來對象是？」

「剛讓她喝下的是部落祖傳的相思湯，能讓人短暫擁有通靈的能力。新居的靈魂還在這徘徊，透過這種草藥可以讓他們直接對話，」陳岱解釋道：「現在誰來都沒有用，只能讓新居自己安慰她，看她能否慢慢放下。」

龜山十分震驚，一場無法解釋的通靈就在他眼前上演，就像乩童一樣，只是上身的魂靈不是虛幻的神明，而是他認識的新居。

「這種事竟然真能實現？」龜山更加驚訝：「難道真有神明？或者是魂靈能做到人類無法做到的事？」無法解釋的力量在龜山心中留下了更多的疑問。

「這件事不是誰的錯，而是整個大時代的悲劇，新居一家人只是無辜的受害者。」龜山看著她累壞也十分不捨，有感而發：「不論日人、漢人或蕃人，生活在臺灣就是臺灣人，不該這樣互相打殺。」

「我相信，你長大後看到的臺灣一定和現在完全不同，一定會更好的！」龜山緊緊抱住德章，要他堅強不要讓父親失望了：「你們奇蹟般活下來必然有原因，未來一定能為這塊土地做出貢獻的！」德章還小聽不太懂，只能點點頭答應龜山會繼續努力生活。

龜山嘆了口氣，現在戰事的僵局難以突破，真實在他眼前上演的事件讓自己無法繼續刻意忽略世上真有靈界的存在。雖然不願承認，但似乎該轉換想法才能走出新道路，也在此時龜山突然靈機一動，想到了如何盡早判斷叛軍行動的方法。

❖　❖　❖

一九一五年・立秋前兩日・噍吧哖支廳內新化區噍吧哖庄

砰！砰！砰！

三聲砲響打破了噍吧哖地區一早的寧靜，這次義軍聲勢更加浩大，進城區前就先以土砲示威，還一路敲打鑼鼓，浩浩蕩蕩地往市區前進。

余清芳身穿聖衣坐在轎上，由八名信徒一路抬著，風光地接受眾人擁護。一路上許多民眾紛紛出門迎駕，這群義軍的威名早已傳遍周圍地區，當下就有許多受不了暴政的民眾決定加入義軍，跟著叫喊「趕出日本狗」的口號，氣勢十分驚人。

到了噍吧哖後，義軍聽隨江定的指揮分為數隊從四面八方包圍，目的就是要讓求援訊號無法傳出。還派了使者前去勸說支廳投降，方可保所有人包含日警家屬和當地日人在內近百人的性命；倘若不從，就照南庄一役全數滅口。

報告大帥：「日本人這次已做好準備，所有人都撤離支廳移到糖廠去了，糖廠建築體十分巨大能容納許多人，且四面地勢空曠都有堅固圍柵保護，可能會遭到狙擊不好進攻。裡頭也堆好軍火和存糧，看來已做好要長期抗戰的準備。」

「嗯。」江定點點頭：「向外求救的人有逮到嗎？」

「有的，西北方和南方各抓到一名日警，對外的電話線也早已切斷，他們現在孤立無援。」軍師報告道。

江定道：「等到他們發現不對勁，以現在我們人數如此龐大的狀況，他們派警隊來已經沒有用了，必須等到軍隊來救援，要調度應該也要三四天了，我們有足夠時間能進攻。」

義軍人數擁有絕對優勢馬上就將糖廠團團包圍，並在各個出口都派人駐守，讓裡面的人無法逃出。義軍如法炮製開始朝廠內丟汽油彈。但糖廠面積遼闊，日警也已有準備，丟入的火苗很快就被撲滅，得不到太大效果。附近的居民挾著怨氣跟著叫囂，也拿起手邊的磚塊和石頭朝裡面投擲，糖廠的窗戶很快便全被砸碎。

主力軍隊正研究著如何突破圍牆，開始在現場蒐集材料要架起梯子，想爬進圍牆近身拚搏。義軍們氣勢正旺，原本不可侵犯的警官派出所和糖廠，如今都在大軍包圍之中，裡頭日本人的哀嚎和尖叫聲不斷，大夥很快嗅到了能再次大獲全勝的兆頭。

❖　❖　❖

而位於臺南廳東側的第二聯隊總部，由臺南守備隊、砲兵和憲兵組成的數百人反擊部隊早已集結就緒。

「報告長官，經過來回比對，噍吧哖支廳電話線已遭切斷，叛軍很可能已經開始行動。」這就是龜山想出的反制之道，既然每次叛軍在攻擊前都會先切斷電話線路，那就反利用這點頻繁確認各派出所的線路狀況，只要該派出所線路無法接通便很有可能遭到攻擊。如此一來即可省去人力來回求援的時間，大軍可直接對目標出擊。

「他們竟然敢挑戰規模最大的支廳？」內田似笑非笑，隨即下令要所有部隊集合。

部隊快速在廣場上整齊排開，人手一支步槍，陣中更配有三十幾座自走砲和十幾座機槍。這支裝備精良的大軍已待命數日就等叛軍自投羅網，他們不打算給叛軍任何機會。

「帝國接管這座島嶼已經二十年，」內田站在司令台上對著部隊宣告：「從原本瘧疾叢生、荒涼落後的鬼界之島，已經改善成有秩序、有衛生、還有許多新型建設，甚至還能對帝國做出外銷貢獻的新天地。

「但是，仍還有野蠻的愚民不願隨著進步，聽從荒謬且不存在的神明指示破壞帝國的心血，甚至殺害遠來奉獻的皇民，」內田逐漸提高音量，要將憤慨的心情傳給每位士兵。

「今日我們集結於此，是要替天皇揮舞利刃把島內的積累的毒瘤割掉。面對愚民無須憐憫，我們要用現代化的力量輾壓叛軍，同時讓其他人理解帝國永遠不可挑戰，讓他們順服在天皇的恩澤之下。」

「提起你們手上的槍砲，踏出你們驕傲的步伐，我們是正義之師，任何擋在面前的阻礙都要挪開，任何不願配合的人都要除去。」內田拔出軍刀並高舉向天：「大軍出發！天皇萬歲！」

「天皇萬歲！」部隊整齊地高喊著，同時邁開腳步準備討伐叛軍。

隔日天都還沒亮，日本大軍行進的氣勢驚動了路上所有的村落，沿途居民都被嚇醒，躲在家中緊鎖門窗不敢出門，就怕招惹到無辜的事端。

噍吧哖東北方即是山區，也是叛軍最有可能撤退的路線，但難以提前部屬軍隊。內田只能從東南、南方和西北方三條大路包抄叛軍，而糖廠位於靠西邊的市區，若叛軍已經夠深入，那就能成功一網打盡。內田下達軍令，將在場的臺人全數認定為叛軍，可全數格殺。

三邊軍隊皆已到位布署完畢，待陽光跨過山頭，就是一齊開火的信號。

轟！轟！轟！

❖　❖　❖

日本軍隊自走砲的威力比叛軍的土製槍械殺傷力大上數十倍，射程也更遠。震撼力十足的砲彈精準地砸在糖廠外圍，才剎那間就讓義軍亂成一團，許多義軍根本來不及反應就當場陣亡，突然從天而降的砲彈讓他們不知道要往哪逃。許多人拿著菜刀向外衝出想跟日軍拚命，又被外圍埋伏的機槍掃射，紛紛中彈倒臥在血泊中。

被砲彈炸開的煙塵掩蓋了視線，爆炸的後座力也讓眾人聽力受損，義軍如一盤散沙，頓時不知該如何是好。

江定也被突然的砲擊嚇到：「是日本軍隊嗎？他們怎麼可能來得這麼快？怎麼可能探子都沒發現？」

「大帥！日本帝國大軍壓境太快！還從三面包抄！像是早知道我們會來這，這是陷阱啊！」軍師趕緊衝來，全身已是滿滿塵土：「撤回營寨的路目前還能走，我們趕緊撤退吧！」

「馬上照計畫召集所有弟兄！」江定喊道：「這波砲擊只是先讓我們亂了陣腳，待會日本軍隊才會進攻，我們還有機會脫逃！」

軍師領命趕緊要前去號召弟兄，他們早有默契地在營帳外集合完畢，就等江定命令。

「日狗大軍壓境！鳴金撤退！」江定喊道。

外頭大軍已經夠混亂，又突然聽到撤退的鑼聲，所有義軍像無頭蒼蠅到處亂衝，運氣不好的就被砲彈擊中當場死亡或重傷；運氣好的先找到掩護躲著，卻也摸不清方位和逃跑的方位。亂軍中只有江定和原先的山中弟兄訓練有素，排列陣行快速前進，加上他們早已計畫好逃脫路線，很快便撤離了戰場。

余清芳也十分驚慌，從沒被砲彈轟炸過的他耳膜幾乎要被震破，身上還沾著夥伴被炸爛的屍塊，鮮血也沾上了聖衣。一群忠貞的信徒決定冒死以肉身保護余清芳，圍成三層人牆朝山區撤退。

果然照江定所預測，日軍一陣炮擊轟炸後開始縮緊範圍，提著步槍一字排開漸漸往前，沿途見到人影就開槍。沒多久時間整個噍吧哖便屍橫遍野，狀況十分慘烈。

內田則是坐得遠遠地欣賞著這場殘酷的殺戮秀，他心中沒有任何憐憫，只覺得這些螻蟻罪有應得，就是該被徹底地踐踏蹂躪。

23 屠殺

義軍們四處竄逃後，倖存者陸續回到了剖牛湖營寨。前幾天還熱鬧擁擠的營寨，如今已變得死氣沉沉。義軍們經歷了九死一生已氣力放盡，在地上隨處就躺，模樣非常狼狽。

有能力的人就幫忙傷者做簡單包紮，只是相較於皮肉傷，這次慘敗在他們內心留下更大的傷疤。眼睜睜看著原本的夥伴在面前被炸成肉塊或被機槍掃穿全身，那畫面一直在倖存者的腦中重播彷彿末日來到，他們全身仍在顫抖，久久無法自己。

過了一陣子，余清芳也拖著疲累的身軀回到營寨，身旁僅剩幾名虔誠的信徒，他們全身布滿了血垢和塵土，一語不發地進到營房休息。

在戰場上的一片混亂中經驗不足的他們還搞錯了方向，多繞了路差點全軍覆沒。余清芳更是完全嚇傻，他從未想過日本軍隊竟有如此壓倒性的優勢。真如江定所說，這跟義軍人數多寡根本沒關係，火力才是一切。余清芳現在腦中一片空白，知道他已鑄下了無法挽回的大錯……。

這時營帳的鼓聲響起，這是召集所有人集合的訊號，他們緩緩地如喪屍般往營帳走去。

「這次嚥吧哖大戰，我軍慘敗。」江定主持會議，開門見山地說：「軍隊和警察火力完全不同，日方訓練精良、砲彈先進充足且冷酷無情，我們慘遭大敗並不意外。」

江定刻意緩了幾拍，雙眼盯著余清芳，現在帳內是江定派的人占大多數，他要重新奪回自己的指揮權，這樣才有帶著弟兄活命的機會。而余清芳現在蜷縮在一旁抱著膝蓋低頭沉思，不願對外界做出反應。

「我早就說過，日人現在一心要報復，絕對會大軍壓境，絕對不可正面迎擊。」江定提高音量：「現在……我們原本上千名的弟兄，如今剩不到兩百名……」。

余清芳依舊不回應，倒是他身旁的信徒決定起身反駁：「這一戰，雙方根本還沒交戰，你就大喊撤軍，讓弟兄們全亂了腳步。而且你還第一個跑，弟兄們被炮擊都還搞不清楚方向，你只顧著你原本的兄弟撤回營寨，現在還想撇得乾乾淨淨？」

江定不滿被質疑，拍桌起身反駁道：「雙方火力差距甚大，再打只是拖延撤退的良機，能全身而退靠的是多年征戰沙場的經驗。本帥做出最正確的決定，沒經驗的人才會以為人數就是優勢。」

「聽你在放屁，你們根本早就串通好要直接撤退，放我們其他人在那被屠殺。上次南庄也是，前鋒衝進去送死的永遠不會是你原本的兄弟！都是我們這群聽信你的傻蛋！」

「放肆！」一旁軍師大喊：「膽敢頂撞大帥，拖出去斬了！」

眼看江定的親信就要把那人拖出去，信徒們紛紛站起要捍衛同伴，卻看到余清芳仍然坐著不敢抬頭。

「余元帥！」信徒對著余清芳大喊：「你才是元帥啊！你就要這樣看著弟兄被處決？一句話都不吭？」

余清芳緩緩抬頭，看著最信任自己的信徒們全望著他，他一句話也說不出口，又把頭低了下去。

江定也看不下去，走過去將余清芳一把抓起：「你給我老實說！作戰前的起乩是不是你自己假傳王爺聖旨？」

余清芳被迫拉回現實，巨大的壓力讓他無法承受：「我……我不知道……王爺……到底想要我做什麼。」他無助地這樣說了一句，眼淚也跟著流下。

「哼！我從南庄派出所就開始覺得事有蹊蹺！」江定憤怒地把余清芳摔倒在地：「這麼多人就因為你無知的判斷而犧牲，因為信任你而赴死，你自己去陰間找王爺解釋吧。」

「竟敢質疑王爺的代言人和欽點的元帥！你才是自私自利的王八蛋，你一定會不得好死，死後再接受王爺的審判吧！」信徒氣得不顧江定的威脅，直接對他破口大罵。

江定心想這些信徒也同樣受騙便未對他們動怒，但這群人若繼續留著會使軍心浮動，必須讓他們離開。而眼下敵方一定會追來，拔營也尚未準備就緒，若提早放走他們只會增加風險。

「義軍接續由我統領，想繼續跟我的人就離開余清芳，」江定下令道：「其他執迷不悟的都先關起來。」信徒們大聲地繼續叫囂卻抵不過江定弟兄們的身手，一夥人全被鎖進了營房。

❖ ❖ ❖

一九一五年・立秋後兩日・噍吧哖支廳內新化區南庄竹圍庄

噍吧哖在大戰後一片狼藉，加上天氣炎熱空氣布滿了屍臭，四處飛竄著蒼蠅。義軍們的屍體上滿滿槍孔躺在一片血泊中，別在腰間的避彈符也被染紅，成了格外諷刺的景象。

內田下令把所有在場的臺人全都逮捕，並逼他們搬運和清點屍體：「有誰能先認出江定和余清芳這兩人的，只要提出證據就能馬上回家。」日本軍警在一旁喊著。

許多人邊翻找屍首邊吐，這地獄般的景象讓他們無法承受，但只要一停下腳步，後頭盯哨的人馬上用棍棒招呼，毫不留情地痛扁他們一頓。只是大夥找了一整天，連個相似的人都沒見到。

內田徵收了噍吧哖的北極殿作為臨時監獄，將這些叛軍全數關押，並且開始拷問有關江余二人的行蹤。很快地，便有人供出二人分別率眾逃入山區，從此不見蹤影。

內田知道總督必定對這答案不滿意，心中更對於這些叛軍氣憤難消，要求日警繼續拷問山中營寨位置，不計任何殘酷的手段。另一方面，自己則再次召集了軍隊繼續往東北山區方向行進。

路途經過的第一個村落是竹圍村，村內的居民提早聽到風聲，全都躲在家中不敢出來，街道上一片死寂。

「所有人立刻到街上集合，違者立斬！」內田動個眼神，宣令官便大聲喊道。

日本軍警們迅速地就地解散闖入每間民宅，強行將所有人拖趕出門，連老弱婦孺也不放過。很快地，兩百多人全集合在一處廣場，眾人表情驚恐大氣都不敢喘，連襁褓中的嬰兒都不敢哭出聲，因為他們知道日本軍警如同死神，竹圍村一場大劫恐怕即將降臨。

「昨日一群叛賊從噍吧哖逃出，必然有經過此街庄。兩名賊首還在逃竄中，一人是江定，另一人是余清芳。」宣令官舉起兩張畫像，他中氣十足地將一字一句清楚傳到每個人耳中：「若有任何消息必須馬上舉報！有賞！若隱瞞實情，視為同夥全數嚴懲！」

此地的百姓們倒抽一口氣，面面相覷不知該如何是好。過去江定一直以來都暗中幫助他們繳稅，相較於日本人的壓榨剝削，他是民眾眼中的英雄。

「大人請息怒，我是庄長。」這時一名老人從人群走出想要緩和氣氛：「叛軍從未經過此地，噍吧哖開戰後，大街上也始終無人經過，絕無看見要犯啊。」

翻譯官才剛翻譯完給內田聽，他便直接掏出手槍，朝庄長腦袋開槍，只見庄長腦漿四溢當場死亡。後頭的百姓們嚇得不斷尖叫，彷彿看到自己待會的下場。

「余、江二人策動叛亂，多少日本人死在他手下，你們還繼續護著他！這種行為也視同叛亂！」翻譯官轉述內田的話。

「報告大人！」這時又有一名莊稼漢出列，雙膝跪在內田面前：「小的昨日有看見幾名鬼鬼祟祟的壯漢經過大街，他們看來是受了傷全身都是血，就往山裡跑去了。」那人手朝東北方指著山區。

內田聽了點點頭，又一槍把這個人也擊斃：「我已經受夠你們的假消息，每次都讓我軍無法掌握情報，就是你們這群刁民害的。」

其實內田打從心底沒想過要從這些人口中得到情報，他看著獵物冷酷地笑著，只是單純享受蹂躪別人的快感，百姓們的驚恐和害怕讓他腎上腺素急升。

再也沒人敢出頭說話，絕望地沉靜了數分鐘。突然間日本軍隊接獲內田命令，舉起槍械瞄準手無寸鐵的百姓，所有人被嚇得腿軟大叫，但他們後面就是竹籬，根本無處可躲。

內田舉起手並用力揮下，軍隊開始對著百姓掃射，一槍接著一槍，無辜的百姓也一個接一個倒下，後頭竹籬上已被連發的子彈射出好幾個大洞，槍聲卻仍不肯停歇。很快地，全庄二百五十餘人無一倖免，全遭殺害。日本軍警更隨即淋上燃油，一把火把全庄給燒了。

不只竹圍，內田繼續前進，竹頭崎、龜丹林口、化北寮、左鎮等地皆慘遭屠殺。為了屍體處理方便，軍隊把百姓們強壓至溪邊掃射，將整條河都染成紅色；或是要他們自己先挖坑，再全數射殺掩埋。

有時軍隊還會故意留下倖存者，將其砍斷手腳或削掉頭皮，留下無法抹滅的印記，要他們到義軍所待的山營傳話：「日本人會繼續屠殺街庄，直到你們投降為止。」

同時，在噍吧哖的臨時監獄中，承受不住酷刑凌虐的弟兄開始吐露營寨的路線，經過多人交叉比對確認後，日本人終於得到一條用滿滿鮮血畫出的路線。

❖ ❖ ❖

龜山表情凝重再次來到監獄，而眼前的蘇有志已經消瘦許多，雙眼更掛著厚重的黑眼圈，聽獄卒報告蘇有志常半夜被夢境嚇醒。

「噍吧哖討伐的結果，你已經知道了吧？」龜山說道。

「我真的不知道王爺的想法，這個行動害死了這麼多人，都是我害的……」蘇有志表情十分痛苦不斷搖著頭：「這群信徒虔誠地聽了王爺的話，現在卻全成了亡魂……」。

龜山表情凝重地坐下說道：「但現在事件還沒結束，余清芳和江定還未抓到，內田不會輕易罷手的。」

「我已經無能為力了……」蘇有志垂頭喪氣心中滿滿悔恨：「趕快判我死刑吧，我至少還能到陰間親自請教王爺，現在這樣折磨太難受了。」

蘇有志一直被單獨關著，連能說話的對象和機會都沒有，只能自己在腦中不斷掙扎，時常陷入情緒的低谷無法跳脫。獨自一人面對孤寂、疑問和良心譴責，對蘇有志來說絕對是最嚴厲的酷刑。

「你不能一走了之，還有更多人要靠你拯救。」龜山從公事包中取出幾張黑白相片，攤在桌上給蘇有志看。

相片內是許多人臺人被日本軍警屠殺的畫面，槍擊、砍頭、活埋，各種驚悚的場景就算少了鮮豔的色彩，殘忍的程度依舊讓人無比震撼。

「這……這是什麼？」蘇有志懷疑問著龜山。

龜山搖搖頭嘆了口氣：「內田為了報復叛軍對派出所的突襲，藉著要找余、江二人之名到處屠村，沿途許多村莊被毀，至少數百人已罹難。要是不趕快阻止他，還會有更多人受難。」

蘇有志倒抽一口氣，心中的罪惡感壓得他喘不過氣，五臟六腑都在翻攪著十分難受，再也受不了「哇」的一聲嘔吐出來。

「內田只要沒捉到這兩人就會繼續屠殺下去，而這些消息全被他封鎖，媒體和總督都不知情。」龜山繼續解釋道。

「那要趕快把這些相片曝光啊！這些都是鐵證！」蘇有志流著眼淚，他最害怕的事情還是發生了，心中不斷默唸著阿彌陀佛。

「要曝光沒錯，但不方便透過我。我在日本的人脈都跟內田高度相關，只要當中有人向他通報就會被壓下來，我的線人也會遭殃。所以這事必須靠你，你當初經商還去了日本一趟，應該認識不少商會的人吧？」

「我是當年勸業博覽會去的，可能……還有些人記得我吧。」蘇有志這時腦中一片空白。

龜山再給了蘇有志一張紙，上頭詳細記錄了日本軍警屠殺村民的時間和地點，甚至連屠殺方法和人數都有：「我會安排讓你私下使用電報，用你的名義將消息私下傳回日本，我希望你誇大裡頭的數字，讓事情鬧得愈大愈好。」

龜山抓著蘇有志的肩膀，讓他重新專注：「聽好了，商會不僅限於日本，連外國商會也要一併通知，讓消息大量曝光。必須要靠輿論給帝國壓力才能阻止這場屠殺，甚至對後續的政局和判決產生影響。你聽懂了嗎？」

蘇有志心中的罪惡感再次湧上，他又乾嘔了一大口胃液。

「商會影響力非常大且內田無法干涉，這是救人的最好辦法。」龜山說道。

蘇有志心中非常猶豫，他雙手止不住發抖，排山倒海的壓力湧入讓他不敢妄作決定。他良心無法忍受再見到更多人無辜犧牲；但跟日警合作簡直就是要他背叛所有人和王爺，不管是否為了救人。

缺少王爺的旨意讓蘇有志無所適從，他從小就跟著家中信仰王爺，做任何重大決定都以祂的旨意為圭臬，這種根深蒂固的枷鎖讓他難以跳脫。而這次行動也是，一路以來都照著王爺旨意的行動，現在卻造成大多數信徒已不幸罹難，還讓許多無辜的人也遭到波及。

轉個念或許只是一瞬間的事，在蘇有志的心中卻是難以跨越的門檻，要拋下一直以來依賴的信念讓他十分痛苦。蘇有志流下兩行悔恨的眼淚，原本還在僅存信仰中掙扎的他，被這些血腥的照片壓倒了最後一根稻草。

蘇有志的理智逐漸壓過信仰，依照減少犧牲人數的方向確實該配合龜山，他已下定決心走自己認為對的事情，就算可能違背王爺的意思。

「無辜犧牲的人已經太多，我就盡己所能吧……」。

❖ ❖ ❖

「大帥，日本人已開始上山進逼，還挾著被抓的弟兄們，」探子神情凝重地對江定報告狀況：「日人沿路比對證詞，只要發現不對就馬上處決說錯的弟兄……現在他們沒人敢說謊，也讓日人速度加快了。」

「好，大夥也準備得差不多了，馬上拔營。」江定下令。

「敢問大帥，余清芳一行人還鎖在營房，要帶走他們嗎？」軍師問道。

「軍師意下如何？」江定也還在躊躇。

「以在下之見不如放了他們，但不讓他們跟著我們拔營。雙方各走各路，其餘就聽天由命了。這樣日人到時候搜查時，也多了一條路線讓他們分心，或許能替我們爭取一些時間。」

「就照軍師說的辦吧，」江定知道讓他們在野外生存恐怕凶多吉少，他也擔心王爺降罪於他，但似乎也沒更好的辦法：「立即拔營離開，分幾天糧食給他們吧。」

「喂！來人啊！該放飯啦，老子快餓死啦！」

「莫開玩笑啊！要是餓死我，我一定到天庭告狀，讓你們逃不過報應！」

余清芳的信徒們被關在營房內，從前一天晚上就不再有人給他們送飯，現在已經接近正午，他們忍不住飢餓開始大喊。

「臭狗崽子江定，自己沒能力帶兵還敢怪王爺，要不是王爺，你還能有今天？」

「就是啊，忘恩負義的傢伙，功成名就都是靠王爺，現在逃跑了還怪罪余先生，無恥之徒！」

余清芳的信徒們在營房內不斷叫囂謾罵，卻發現外頭從一早就沒了聲音，大夥開始慌了起來，擔心著真要被餓死在這。

而余清芳關在裡頭依舊意志消沉，他對自己的決定和判斷萬分悔恨，死了上百名跟著他的弟兄，是否就是因他假傳聖旨造成，且王爺不願降臨乩身讓他倍感落寞，那日噍吧哖的慘狀更是無法從他心中抹滅。

「難道我真的錯了?王爺拋棄我了嗎?」他不斷問著自己,吃不下東西也睡不著覺,就這樣一個人窩在角落。

大夥餓著肚子開始在門口推擠,突然順利把原本死鎖的門口推開,外頭擺著一些乾糧,而整座營地早已人去樓空。

「大家先填飽肚子就趕快撤離吧,應該是日本人快來了他們才走的。」信徒老吳喊道,大家都餓壞了狼狽地吞著食物。

老吳見到余清芳仍在營房中,便拿了食物要給他:「元帥趕緊補充體力吧,等會還要趕路。」

余清芳頭也不抬地回絕:「不要管我了,你們快點逃吧,他們的目標是我。」

「元帥,你要打起精神來啊!只是一場敗仗而已不算什麼的!」又有信徒陸續來到營房內,要余清芳打起精神。

很快地所有信徒都圍過來,他終於抬頭看著大家忍不住痛哭失聲:「我……我已經……無法再擔任王爺的乩身了,我讓祂失望了!」

余清芳情緒潰堤,一股腦地從南庄決定火攻開始,到大戰前的假上身他都一一坦承:「是我自己踰矩了,我只是凡人……不是神……王爺決定拋棄我了……我什麼都不會,什麼都不是,你們別再跟著我了,趕緊各自逃命去吧。」

「元帥,我們跟著您到現在,已經無法回頭了。對王爺的信仰,是我們現在唯一剩下的……不能連這都要我們拋棄啊,」老吳雖然無奈卻誠懇地說道:「這是王爺給我們的考驗,祂不會放棄我們的！」

「對啊！不要放棄！我們先快逃再說吧！」信徒不斷鼓勵著他。

余清芳沒想到這些信徒還對他不離不棄，別人竟然比自己還相信自己，尤其是在如此潦倒的時候，他心中非常感動。余清芳心中激起一股動力，他只希望能讓這些信徒平安活下來。方法還不知道，但必然要先逃跑。

❖ ❖ ❖

內田收到部下火速送來的幾份日本報紙，他光看到標題就血壓飆高。

「臺灣發生叛亂，內田民政長官率領軍隊屠殺許多無辜百姓。」

「慘案！軍隊報復性屠殺臺灣村民！」

「臺灣百姓遭軍隊報復性屠村，數千人死亡。」

「恥辱！屠殺事件傳到全世界，紛紛關切臺灣狀況。」

內田讀到全身發抖，報紙內圖文並茂，畫了臺南附近的地圖標記地點，詳細記載了屠殺的地點、時間、參與的部隊，各個村落的死亡人數還被放大了數倍，讀來十分駭人。

「哪個混帳東西走漏消息？」內田氣得發抖，對著部隊的長官大罵。

大家知道會挨罵沒人敢回答，頓時一片安靜。

內田來回踱步思索著到底是誰出賣他：「臺灣的報社全在我掌握之中，難道有人想辦法繞過我的眼線直接把消息傳回日本？而且才短短幾天就被報導，還一口氣讓各大報社同時刊登，背後絕對不簡單。」

「長官，總……總督來電。」內田臭著臉接過電話。

「你在幹什麼？給你軍隊是讓你藉機報復嗎？你只會對無力反抗的老弱婦孺下手嗎？」總督的霸氣透過話筒傳到內田耳中，嚇得他立正站好：「我們是偉大的日本帝國，尤其現在社會輿論無法接受這種野蠻的處理方式。」

「報……報告總督……」內田小心翼翼地回話：「這群山區村民早已跟叛賊勾結許久，每次都幫他們掩護路線，還會提供假情報讓我軍浪費資源，才讓這群叛賊有機會壯大。他們就是叛賊的同夥，若沒將這些村落殺雞儆猴，這地區永無安寧之日。」

「閉嘴！找不到叛賊就是你辦事不力，我不允許任何屠殺無辜行為再發生，並限你一個月把余清芳和江定活捉到案。」總督下了很明確的指令：「不只是內地，現在國際媒體都在關切我們的處理方式，絕對不能再亂殺人，我們必須要靠透過司法程序才能挽回一些顏面，否則你官位就不保了！」

「是！」內田不敢再多話。

「記得也要調查消息到底怎麼走漏的，管好你自己的手下。」總督說完便把電話掛斷。

內田大力摔掉話筒：「叫所有分隊長集合！」

24 通靈

一九一五年・處暑前五日・臺南廳直轄東區土墼埕臺南地方法院新建廳舍

「昨日有人主動投案說他知道叛亂事件的情報，但只願意跟您談細節……」佐佐木對龜山報告著：「這人叫陳清吉，是在臺南廳賣牛奶的，他曾在西來庵擔任職務。案發後警察有抓他來問訊，但……他的客戶都是長官們，沒找到證據就趕緊先放人了……」。

「這人我見過，他曾經在蘇有志宅邸中扶筆說是能解讀神意，但為什麼要來主動投案？」龜山想不通：「去問看看吧。」

龜山打開鐵門，一股血腥味撲鼻而來，許多囚犯在這房間內受盡折磨而痛苦死去，昏暗的周遭令人不寒而慄。而牛奶吉神情自若，已在鐵椅上等待龜山許久。

「先不論你要給我什麼情報，我憑什麼要相信你？」龜山決定不照牌理出牌，要讓自己掌握主導權，俐落地坐在他面前。

「我能幫你找到余清芳。」牛奶吉直接說出龜山心底最想達成的目標。

龜山十分驚訝：「你要背叛他們？」

「我效忠的是王爺，不是義軍，」牛奶吉說得斬釘截鐵：「義軍在南庄一役走偏了，現在的情況不是王爺樂見的結果。」

「是王爺要你來找我的？」龜山被勾起好奇心急躁地問道：「我們出動幾千人搜山都還沒找到，你怎麼可能知道他們在哪？」

牛奶吉刻意避開第一個問題答道：「余清芳在噍吧哖大敗後和江定拆夥，此刻在荒郊野外努力求生，但我有辦法能聯絡上他。」牛奶吉眼神堅定不像是在瞎扯。

龜山暗自驚訝牛奶吉所說和他得到的情報相符，趕緊追問：「你怎麼知道這些消息？又為什麼要告訴我？」

「王爺能告知我戰場的消息，也知道你們目前沒有其他辦法能找到他，」牛奶吉語氣緩慢地解釋道：「王爺仍然要找你合作，就像祂之前曾向你提過的。」

「又來了……」龜山心裡暗叫不妙，這是他無法理解的範疇，心中還是滿滿疑惑：「你剛說叛軍在南庄走偏了？難道放火不是王爺的指示？祂為什麼要跟我合作？祂又想得到什麼？」

牛奶吉聽出龜山開始好奇，便坐直身子繼續說道：「王爺似乎相信你能勸降余清芳，得到首功後便能讓你取得後續調查和審判的主導權。許多義軍已在戰場上犧牲贖了他們的罪，但同時還有更多人在獄中等到接受審判，這是你能幫上忙的地方。」

牛奶吉繼續說道：「傷亡已經夠多了，尤其日本軍警的報復性屠村絕不能再發生。」

龜山更加驚訝牛奶吉連屠村的事情都知道，這機密消息一介平民絕不可能知道，看來對方真能掌握雙方所有情報，不過這讓龜山更無法理解：「我搞不懂，如果你們口中的王爺能知道所有事情，為什麼事情還會變成這樣？」

「成事還是必須靠人，而人常會有太多的私慾和想法導致方向偏離，最終導致了行動失敗。」牛奶吉繼續說著：「但我想王爺還是盡可能布局，像留下我和蘇有志沒跟著義軍上山。」

龜山之前就十分好奇為何蘇有志不跟著叛軍一起上山，還要留著被關押，難道要找蘇有志幫忙傳電報到內地，也在王爺的布局中？龜山還有太多問題想問：「既然祂知道起義會失敗，那為何還要號召起義？現在又要我來終結這件事？」

「我想王爺的目標一直都不是起義成功，這樣要付出的死傷太大……」牛奶吉搖搖頭：「日本帝國發展快速，在各方面條件都領先臺灣，帝國該要更有胸襟地善待這塊土地和人民才是。祂應該是希望能讓臺日和平共存，日人不壓榨欺辱臺人，臺人也能向帝國學習，大家能共同為這座島努力創造和平的未來。

但現況卻是帝國持續無情地壓榨臺人，若想改變現狀必須要發出有力的聲音，而過程難免會有一些犧牲，」牛奶吉補充著：「而且犧牲的都是最相信祂的信徒們……恐怕也只有神靈才能放下這羈絆吧。」

龜山一愣，他努力追查了這麼久的事件，至今才知道幕後王爺的想法和格局，他一直把王爺當成是製造亂源的禍端，沒想到祂是精心布了局，讓臺人為自己發聲爭取權利，想辦法讓臺灣的未來能更好。

龜山想透澈後，看著牛奶吉點了點頭：「不過就算真的招降成功了，我也只能保證後續的調查和審判維持公正和人道精神，最後判決的結果我無法保證。叛軍參與叛亂和殺人罪證確鑿，這要交給裁判官裁決。」

「這是當然，像我也參與了一路以來的策劃，同樣要為造成的傷亡贖罪。」牛奶吉這次來投案，便是已將生死置於度外。

「但究竟要怎麼找到余清芳？」龜山心中只剩這個問題。

「透過相思湯，」牛奶吉解釋道：「這帖古老的草藥能讓人短暫擁有通靈的能力。王爺會有辦法讓你和余清芳同時喝下草藥，再藉由祂的牽線，你就能和余清芳直接溝通。」

龜山在心中苦笑，知道若是之前的他，必定會對這種怪力亂神的方法嗤之以鼻，但如今他不得不相信有神靈真的能做到無法想像的事：「好吧，也只能試試了。」

❖ ❖ ❖

余清芳等人在山林中逃亡了三天，連日午後雷雨淋得他們又濕又冷又餓，到現在連個像樣的歇息處都沒找到。江定留給他們的食物已經吃完，他們在山中到處逃竄，還要隨時留意日人是否追來，身心皆已十分疲勞。

他們無人有在野外求生的經驗，也對山林環境一無所知。第一天便有信徒誤吃了有毒的菇嚴重腹瀉，又因無法補充營養而差點喪命山野，從此他們更不敢嘗試野草野菇。但他們也沒有狩獵的本領，野外的動物反應靈敏，缺乏經驗根本難以獲得食物。

這三天對他們來說彷彿過了十天甚至更久，山林的地形陡峭複雜，連能平躺的地方都沒有，疲累時只能縮著身子勉強休息恢復體力。此時大夥都已在意志崩潰的邊緣，不發一語地窩在火堆旁。

余清芳很感念這群信徒對自己的不離不棄，連食物都會先試吃過沒問題才讓他服用，讓他更加後悔自己偏離王爺的旨意，否則可能不會落得今天這副田地。余清芳靠在樹幹休息沉思，仰頭往天空一看，靈感突然閃過他腦海。

「這樹……難道就是相思樹？」余清芳望著上方鐮刀般的綠葉，並開著金黃色的球狀細花，喚起了他腦中一段久遠的回憶。

「是的、元帥，相思樹在這帶山區到處都是，我們之前常砍來燒柴，怎麼了嗎？」

余清芳突然想起幾年前的回憶，那是他與王爺的第一次接觸，而他見到眾人都好奇地盯著他看，便說起在加路蘭的往事。

信徒們聽完故事都嘖嘖稱奇，興奮地問道：「大帥現在接受不到王爺的旨意，要不要試著透過這相思湯增強通靈能力？或許能救大家一命！」他們重新燃起希望，重新圍在余清芳身旁躍躍欲試。

「但……是我犯了錯王爺不願上身……恐怕這樣做也沒用……」余清芳還是沒有信心。

「王爺不可能就這樣拋下我們的！」信徒大聲喊道：「可能反而是元帥心中有愧歉讓王爺無法上身，我相信王爺一直都在我們身邊的！或許一喝就能成功了！」

余清芳看著信徒們從原本頹靡的樣子轉為興奮，自己也不好意思潑他們冷水：「好吧，我們就試試看吧。我手邊還有黃老交託的一點駱駝篷子，幫我一起蒐集樹皮，最好取樹皮比較薄的，並剝成細條狀，愈多愈好！另外準備一鍋水，把這些樹皮丟下去熬煮。」

這群信徒開心地重新燃起希望，手腳俐落地動了起來。

❖　❖　❖

而山林的另外一邊，江定和他的弟兄們搬遷回石厝躲避日人的追擊，他們順利掩滅路徑，目前還沒有日人追來的跡象。但之前一口氣太多義軍加入，使得存糧削減極快，讓他們現在只剩不到五天存糧，加上連日大雨，要出動採獵變得更加困難。

原本採獵就只占江家軍總體食糧的三成，其他都是依賴和山下交易取得，但現在日本軍隊全力封鎖又到處屠村，這條路是完全斷了。如今這麼多弟兄要養，之前辛苦存下的存糧也被一群烏合之眾消耗殆盡，讓江定十分苦惱。

「大帥，兩天前的減糧令一出，弟兄們……士氣有點受到影響，心中也開始擔心，還有一些是後來才加入的新血，他們的不滿情緒會感染全軍。」軍師皺著眉頭前來報告。

江定搖搖頭嘆著氣：「我們從獵人變成被獵殺的對象，但軍中最不能掉的就是士氣，必須想辦法才是。召集弟兄積極利用畸零地墾田吧，另外天氣也終於好轉了，這幾天看能不能多獵到一些食物。」

「只要蕃薯收成後應該就能好轉，但得要先熬過這幾個月。」軍師還是有些擔心。

江定也陷入沉思，卻被石厝深處的嬰兒哭鬧聲打斷。這是江定才剛喜獲的一雙兒女，還在妻子襁褓中嗷嗷待哺。這是憐兒過世後，對倆夫妻最大的慰藉。

而如今他腦中閃過一絲駭人的念頭，他趕緊將其揮去，說自己要去看看軍況。

又過了三天，狩獵仍然沒有太大斬獲，餓著肚子的弟兄們開始人心浮動，抱怨聲連連：

「沒東西填飽肚子，墾田的計畫也會被拖慢，這樣下去不用等到日本人找來，江家軍就會自己潰散了。」江定見到情況真的不妙，他只好痛下決心。

這天，江定召集所有弟兄到營寨旁的溪邊集合，他表情凝重，身旁還放了兩個竹簍。

「各位弟兄，我們曾一起搶盜日本狗的不義之財，出生入死完成任務；我們也曾一起主動出擊，為了抵抗日本帝國挺身而出，也宰殺了許多日本狗。」江定豪氣地說道。

「但現在我們身處險境，四處被日人包抄，糧食也快見底，我知道各位都很擔心。但是，只要我們成功撐過幾個月，等蕃薯收成了便能改善情況。」江定繼續說道：「各位弟兄跟隨江某多年，出生入死毫無怨言，江某十分感激，也永遠將各位弟兄放在心中的第一位。」

江定一個指令，一名弟兄即抱著兩名襁褓中的嬰兒緩緩走出並交到江定手上，遠遠還能聽到江定妻子悲痛的哭喊聲，眾人心中都為之一震。

「現下這個時期，多一張嘴便是多一分負擔。」江定說道：「江某不願讓弟兄們挨餓，卻餵飽自己兒女。」

江定在大夥面前，不顧幼兒幼女的哭喊將他們分別放進竹簍中：「江某以膝下兩兒為祭，期盼我們能上下齊心，一同度過難關！」說完便親自將兩個竹簍推下溪流，隨著水波往下流去。

弟兄們見狀各個心中慷慨激昂，知道江定付出了多大的犧牲來保住大家，紛紛大喊誓死效忠大帥，成功凝聚了所有人的士氣。

江定再次經歷喪子之痛，心中也悲傷萬分，但他知道只有這樣才能讓大軍繼續撐住，也才有機會在這貧瘠封閉的山區中繼續存活下去。

❖　❖　❖

虎頭山腳的北寮庄內，一名婦人在榻上哄著兩名未滿十歲的孩子睡著，她臉上滿滿淚痕已經許久無法好好入睡。她先生跟著叛軍上山一個多月至今生死未卜，他們留在家中也常被日本人搜查，村中有些人還被無端帶走就再也沒有回來，現在只要晚上傳來風吹草動的聲音就會被嚇醒。

突然外頭出現了腳步聲，這次來得又急又多，婦人嚇得跳起來，趕緊也把兩名孩子叫醒。「起來！全部給我到外面集合！」日本軍隊這次直接破門而入，粗暴地把他們一家三口拖出門外。

在街上也有幾戶先生去參戰的家屬都在半夜被趕出家門，並由八名軍人壓陣要把他們整群帶走。隊伍中老弱婦孺全都害怕地發抖著，一名老人家口中不斷唸著阿彌陀佛，擔心著今天恐怕是自己人生的最後一天。

他們被日本軍隊集中到一處營地，才發現那邊也聚集來自其他村莊，也同樣被強行帶來的人們。

「聽好了，你們會被帶來這是因為你們家中有人參加叛軍。從現在開始，你們要開始執行上山招降任務，等一下會發給你們一人一包口糧，夠你們吃七天。」帶頭的軍官宣布著命令，底下同時分發口糧：「有成功招降家人的就能直接團聚回家；要是失敗了沒召到人，就認定你們也加入叛賊的行列，不用再回來了。」

這一系列的招降行動是內田想到的新招，既然屠殺一途被制止，為了要繼續給叛軍壓力，就找他們最重視的家人下手。

只是山林如此之大，家屬們皆是老弱婦孺根本無法快速行動。任憑他們在山中哭喊破了喉嚨也不會有人回應。況且野外環境十分惡劣，許多人恐怕根本撐不到七天就會曝屍野外。

婦人只好帶著小孩亦步亦趨在山林中緩緩前進，這些食糧根本不夠溫飽，幸好她還認得一些野菜，幸運找到還能讓他們撐得更久：「我們快到了，就快找到爸爸了。」婦人紅著眼眶哄騙著孩子們要堅強。

他們走了五天已經深入山區，且害怕日本軍隊會從後頭追上要取他們性命，不敢停下歇息急忙趕路，沒多久便跟其他人分開。但如今他們迷失了方向不知道要往哪走，身邊食糧也即將見底，婦人只能不斷地祈禱期望能有奇蹟出現。

三人正在休息，卻突然有急促的腳步聲靠近，婦人緊急抱住孩子想找個藏身之處卻找不到，還好出現在眼前的人並不是日軍或日警，而是十分熟悉山區路線的陳岱。

「你們腳力還真不錯，終於找到你們了，」陳岱說道：「這批就你們走最遠，總算追上了，趕快跟我來吧。」

婦人根本不認識陳岱，雖然現在走投無路也不敢直接相信別人：「你……你是誰？要帶我們去哪？」

陳岱無奈地嘆了口氣：「我見到有許多人跟你們一樣，被可惡的日本狗逼上山勸降就這樣死在山上，我看不下去只好跳下來幫忙。你們狀況算很好的，有些年紀真的大了我也沒辦法，能救幾個算幾個。」陳岱既無奈又憤怒，對於日本軍警只會欺負弱小相當不以為然。

婦人感動地流下眼淚，她見到陳岱真誠的眼神，知道他不會騙人便點點頭決定跟他走。陳岱一把抓起兩個孩子，一個抱胸前一個揹身後，帶著婦人快步出發。

他們走了許久來到山林間一破舊的倉庫前，裡頭飄來陣陣香氣：「這本來是日本會社做樟腦用的倉庫，後來繼續往深山開墾就廢棄了，進來吧。」

婦人跟著進去，裡頭坐著十幾名同樣被驅趕到山上的義軍家屬正在休息，而一旁的湯玉正用大鍋煮著熱粥讓大家暖暖身子，柳和德章也正幫忙端送食物給大家。

「這裡雖然簡陋，但總比睡外面安全。先在這躲一陣子，等風頭過了再陸續送你們下山。」陳岱找了位子要他們好好休息。

「這位大俠真是菩薩心腸！一定是有神明保佑，感謝王爺！感謝菩薩！」婦人心中充滿了感激，開心地抱著兩個孩子。

陳岱看著湯玉忙進忙出的樣子，正帶著微笑在分裝熱粥，自己心裡也舒坦許多。他知道要讓湯玉忙起來才能盡快療傷，孩子們也都很認真地到處幫忙，這景象讓他十分欣慰。

❖　❖　❖

臺南監獄內，龜山裸著上半身，盤著腿正在牢房中凝氣養神，他穩定地呼吸吐納，活像是日本武士準備要切腹自盡的場景。

而牛奶吉拿著熬煮後的相思湯來到龜山面前，這半碗濃稠的濃黑湯藥無法見底，氣味十分濃烈並不好聞。龜山事前已特別叮嚀獄卒，不管發生什麼事情或聲音都嚴禁打擾或闖入，他已將自已賭在牛奶吉身上。

等到王爺指定的時辰一到，龜山便緩緩將湯藥喝下，直到一滴不剩。牛奶吉則在一旁作法，要保護龜山不受到靈界的干預。

過了十分鐘左右，龜山開始有些感覺，前胸後背陸續冒出汗珠，雖然眼睛閉上但腦中的畫面飛快的播送著，極快的速度感讓他難以招架。突然間龜山大叫一聲，十分痛苦地在地上打滾，雙手緊抱著頭無法停下，皮膚也開始出現紅腫。

龜山的意識開始更加混亂，相思湯快速滲進了他的皮膚和血液，他所有的感官被暴力地撐開，像是一股能量在體內不斷膨脹，極力想掙脫這副皮囊。

突然，龜山的靈魂瞬間衝出了身軀，用極快的速度穿越了天花板，飛出了堅固的牢房。他的靈魂翱翔在天際，從熱鬧的市區漸漸飛離，穿越了美麗的農田、魚塭和鹽場，再飛過高山、溪流和森林。

突然間天色灰暗，下起傾盆大雨，他就像一隻猛獸在叢林中迅速奔馳著，枝葉樹幹劃過他的身軀，速度之快讓他自己也難以招架。沒過多久，他衝到一個石窟前，而裡頭深不見底。

同一時間，余清芳等人也已將相思樹皮和駱駝篷子熬煮成一碗濃稠的黑湯。

「這樣應該可以了，」余清芳聞到相思湯濃厚的臭味，終於確定和他幾年前喝下的那碗相同：「等會我可能反應有點激烈，你們千萬不要幫我。」余清芳說完便一口氣把相思湯喝下。

灼燒和疼痛的過程與記憶中一樣難熬，吐出一大口膽汁後，余清芳躺著望向天空。他慢慢地失去自我的感知；視、聽、味、嗅、觸五感皆漸漸消失，空間和時間感也漸漸瓦解。

余清芳心中不停地向王爺祈禱並承認錯誤，懇求王爺能賜給衷心信奉祂的信眾一個方向。

這時他的靈魂已同樣在下著大雨的叢林中狂奔，也來到了一座石窟前。他放慢腳步緩緩踏進洞穴，一個他曾聽過的聲音從深處傳來，卻不是預期中王爺的聲音。

25 灰燼

一九一五年・處暑前五日・阿緱廳甲仙支廳二會林坪

「有人來了嗎？有聽到嗎？是余清芳嗎？」一道聲音闖入余清芳的腦中。

「這……怎麼不是王爺的聲音？」余清芳喝下相思湯後靈魂進到全黑的洞穴中，聽到的聲音竟然跟他想的不同，但余清芳確定他聽過這聲音。

「你是誰？」余清芳謹慎地問道。

「我是龜山警視，是余清芳嗎？」龜山同樣在一片黑暗之中，想確認對方的身份。

「龜山？那傢伙怎麼能跟我對話？這是幻覺嗎？」余清芳內心十分疑惑，不知道該如何回答。

「我也喝了相思湯，聽說這樣能跟你聯繫上。」

「透過相思湯？那似乎真有可能達成…… 難道這就是王爺的旨意？」余清芳思索著對策：「我就是余清芳。」

「太好了，竟然真的聯絡上了。」龜山止不住驚訝：「不用擔心，我是來想辦法幫你們的，你們嘸吧咋大戰後就和江定拆夥了對吧？相信你們一定又餓又累了吧？」

「你要怎麼幫我們？」余清芳心中只在意這個。

「我不確定你們消息是否靈通，先跟你們解釋一下現在的處境吧。」龜山隨即把內田屠村、監獄內殘酷的逼供、蘇有志答應幫忙洩漏消息給媒體、現在又換成家屬上山招降的一連串情況跟余清芳解釋。

余清芳聽了冷汗直流，他們跟江定鬧翻後就斷了外界的消息，光是大戰罹難的弟兄就讓他夠難過，現在又聽到還有更多人因此遭無辜屠殺，心中受到更大的打擊，難過地頓時說不出話來。

「我非常認同臺灣人民現在被壓榨的悲慘處境，我也很希望能改變，但現在這樣只會讓仇恨繼續累積，反而導致更糟的結果。」龜山分析道。

「那你想要我怎麼做？」余清芳問道。

「你有聽過聖女貞德嗎？」龜山突然問道。

余清芳一愣並沒回應，龜山接著向他簡單介紹了貞德的故事：「她是十五世紀的一名法國英雌，跟你一樣說自己能聽到神的指示，在生靈塗炭的英法百年戰爭時期，她藉此凝聚了法國軍隊的士氣，讓所有人為了相同的信念奮戰。原本英國十幾年來都一路壓著法國打，卻在貞德帶領之下瞬間逆轉了戰局。」

「洋鬼子也能和神明溝通？」余清芳沒想過這事竟然也在國外發生過，而且還成功了：「那後來怎麼了？」

龜山知道他成功勾起了余清芳的好奇心，繼續解釋整個故事希望能讓他卸下心防。包括最後貞德為了助人而遭到俘虜，被送到英國被綁在木樁上燒死而殉教，以及她死後被天主教追封為聖人，直到今日還受到許多人的景仰。

「為什麼要跟我說這個？」余清芳問道。

「貞德犧牲自己的性命而加速了戰爭的結束，讓飽受戰火摧殘的人民終於可以過上安穩的日子，她也同時讓法國人民更相信信仰的力量。」龜山希望能喚起余清芳的初衷：「我認為她的目的其實跟你一樣，都是希望要改善大家的生活。」

「你是要我犧牲自己？來成全其他人的生活？」

「你號召了被壓榨的臺灣人揭竿而起，成功引起帝國政府對於臺灣治理方針的檢討，但現在有更多無辜的人因為你還在逃而持續遭到殺害。」龜山勸著余清芳：「只要你現在投降自首，就能拯救更多人的性命，後世也會認同你的作為的。」

「我根本不在乎自己這條命，更不在乎名聲。」余清芳回得果斷：「但起義還沒結束，軍隊不斷草菅人命就是血淋淋的鐵證，臺灣人的悲劇只會繼續上演，根本沒有改變。」

「日本內其實一直都有改革派在努力著，跟隨著大正天皇的腳步要將日本改造成先進開明的帝國，而現在正是關鍵時期。」龜山耐心地解釋給余清芳聽：「只要你願意自首，相信總督會換個角度思考來改善臺人的環境，而非只是一味地加壓於人民。」

「我憑什麼要相信你？」余清芳放下心防思考著，心裡知道龜山的方案是目前能把握的最好機會，但他還需要一些信心。

「你不必相信我，但總相信你們的王爺吧，少了祂的幫忙我根本不可能聯絡得上你。」

余清芳雖然有大致猜到，如今從龜山口中確認還是讓他心中一震。他一直絕望地認為王爺已經棄他們於不顧，現在總算再度得到祂的指示，余清芳態度軟化地問道：「那……跟在我身邊的信徒怎麼辦？」

「我保證你們會受到人道和公平的審判，主動投降也是減刑的好方法。」龜山說道：「我相信，這也是祂想要的結果。」

余清芳流下兩行淚水，輕輕地說道：「跟我說吧，我要怎麼配合。」

兩日後，余清芳按照龜山指示來到了約定好的王家庄，他們一行人全身髒汙，又累又餓十分狼狽，龜山早已準備好衣物讓他們盥洗。村民們也感念英雄們的反抗精神，準備了滿滿佳餚來迎接他們。

龜山讓余清芳等人得到英雄該有的對待，吃完大餐後才讓村民綁上他們帶來投案。

余清芳的投案讓日本軍警殘害無辜村落的行動也告一段落，轉而鎖定躲在深山的江定等人。之後的調查順利轉為由龜山全權負責，監獄內的嚴刑拷打都已停止，軍隊和警察退出，轉由書記官和檢察官介入，為之後的審判做準備。

❖ ❖ ❖

一九一五年・白露・大加蚋堡臺北城內西門街北側總督府辦公室

龜山再次搭上火車，在事件告一段落後要親自去向總督報告。他回憶起當初北上是為了慶祝帝國「太魯閣蕃討伐」勝利，當時伯父還任職警視總長，自己也才剛因為蘇有志的詐騙案而認識新居。沒想到才過短短兩年已人事皆非，伯父和新居不只接續被調職還都已離開人世，自己連他們的最後一面都沒見到，現在看著窗外的景色呼嘯而過，心中浮現滿滿的惆悵。

他起初是懷抱著理想來到臺灣打拚，想試著改變臺日雙方的關係，後來陸續偵破日本的犯罪案件，也包含蘇家的詐欺案。而在太魯閣蕃討伐結束後，他開始負責高等警察並偵辦全島的抗日事件，雖然最後成功平定了這起西來庵叛亂，帝國卻也付出了慘痛代價，且讓臺日雙方的仇恨也因此而愈來愈深，彷彿白忙了一場。

這整起事件在他心中刻下很深的印記，尤其是信仰的部份。自己從最初因為久賀島事件對於信仰的排斥甚至痛恨，讓他對於臺灣島上許多事情都無法理解，包含臺灣宗教的文化和號召力，還有各種神祕的儀式和草藥都讓他認為這是落後文化的象徵。但在深入瞭解和交手後，也讓他不得不相信真有神靈的存在，也難怪在水深火熱中的民眾會不顧一切的相信祂。龜山甚至在最後還親身體驗了通靈才順利勸降余清芳，現在回想起來仍無法置信。

王爺一路讓龜山漸漸見識祂的能耐，並讓所有人照著祂的大膽計畫進行，最後還逼得龜山不得不跟祂合作。龜山對信仰仍持保留態度，但對於王爺的盤算和格局暗自佩服，也更感覺到自己的渺小。

這時他才突然驚覺，原來王爺早就把自己當作其中一枚棋子。

而現在還剩最後也最重要的一步要走，他也開始嘗試著在心中祈禱：「大家口中的王爺啊，如果這真是祢希望的結果，稍後也請助我一臂之力吧……」。

❖ ❖ ❖

「你知道判決出來了嗎？」安東貞美總督劈頭就問龜山，表情十分緊繃。

「是，裁判官宣布共計八百六十六人以叛亂罪被判死刑。」龜山立正站好嚴肅地回答。

「這消息一出絕對是明天的頭條新聞，加上之前的屠村事件已經被大肆報導，這次輿論也不會放過我的。」總督坐在位子上搖搖頭：「要是換你當總督，你會怎麼做？」

「報告總督，部下十分抱歉！」龜山馬上鞠躬向總督道歉：「之前軍隊屠村的消息，是我傳給媒體的，請總督降罪。」

總督如龜山所事先設想好的，對於自首認罪的人並不會責怪，反而會好奇原因：「我就在想誰有這種資源和能耐，但是為什麼？」

「報告總督，這次叛亂行動是臺人累積已久的怨恨，而這些怨恨的源頭，就是來自於帝國政府的壓榨，」龜山說道：「恕我直言，帝國對臺灣的治理出了問題，尤其是內田長官。」

「我來臺灣之前就得知消息，你伯父早和內田理念不合，只是最後被他鬥走了，」總督輕蔑一笑：「你現在要來替他出一口氣？」

「遠遠不只如此，」龜山從懷裡拿出一個紙袋，裡面裝著厚厚的資料，雙手奉上給總督：「這是我長期蒐集的關於內田貪汙、瀆職、賄絡和要脅的證據，時間長達近五年。尤其從他掌權之後，便開始培養自己的爪牙發派到各地擔任要職，並強迫他們私下收稅，或是利用詐欺等方法打壓臺人。取得贓款後再繼續擴大收買自己的勢力，就是這樣一層剝著一層，苦的永遠是底層的老百姓。」

總督皺著眉頭翻著資料：「這傢伙這麼大膽？在皇法之下胡作非為？」

「我句句屬實且皆有證據，就連這次的叛亂活動，若非山區的警力已經腐敗成性，加上內田長官不願提供足夠的資源，否則高等警察很有機會在初期將嫌犯一網打盡，也不會造成今天的悲劇。我實在是無法認同內田的作風才出此下策，阻止他繼續傷害無辜。」

「這我定會嚴辦，資料先留下。」總督承諾：「但這些叛軍誤信邪教，殺害許多無辜日警和家屬也是事實，不能因為受委屈而脫罪。」

「大正天皇才剛即位，象徵著開明進步的年代，總督可考慮以此為由大赦死刑犯，」龜山建議道：「不過帶頭幾位叛軍還是要為犯下的罪刑負責，也可起到殺雞儆猴的效果。」

「嗯，我也是這樣想。」總督點點頭。

「部下還有一事，望總督能成全。」龜山見總督有意成全，便鼓起勇氣繼續替臺人請願。

「說吧。」

「帝國對於臺灣風土民情不甚瞭解，雙方經常因為不知情而互相誤會，導致衝突發生。這次的宗教事件也是，若能早點知道宗教在臺灣的凝聚力如此驚人，或許也能避免更大的衝突，」龜山解釋道：「希望總督能派專家來實地考核臺灣民俗慣習編寫成書，並要求來臺官員都要熟讀。」

「這是很好的建議，帝國先前的政策確實錯誤才會導致民怨四起，我會從日本找專家來處理。」總督點頭表示讚許：「不過你這份事件報告內，還是包含了太多無法解釋的超自然現象。我希望把這些內容刪除，以免影響後世的判讀，此事件還是必須定調為民眾無知且迷信的起義事件。」

龜山見到總督願意答應已十分開心，至於事件內容若非親身經歷過，連他自己也無法相信便不再堅持：「就照總督意思。」

「你一路分析情報做得很好，最後還能成功勸降余清芳也是大功一件，我打算讓你升職。」

龜山急忙揮手拒絕：「感謝總督抬舉，但這次事件我連自己的好兄弟都無法保護，況且伯父去世後我也還未能到靈前參拜。這事如今告一段落，我已精疲力盡，想回日本，望總督成全。」

「逮到主謀了卻要離開，不覺得可惜？」

龜山露出神祕的微笑：「報告總督，主謀其實尚未捉到。」

「你是說江定嗎？他只能躲在山區，遲早要投降的。」總督充滿自信地微笑道。

龜山只能笑著搖搖頭：「恐怕我們永遠也捉不到**祂**。」

26 封神

一九七一年・穀雨・臺南市中區民生綠園[14]旁原臺南州廳

「後來總督特赦了七成的死刑犯啊，那祖父必定也是其中之一了。」正雄透過蘇議員，找到了由市政府蒐藏編列的西來庵事件後續資料。這些資料都被分類完善，原本是日文的判決和紀錄等等，也都被翻譯好並整理成冊，閱讀起來十分方便。

「羅俊於一九一五年九月六日遭處絞刑，」水伯也在一旁讀著資料唸道：「余清芳、蘇有志、鄭利記等人於同年九月二十三日遭處絞刑。」

「唉，英雄終究還是難逃一死。」正雄有些感慨，這些人才活靈活現地出現在王爺的託夢中，轉眼間卻都是長眠許久的英魂了：「那資料中有提到江定嗎？」

「等等，我瞧瞧啊。」水伯面對字體太小的印刷有些吃力，把資料拿得老遠：「有了有了，匪賊江定一直撐到隔年四月十六日才被招安，率領眾弟兄一齊投降。但五月十八日隨即被捕入獄，九月十三日遭處以絞刑。」

「江大俠為了提振士氣讓弟兄團結，不惜犧牲兩名孩子，還真的多撐了快一年。」

「這些好漢最終還是逃不過日本帝國的制裁，本來還期望王爺能從中化解……讓他們逃過一劫呢……」水伯說道。

這時資料室的大門突然打開，進來的是一位外國人，嚇了兩人一跳。

「就是你們在找西來庵的資料嗎？」那外國人說著中文，但帶著濃厚的腔調。

「就是我們，怎麼了嗎？」

「你好你好，我叫保羅。」那人開心地笑著，熱情地主動握住正雄的手：「我是這邊的研究員，西來庵的資料都是我整理的。是我同事跟我說有人對這事件有興趣，趕快要我過來看看，很少會人有特地來造訪。」保羅笑得靦腆，年紀約四十五歲戴著眼鏡，頭髮金黃帶點蒼白，蓬鬆凌亂的髮型讓人感覺容易親近。

「啊，原來這資料是您整理的啊，真的整理分類得很清楚，真是太感激您了。」正雄笑著跟他答謝，並寒暄一番：「您是外國人吧？不只會講還讀得懂中文，不簡單耶。」

「我是美國人，現在是臺灣女婿啦！很喜歡這邊的文化就過來，結果一住就是二十幾年。」

「竟然是外國人比我們還認真研究臺灣的歷史，慚愧慚愧啊。」正雄不好意思地笑著說道。

雙方寒暄了幾句後，很快就進入正題。

「我們之所以會來，是因為我祖父親身參與了這段故事，過世二十年後還被告知即將封神，要繼續替王爺效勞。」三人坐下後，由正雄跟保羅說明事情的經過，以及整個故事的始末。

「天啊，這真的是太酷了！雖然有些細節和我讀到的資料不同，不過誰又能真的知道當時到底發生什麼事呢？」保羅聽完嘖嘖稱奇。

「原來跟紀錄的不同啊……」正雄接著問道：「那龜山呢？後來真的就回日本了嗎？」

「剛聽完我也覺得奇怪，資料裡從沒出現過這號人物，難道有漏寫嗎？還是故意想掩蓋什麼？」保羅也猜不透：「不過王爺信仰也是我最重要研究的主題，從來沒聽過有現代人能封神的，難道你祖父是當中重要的人物？」

「他不是那幾個赫赫有名的大人物，我祖父原本只是個送牛奶的，似乎也能透過通靈得到王爺的指示……」正雄摸摸頭說道。

「陳清吉！」保羅大喊：「他的故事我一直很好奇，他在日本人紀錄中似乎不是太重要的角色，但又和每個人都能扯上關係。雖然最後總督特赦了許多人，但有些比他還不重要的人都被處死，而他卻只被判了十二年，實在不太合理，現在還要被王爺封神？」

「其實我對祖父也不太熟悉……大多是最近才慢慢拼湊起來。要論這整個事件的功勞和犧牲，他也應該排不上前幾名，最後卻只有他能封神，我也想不透其中的道理。」正雄說道。

「會不會……我們都搞錯王爺的用意了？」沉靜已久的水伯突然像是想到了什麼：「西來庵事件後，總督府有做什麼改變嗎？」

「當然有啊，立即掉轉治臺方針，經由宗教調查與齋堂的掌握，把對臺灣的治理轉變成**軟土深掘**的表面懷柔政策，也檢討一系列的殖民方針，讓西來庵事件成為最後一次的漢人武裝抗日行動，之後漢人都轉為以社會運動的方式和平表達訴求。」保羅開心地解釋著，畢竟很少人對這冷僻的主題有興趣：「不只這樣，還開始有許多日本學者來到臺灣，開始記錄這邊的文化信仰和生活讓日本人能理解，像是丸井圭治郎、片岡巖還有著名的伊能嘉矩等等，也成了我們這些研究者很珍貴的題材。」

「日本人真的轉變這麼大？」正雄十分驚訝：「我還以為一切只是白忙了一場……」。

「還有那個內田嘉吉啊，在事件結束後馬上被總督趕回日本，也算是替臺灣人出了一口怨氣！」保羅說得激動。

「王爺的視野和遠見，果然不是我們凡人能參透的啊，」水伯心裡十分激動有感而發：「更重要的是，既然有了這些資料，我們更應該讓所有人都知道這塊土地上曾經發生的故事，讓這些勇敢的英雄們被永遠記得才是。」

而一旁的正雄得知了日本後來的改變卻開心不起來，他原先以為是義士們的執念導致這起計畫失敗，但最終的成功反而讓他不禁懷疑，難道王爺早已決定要讓這群烈士犧牲，起義的失敗也只是計畫的一部份？

在回程路上，正雄整趟都沒說話，有許多思緒在他的腦中不斷轉繞，這個突然襲來的念頭還持續擴大，很快就占滿他的心思，卻也讓他直冒冷汗，怎麼想甩也甩不掉，臉上表情也愈發嚴肅。

「怎麼了？看你從離開之後就悶悶不樂？」水伯在一旁也感受得出來，直到快回到庵內才忍不住問道。

正雄像是做了虧心事被發現，慌張地望著水伯，躊躇著要怎麼開口。他東看西看，才驚覺已經離庵內這麼近：「我……可以跟我來一下嗎？」

正雄緊張地帶著水伯快步離開西來庵，一路上到處張望，像怕被人發現一般，走了十幾分鐘後才停下腳步。

「到底怎麼了？難道被跟蹤了？」水伯緊張地問道。

「不是……我是怕王爺知道我心裡的想法……」正雄支支吾吾。

「知道什麼？你有做虧心事嗎？」

正雄緩了幾口氣才緩緩說道：「我……剛才得知了事情後來的發展……突然跑出一些奇怪的想法。」正雄頭也不敢抬起地說道。

「哦？說來聽聽？」

「抱歉思緒還很混亂……我盡量表達自己的想法，」正雄深吸口氣，才終於緩緩說道：「抗日事件最後有達到改善臺人生活的目標，但……那些義士們呢？他們不只是犧牲了自己的性命，現在還被扣上了迷信愚民的帽子。他們都只是王爺虔誠的信徒……我想表達的是……這讓我突然開始懷疑自己的信仰……會不會我自己也即將成為要被犧牲的棋子？自己是不是也太迷信了？」

正雄說完直搖頭，知道自己說出了大逆不道的狂妄之詞：「水伯抱歉，當我在發神經，從沒講過這些話好了。」

「勿擔心，會懷疑是很正常的。」水伯不僅沒糾正他，還面帶微笑拍拍他的肩膀：「當了乩童這麼久，我也曾經懷疑過，只要事情的走向不如意，很容易開始迷惘。我相信王爺都知道，但祂也從沒怪過我，所以你放心吧，我甚至覺得這是件好事呢！」

「連水伯也懷疑過？為什麼？」

「有些信徒在得到王爺指示後，卻仍對最終結果失望，得知消息後我也常想，這真的是王爺希望的結果嗎？還是原本結果會更糟，王爺已經盡力幫忙了？」

「但這會有答案嗎？就像這起抗日事件結果了這麼久也無法參透……我還在這臆測王爺的想法。」

「當然沒辦法，但信徒們還是持續來求助王爺，而且大多數的結果都是好的，少數的例子可能牽扯太深太廣才會難以改變。王爺賦予我乩身的能力來幫助大家，我要更專注在自己這神聖的使命上，更重要的是，王爺一直在這守護著大家，這種安定感讓我之後完全信服。」

「使命啊……那像我這種平凡人的使命又是什麼呢？」正雄疑惑地自言自語。

「這種事不是馬上可以想通的，我也是活到這把歲數了才慢慢領悟，你不用抗拒這種懷疑一切的感覺，反而更要帶著疑問觀察和理解這個世界，總有一天會找到屬於你的答案的。」

「多謝水伯，我會盡力試試看的。」

「如果我們都不思考只是盲從，那就是迷信而非虔誠了。放心吧，王爺的信仰是經得起考驗的。」

❖ ❖ ❖

時光飛逝，一轉眼就過了兩個寒暑，很快就到了王爺指示舉辦封神儀式的日子。委託人樂軒雕刻的督司神像，也已如期完工送到，現在還蓋著紅布，就等待儀式時正式揭開。

西來庵廟埕前一早就擠滿了人潮，信徒紛紛點香向王爺請安，誠心祈求王爺的保佑。除了許多人是住附近的熟面孔，還有人專程遠道而來，為了見證這罕見的封神儀式。

「昨晚我又夢見祖父了。」正雄在庵內準備著，突然向太太說道。

「怎麼了嗎？他有說什麼嗎？」

「他說辛苦我們全家了，為了他的事還這樣勞師動眾，何況他都已經走了這麼久。」正雄笑著說道。

「他看起來開心嗎？」

「他已經換上官服了，看起來挺威風的，雖然沒什麼表情，但我想他絕對又開心又緊張，畢竟有這麼多人來看呢。」正雄笑著說道。

「我還不知道你敢這樣開祖父玩笑！」太太也笑著回嘴，兩人笑得開心。

「正雄，時間差不多了。」水伯穿著道衣，召喚正雄到廣場準備。

而在外頭的民眾正七嘴八舌地討論著，紛紛提出自己的看法，到底要如何才能封神。

「那一定是在人世間立下了極大功勞，像是救了人命、做盡善事這種的，死後就可以封神！」

「那這樣不就滿街都神明？救人這種事太普通了，我聽說陳督司是抗日有功，就要像幹這種大事才能封神。」

「抗日就能封神？那推翻滿清能不能封神？而且為了抗日犧牲的人可多了，他們連命都丟了都沒法封神，這標準不知怎麼訂的？」

「哎呀，我們凡人無法理解啦，陳督司在抗日前就是庵內的副鑾主，能與王爺通靈，一定還要有這樣的條件才能在王爺底下服侍啦。」

「會不會根本沒那麼複雜？說不定只是他老人家全心全意把西來庵重建起來，讓王爺能繼續接納大家的香火，王爺感念在心就封他為神。」

「拜託，你以為王爺這麼勢利眼哦？這跟買官有什麼兩樣？王爺才不吃這套咧。」廣場內民眾你一句我一句的，討論得十分熱烈。

「事件內每個受難的靈魂都會得到他們應得的善報，」保羅也特地前來共襄盛舉，聽到大家討論著忍不住插上嘴：「而一路以來最虔誠的信徒，最忠心的僕人，自然也會得到封神的獎賞。」

「一個外國人懂什麼啊？王爺的想法我們猜不透啦。」大家見到是外國人來參加廟會覺得新奇，卻沒把他的意見當一回事。

一陣鑼鼓聲打斷了大家的爭論，儀式正式開始，原本鬧哄哄的一片瞬間安靜，所有信徒雙手合十，準備恭迎王爺的到來。

正雄站在高臺上望著一切才發現不得了，滿滿人潮根本看不見盡頭。原本互相不認識的人們可以因為信仰而聚集在一起。就像當年也是同樣的號召，讓這麼多的義士決定挺身而出。

正雄心中突然理解了，不僅是西來庵事件，就連自己現在面對的遭遇，也是王爺的旨意和暗中幫助。即便現代社會對於信仰的依賴逐漸降低，即便有許多歷史的真相被掩藏，每個時代都有被壓迫的族群與故事，但這份抵抗強權的勇氣不能消失，才是王爺想讓大家明白的真理。

這同時也是他的使命，除了將這個英勇的故事流傳下去，更要守護並傳承這份信仰。

雖然過往的悲壯已無法挽回，但王爺一直都在默默守護著這座島嶼。正雄心中由衷地希望過往曾為這座島嶼奉獻犧牲的無名英雄們，見到臺灣人繼續走在進步的道路上，就能讓他們逝去的靈魂得到一絲安撫吧。

14 民生綠園：現已改名為湯德章紀念公園，紀念湯德章先生英勇堅韌的一生所代表之臺灣精神；原臺南州廳已改為國立臺灣文學館，並提供給文化部文化資產局文化資產保存研究中心辦公廳舍所使用。其地址目前是臺南市中西區湯德章大道一號。

後記

閱讀能讓人們的想像力最大化。一個故事在每位讀者腦裡會產生各自獨特的畫面，這也是小說能在視覺化的時代中，仍占有一席之地的關鍵。不單是小說，筆者也很愛讀傳記或歷史相關書籍，只可惜史料較難被普羅大眾關注，常被淹沒在不斷流逝的時間洪流裡；幸運地是，少數被成功改編為藝術作品的歷史片段，往往能引起廣大共鳴，並形塑成眾人的共同記憶。

在某個因緣際會下，我拜讀了臺灣歷史小說獎的得獎作品，如《陳澄波密碼》《蕉王吳瑞振》《羅漢門》《忤：叛之首部曲》《傀儡花》《樂土》等等，並深深為之著迷，當中發生在臺灣的歷史人物與事件，我都曾聽過，卻從未能如此沉浸在那個時代與背景中，感受這塊土地與居民曾經的風貌。隨之才意識到，這座島嶼還有許多精彩故事等著被挖掘；就此我便立下目標，要創作出精彩的故事，並記錄下臺灣的過往。

在這部小說中關於乩童的靈感，是來自於過去的信仰經歷。筆者從小跟著家庭接觸道教的宮廟和文化，透過乩童與神靈直接溝通，請示祂對筆者那未知的將來做出指示與決定。一路以來，筆者的生命歷程都堪稱順遂，讓當時的自己總覺得受到神靈眷顧，也深刻地相信著。

後來幾次面對人生的重大抉擇時，我帶著對未來的規劃去尋求神靈的祝福和同意，祂卻指示了截然不同的路線。一邊是自己理性的判斷與分析，一邊是神靈的預言與建議；心中經歷幾番激烈的掙扎衝撞，才讓筆者深刻意識到自己對「信仰」的依賴竟已如此之深。

即便人生道路最終得擇一而行，筆者仍不時想像著：另一個平行時空中做了不同選擇的自己，是否過得比較好？若堅持自己的決定，向來幸運的際遇是否會遭受影響？神靈是否還願意眷顧？但若繼續聽從神靈，當筆者的人生不如意時，是否會變得怨天尤人，是否心性上變得更加依賴？

一路挖掘省思而叩問自己：信仰對社會的影響力究竟是什麼？是落後傳統的象徵？抑或是能支持撫慰人心的重要依靠？尤其在現代社會，我們又該用什麼角度看待神靈信仰？是荒誕無稽的迷信？還是有拜有保佑的神祕力量？

以上問題都需考慮許多種面向、無法一言以蔽之，這也是宗教神祕吸引我想深入探究的原因。

臺灣是一座信仰之島，廟宇的數量比便利商店還多，尤其是古都臺南。自古至今這股看不見的力量，不僅僅融入了我們的生活，更與這座島的命運與發展緊緊相扣。

西來庵事件常被譏為「臺灣義和團」，因宗教色彩濃厚，常被貶為迷信的愚民誤受到宗教煽動才貿然起義的抗日行動，最終被日軍武力鎮壓導致大量傷亡。但若我們大膽假設，神靈真的存在呢？這故事又會是怎樣的解讀？而這群跟隨王爺旨意的義軍，是否也會和百年後的我一樣，面臨對信仰的疑問呢？

這些好奇讓我決定以此事件作為骨幹，用信仰賦予其肉身，試著從多方角度演繹這起影響臺灣甚鉅的傳奇事件。

這是筆者首部付梓的長篇小說，經過半年田調與一年的創作時間，對自己是重要的里程碑。在我的腦海中，這是一部已經殺青的電影，只是以文字的方式表達給讀者，也盼望它未來能走得更遠、更廣。

創作過程中充滿了未知與挑戰，一路上要感謝許多人的幫助：

感謝老婆真切的討論與陪伴，讓創作不那麼孤單寂寞。

感謝巧虎的想法激盪，與品味相同的你討論總是收穫良多。

感謝Puck作為引路人，帶領理工人踏入文學創作。

感謝97帶著我愛上歷史，探索世界形成的脈絡。

感謝爸媽的一路支持與陪伴，以及對我任性的包容。

感謝試讀團們的寶貴意見，你們都讓這部作品變得更好。

感謝新臺灣和平基金會臺灣歷史小說獎，肯定這部作品並開啟我後續的機會。

感謝文史學者的努力，拜讀各位的著作和研究後，我才能拼湊出時代的樣貌。

感謝主編依靜肯定作品潛力，並願意包容菜鳥作者一路奮鬥，盼未來還能攜手探索作品更多可能性。

感謝內容協作國軒替這部作品校正許多史料並增添細節，更提供寶貴意見讓我受益良多。

感謝自己一路的堅持和努力，才能誕生這部滿意的作品。

最後感謝讀者們讀完這部作品，希望在故事之餘還能帶給大家不同的想法和思考，同時也期待收到你們的真心回饋。

創作的道路悠遠綿長，我會繼續堅持，第二部長篇歷史小說《苦杯》有幸獲得國藝會文學創作補助，同樣為臺灣歷史與信仰的系列作，聚焦於戰後基督長老教會對臺灣社會的影響，希望讀者朋友們能繼續期待筆者未來的作品。

參考資料

- 《台灣宗教信仰》，增田福太郎著，黃有興譯，三民出版社，二〇〇五年
- 《台灣宗教論集》，增田福太郎著，黃有興譯，國史館臺灣文獻館，二〇〇一年
- 《台灣宗教調查報告書〈第一卷〉》，臺灣總督府著，捷幼出版社，一九九三年
- 《臺灣舊慣習俗信仰》，鈴木清一郎著，馮作民譯，眾文圖書公司，一九八九年
- 《臺灣風俗誌》，片岡巖著，陳金田譯，大立出版社，一九八一年
- 《結義西來庵——噍吧哖事件》，李喬，臺南縣文化局，二〇〇〇年
- 《染血的山谷：日治時期的噍吧哖事件》，康豹（Paul R. Katz），三民出版社，二〇〇六年
- 《童乩、靈乩、內丹（身中神）訓練的一貫性》，陳慶全著，中華宗教生命關懷教育推廣學會，二〇一九年
- 《神・鬼・祖先：一個台灣鄉村的民間信仰》，焦大衛（David K. Jordan）著，丁仁傑譯，聯經出版公司，二〇一二年
- 《法教與民俗信仰學術研討會論文集（2010-2011）》，臺灣民俗信仰學會編，文津出版社，二〇一三年
- 《嘉義縣志・卷首》，雷家驥、吳昆財總纂，嘉義縣政府，二〇〇九年

- 《回到一九〇四：日本兵駐臺南日記：戀戀紅城故事集》，松添節也譯，鄭道聰、高國英編註，臺南市文化協會，二〇一四年
- 《日治時期的臺南》，國家圖書館閱覽組編，何培齊主編，國家圖書館，二〇〇七年
- 《臺南縣噍吧哖事件之調查研究》，周宗賢著，臺南縣政府，二〇〇〇年
- 《臺灣童乩的社會形象與自我認同》，陳藝匀著，輔仁大學宗教學研究所碩士論文，二〇〇三年
- 《武裝抗日下之農民運動——以西來庵事件為例》，李佳霖著，臺北市立教育大學社會科教育研究所社會科教學碩士學位班碩士論文，二〇〇六年
- 《日治時期臺北地區日本人的物質生活（1895-1937）》，王慧瑜著，國立臺灣師範大學臺灣史研究所碩士論文，二〇一〇年
- 《日治時期臺灣犯罪搜查之研究（1895-1945）》，蕭宗瀚著，國立臺灣師範大學臺灣史研究所碩士論文，二〇一三年
- 《日治時期臺灣的犯罪搜查體系及其科學化的出現》，蕭宗瀚著，國立臺灣師範大學臺灣史研究所，《師大臺灣史學報》第六期，頁149-180，二〇一三年
- 《日據時期臺灣武裝抗日事件之研究——以西來庵事件為探討主題》，蘇乃加著，中國文化大學日本研究所碩士論文，二〇〇二年
- 《台灣日治時期漢人飲食文化之變遷：以在地書寫為探討核心》，侯巧蕙著，臺灣師範大學臺灣語文學系碩士論文，二〇一二年
- 《日治時期台灣浮浪者取締制度研究》，沈德汶著，國立政治大學台灣史研究所碩士論文，

二〇〇七年

- 《乩童之生命歷程與身心規訓研究》，余承瑋、黃立維、蘇子庭、張為喬、陳佳欣、林宜蓁、顏振庭、陳治綸合著，國立臺北大學社會學系社會研究法期末報告，二〇一五年
- 〈余清芳事件起因之探析〉，石萬壽著，《臺灣文獻》第五十九卷第四期，二〇〇八年
- 《礁吧哖事件中的良民江家村與匪徒江家村之防禦體系研究》，廖倫光著，行政院客家委員會獎助客家學術研究計畫，二〇〇六年
- 〈「童乩研究」的歷史回顧〉，林富士著，《北縣文化》第三十七期，頁36-42，一九九三年。
- 〈百年前「西來庵」那群農民，為何對余清芳死心踏地？除了慘烈結局，你更該懂的噍吧哖真相〉，研之有物，風傳媒，https://www.storm.mg/lifestyle/401799
- 〈西來庵事件後臺灣佛教的動向〉，釋慧嚴著，《臺灣佛教學術研討會論文集》，頁85-96，一九九六年
- 西來庵事件照片，開放博物館，國立中央圖書館臺灣分館與中央研究院臺灣史研究所檔案館典藏，https://openmuseum.tw/muse/digi_object/6782aabb843e3ad5ef87d85f1615e621
- 〈到底死了多少人？西來庵事件死亡人數之謎〉，唐嘉邦著，重大歷史懸疑案件調查辦公室，https://ohsir.tw/6684/，2020/08/06
- 〈百年神像變文物「神明託夢」想回西來庵〉，王捷著，《自由時報》，https://news.ltn.com.tw/news/life/breakingnews/3016418，2019/12/21
- 臺灣百年歷史地圖，中央研究院人文社會科學研究中心地理資訊科學研究專題中心，http://gissrv4.sinica.edu.tw/gis/tainan.aspx

- 〈臺灣童乩知多少（一）：他們的小歷史〉，BIOS monthly，https://www.biosmonthly.com/article/8628
- 〈臺灣童乩知多少（二）：童乩的魔法世界〉，BIOS monthly，https://www.biosmonthly.com/article/8631

《西來安魂》

Tainan Requiem

作者　吳欣翰

主編　沈依靜
封面設計　張巖
內文排版　藍天圖物宣字社
內容協作　國軒

發行人　王榮文
出版發行　遠流出版事業股份有限公司
地址　104005臺北市中山北路一段11號13樓
電話　（02）2571-0297
傳真　（02）2571-0197
郵撥　0189456-1
著作權顧問　蕭雄淋律師

2024年9月1日　初版一刷
定價　新臺幣420元
ISBN　978-626-361-830-5

Printed in Taiwan

遠流出版公司
https://www.ylib.com
ylib@ylib.com

國家圖書館出版品預行編目（CIP）資料

西來安魂／吳欣翰作. -- 初版. -- 臺北市：遠流出版事業股份有限公司, 2024.09
320面；14.8×21公分
ISBN 978-626-361-830-5（平裝）

863.57　　113010059